SON MUSE AUX COURBES GÉNÉREUSES

UNE ROMANCE DE PETITE VILLE AVEC UNE
HÉROÏNE AUX COURBES VOLUPTUEUSES

À LA RECHERCHE DU HÉROS LITTÉRAIRE PARFAIT
TOME QUINZE

MARY E THOMPSON

À LA RECHERCHE DU HÉROS LITTÉRAIRE PARFAIT

Un nouveau vient d'arriver en ville. Il cache quelques secrets, mais c'est un chic type. Du moins, on l'espère. Qu'il va certainement faire grimper la température cet été, surtout pour notre discrète technicienne préférée. Dans cette histoire, Sofia a trouvé à qui parler, et j'suis tellement heureuse que vous n'êtes pas la seule, car moi, je me régale déjà !

Bien sûr, tous vos couples préférés profitent eux aussi du spectacle. L'anse MacKellar est ravie de vous accueillir. Passez voir la boutique de Finley', le bar de Hudson', la boulangerie où travaille Valentina, et l'atelier naval d'Ian', son chantier naval. C'est un petit coin où chacun trouve son bonheur dans cette bourgade.

LIVRE 15

Son Muse aux Courbes Généreuses

Trey

Ma carrière musicale prenait exactement la tournure dont j'avais toujours rêvé. Un contrat en or, des stades immenses et un compte en banque encore plus impressionnant. J'avais presque tout ce que je voulais.

Tout, sauf la chanson qui pousserait tous ces fans en délire à dépenser sans compter et à me lancer plus que leurs petites culottes.

Écrire une nouvelle chanson s'avérait être un véritable défi. Les mots ne venaient pas. Aucune de mes astuces ne fonctionnait. Un seul homme pouvait m'aider. Seulement, personne ne savait où le trouver.

Mon seul espoir était sa fille.

Sofia

Tout était de la faute de mon père. Mon incapacité à cerner les gens, mon manque d'expérience amoureuse, et la raison pour laquelle j'avais accepté de dîner avec un homme qui n'était que de passage dans ma petite ville.

— *On peut commencer par être amis.*

Difficile de résister à un homme qui me faisait me sentir désirée. Qui me donnait l'impression d'exister. Même s'il n'allait pas rester pour toujours, il était là pour l'instant. Il était célibataire, et il montrait clairement qu'il me désirait.

Le moment était arrivé. Il s'est penché vers moi. Je me suis penchée vers lui. J'ai fermé les yeux et…

Il a tourné la tête. A évité mon baiser.

Quelle idiote j'étais. Et tout était de la faute de mon père.

À Jessica, Christy, Suzanne et Krista...
Merci pour votre soutien, vos idées et votre amitié

SOFIA

Je récurai le sol de la salle de bains en reculant prudemment pour ne laisser aucune trace. C'était parfait. Aussi parfait qu'on pouvait l'espérer en une semaine. C'était suffisant pour le nouveau locataire qui y vivrait pendant les trois prochains mois.

Le reste de l'appartement était simplement fonctionnel. Le contraste saisissant entre la salle de bains fraîchement rénovée et le reste de l'appart prêtait presque à rire, mais il faudrait que cela suffise.

Piper m'avait assuré que le locataire se contentait de quelque chose sans chichis, alors je me suis exécutée. Si ça n'était pas à son goût, Piper me le dirait. En tant que patronne et meilleure amie, elle n'était jamais du genre à mâcher ses mots.

Ces derniers temps, c'était moi qui gardais des secrets.

Je fis un dernier tour de l'appartement avant de sortir. L'équipe de nettoyage passerait dès le matin et le nouveau locataire emménagerait demain après-midi.

Et dans moins de deux semaines, mon père arrivait.

Il fallait que j'arrête d'y penser. Je redoutais sa visite, mais, comme toujours avec lui, dramatiser ne faisait que me tendre plus qu'un patineur artistique aux Jeux olympiques.

—Hé ! s'exclama Haley, me faisant sursauter alors que je me dirigeais vers mon appartement.

—Salut, Haley. Comment tu vas ?

Haley était une bonne amie. Nous avions appris à nous connaître au cours de l'année passée, et elle était la seule à savoir que mon père venait. Elle m'avait tiré l'info il y a une semaine, et depuis, j'évitais Piper parce que je culpabilisais d'avoir confié le secret à une nouvelle amie plutôt qu'à ma plus vieille amie.

—J'ai la forme. Et ta journée ?

Je haussai les épaules. —Bien, je suppose. J'ai terminé la salle de bains ; elle est donc prête pour que le locataire emménage une fois qu'elle sera nettoyée.

—Sympa. Et pour l'autre chose ? Haley savait que parler de mon père me bouleversait, alors elle marchait sur des œufs. Ce n'était pas vraiment mieux.

—Ça va. Il a dit qu'il arriverait dimanche dans une semaine.

—Et qu'il va rester chez toi ? confirma-t-elle de nouveau.

J'ai hoché la tête. —Il a dit qu'il ne sait pas encore combien de temps qu'il restera. J'ai pensé demander à Piper s'il pouvait loger au Auberge L'anse MacKellar, mais j'ai hésité, vu qu'il n'est pas toujours l'invité le plus attentionné. Et l'été est chargé. Je n'e veux pas qu'il prenne une chambre qu'un autre pourrait utiliser.

—Ça, et tu ne lui as pas'encore parlé, ajouta Haley, sa voix se faisant interrogative sur la fin.

—Oui, ça aussi.

Haley soupira. —Sofia, il faut que tu lui dises.

—Je vais le faire. D'abord, il faut que je gère l'emménagement du nouveau locataire, ensuite je'penserai à mon père.

—Tu es sûre ?

J'ai hoché la tête. —Oui. Mais pour l'instant, j'ai besoin d'une douche. Passe une bonne soirée, Haley. Je lui fis un signe de la main et m'éloignai rapidement avant qu'elle ne m'invite à dîner ou quelque chose du genre.

Oui, c'était un geste un peu vache, mais je n'avais pas voulu qu'on le prenne ainsi. J'ai une capacité limitée pour les gens, et certains jours cette capacité équivaut à un dé à coudre. Les bons jours, elle se rapproche d'un gobelet de salle de bains. Haley ? Je n'ai pas l'impression qu'elle ait une unité de mesure. Elle fait partie de ces personnes dotées du don de la conversation et qui ne sont jamais à court de mots. C'est pratique pour être amie avec elle, mais épuisant quand c'est un jour « dé à coudre ».

C'était clairement un jour « dé à coudre ».

Je suis entrée dans mon appartement et j'ai poussé un soupir. Mon appartement était mon sanctuaire. Quand Piper vivait avec moi, ma chambre était mon refuge pour décompresser et laisser sortir toutes mes émotions, mais depuis qu'elle est partie il y a quelques années, tout l'appartement est devenu le mien.

Et dans moins de deux semaines, tout allait encore changer.

—Pff.

J'ai secoué la tête et je me suis éloignée de la porte. Je l'ai verrouillée, puis j'ai retiré mon tee-shirt en marchant vers ma chambre. J'ai jeté mes vêtements sales dans le panier de la salle de bains et j'ai mis la douche au maximum. La vapeur a envahi la pièce pendant que je réfléchissais à ce que j'allais manger pour le dîner.

Un plat à emporter serait sympa, mais ça impliquerait de parler à quelqu'un. Peut-être qu'il restait un plat surgelé tout au fond du congélateur.

Je me suis glissée sous le jet brûlant et j'ai laissé l'eau

emporter la journée. Il y avait quelque chose de croûteux dans mes cheveux, avec un peu de chance du mortier et non un reste du broyeur d'ordures que j'avais remplacé au saut du lit. J'ai lavé mes cheveux deux fois, par précaution, puis j'ai fait glisser mes doigts couverts d'après-shampoing jusqu'aux pointes.

Je me suis adossée au mur de la douche et j'ai soupiré. Ma salle de bains avait aussi besoin d'un coup de neuf, mais certainement pas pendant que mon père serait là. J'avais un appartement avec deux chambres et deux salles de bains ; hors de question de partager l'une d'elles avec mon père.

Chassant ces pensées, j'ai terminé ma douche et je me suis séchée. J'ai enveloppé mes cheveux dans une serviette puis j'ai attrapé mon peignoir tout doux. Je me soucierais des vêtements plus tard, avant d'aller dormir.

J'ai eu de la chance : il restait un dernier plat surgelé. Pendant qu'il chauffait, j'ai lancé une comédie romantique à l'eau de rose dont je savais qu'elle me ferait pleurer, mais c'était une soirée à larmes de bonheur. Les larmes de joie valent toujours mieux que celles de tristesse ou de frustration.

Après le film — et les larmes —, j'ai jeté le plateau plastique dans le recyclage et je suis allée me coucher. Demain serait un autre jour et je ne serais prête qu'avec une bonne nuit de sommeil.

—SOFIA ! Sofia !

Je me suis tournée sur le côté en gémissant. Drôle de rêve. Piper m'appelait.

La porte de ma chambre a volé en éclats. —Sofia ! Tout va bien ?

Je me suis redressée d'un bond, balayant ma chambre du regard pour comprendre ce qui se passait, bon sang.

Piper était assise sur le bord de mon matelas, me dévisageant d'un air à la fois attentif et inquiet.

—Qu'est-ce que tu fais ici ?

—Le nouveau locataire a emménagé aujourd'hui.

J'ai hoché la tête. —Ouais. Il est censé passer à dix heures pour signer les papiers.

—Il est midi, Sof.

—Quoi ? J'ai rejeté les couvertures et bondi hors du lit, faisant sursauter Piper au passage.

—Je l'ai déjà rencontré, dit Piper, stoppant mes gestes affolés.

—Tu l'as rencontré ? Mon cerveau baignait dans la brume, comme si j'avais fait la fête toute la nuit. Sauf que je savais que non. C'était quoi ce délire ?

—Il a passé la nuit à l'auberge. Quand il s'est enregistré, il a mentionné qu'il louait un logement et on a fini par discuter. Il est vraiment sympa. Mignon, en plus.

—Tu **es** mariée.

—Heureusement. Mais toi tu es célibataire.

—Et je ne suis pas intéressée.

Piper soupira. —Ça va ?

J'ai secoué la tête. —Juste chamboulée. Alors, tu lui as remis ses clés hier, au nouveau locataire ?

Piper secoua la tête. —Quand il a quitté l'hôtel, il a dit qu'il venait te voir ici. Il a appelé quand tu n'étais pas là. Il a dit qu'il t'avait appelée et envoyé des messages, il a même frappé à ta porte, mais tu n'as jamais répondu.

J'ai secoué la tête. Ce n'était pas mon genre de ne pas entendre mon réveil. Mais alors, vraiment pas.

—Ça va ? T'es ailleurs ces derniers temps.

J'ai levé les yeux vers ma meilleure amie et j'ai compris

qu'il fallait que je lui dise tout. La culpabilité me rongeait, et elle finirait bien par l'apprendre de toute façon.

—Mon père vient ici dans deux semaines.

—Ton père ? lâcha-t-elle. Piper en comprenait l'importance – du moins, en grande partie.

J'ai hoché la tête, ma frange me tombant dans les yeux. Je l'ai repoussée et j'ai cherché un élastique. —Il a appelé il y a quelques semaines. Il voulait venir me voir.

—Pourquoi tu ne me l'as pas dit ?

J'ai lâché un rire sans joie. —Tu sais bien pourquoi.

—Parce que tu ne pensais pas qu'il viendrait vraiment.

J'ai acquiescé. Ce n'était pas la première fois que mon père disait qu'il allait venir me voir. Mais cette fois-ci, il avait déjà pris ses billets d'avion et réservé une voiture de location. Certes, il pouvait encore tout annuler, mais c'était plus qu'il n'en avait jamais fait auparavant.

—Et tu crois qu'il va vraiment venir cette fois ? Où est-ce qu'il loge ?

—Chez moi.

—Et puis j'ai accepté ce nouveau locataire, j'ai rendu les prochaines semaines encore plus dingues et je t'ai privée de ta porte de sortie. Merde, Sof, je suis vraiment désolée.

J'ai haussé les épaules. J'ai enfin trouvé un élastique et rassemblé mes mèches blondes en une queue de cheval. — C'est bon. Tu ne pouvais pas'savoir. Et il se peut qu'il ne se montre pas. Mais j'ai été complètement déboussolée ces derniers temps.

— Je comprends. Eh bien, ne t'inquiète pas pour le nouveau locataire. Gavin s'est assuré que l'appartement était prêt. L'équipe de nettoyage a fait un super boulot, et les déménageurs ont tout installé dès que les nettoyeurs ont eu fini. L'appartement est entièrement meublé et Daniel est en train d'emménager ses affaires maintenant.

— Maintenant ?

Piper acquiesça. — Oui, ce qui veut dire que tu peux te détendre.

— Je devrais aller lui présenter mes excuses.

— Gavin s'est excusé et a expliqué que ce n'était pas ton genre. Tout va bien. J'irai bientôt le rencontrer. Et ne pense' pas que je n'ai aucune idée de ce que tu'es en train de faire. Elle me lança un regard qui disait clairement qu'elle voyait clair dans ma tentative d'éviter la conversation que nous devions avoir.

Je lançai un regard noir à ma meilleure amie et admis que je'avais pas été à la hauteur ces derniers temps. — D'accord. Mais je n'ai rien à manger et je meurs de faim.

— Ça tombe bien, je sais où trouver à manger. Just Tacos ?

Elle savait comment m'amadouer. Mon estomac gargouilla en réponse et Piper s'esclaffa.

— Habille-toi et on y'va. Tu pourras tout me raconter sur la visite imminente de ton cher papa.

Je grimaçai. J'avais tellement de choses à lui dire. Et je manquais de temps. Elle devait connaître toute l'histoire.

Je ne voulais tout simplement pas la raconter.

LES TACOS de Piper reposaient sur son plateau, intacts et oubliés. Mon histoire était à ce point captivante.

Ou mauvaise, selon ton point de vue.

—OK, attends. Donc, ton père est un musicien célèbre. Ta mère a eu une aventure avec lui sur la route un soir, et tu es le fruit de ce coup d'un soir.

J'ai hoché la tête. —Ouais. Il l'avait nié, refusant de lui donner quoi que ce soit. Quand je suis entrée au collège, quelque chose a changé. Je ne sais pas trop quoi, peut-être qu'il a développé une conscience ou trouvé la foi ou quelque chose comme ça. Quoi qu'il en soit, il a commencé à se montrer. Il a dit qu'il était désolé. Il a accepté un test de paternité. Il a mis en place un accord de garde qui incluait les arriérés de pension alimentaire.

—Waouh. C'est plutôt impressionnant.

—Je suppose. Ma mère n'a jamais dépensé cet argent. Elle l'a mis de côté pour moi. Elle voulait que je l'aie. Elle était en colère et blessée. Elle faisait de son mieux pour s'occuper de moi. La nuit où elle est morte, elle se rendait de son travail de jour à son travail de nuit quand un conducteur ivre l'a percutée. Comme je n'avais que quatorze ans, l'État m'a obligée à aller vivre chez mon père.

—En tournée ? confirma Piper.

—Ouais. Il y avait la preuve qu'il était mon père, mais seules quelques personnes savaient qui j'étais.

—C'était sympa ? Être sur la route et tourner avec un groupe ?

Je repensai à cette époque. Mes sentiments étaient tellement embrouillés que je n'étais pas sûre de pouvoir répondre à sa question sans lui raconter le reste.

—Par moments, oui. La première année, j'étais complètement perdue dans mon chagrin d'avoir perdu ma mère. C'était ma meilleure amie, et passer d'elle à son absence m'a brisé le cœur. J'étais odieuse avec mon père. Notre relation était déjà fragile au mieux, et je ne lui ai pas facilité la tâche.

—Je crois que c'est comme ça que presque tout le monde aurait réagi à ce que tu as vécu.

—Peut-être. Au bout d'un an, j'ai reçu de l'aide. L'un des gars s'est marié. Sa femme était adorable. Nous passions du temps ensemble. Elle'avait, elle aussi, perdu sa mère très jeune et elle m'a aidée à guérir. Elle m'a également aidée à comprendre que je traitais mon père comme le méchant au lieu d'accepter qu'il avait fait une erreur et qu'il essayait d'être là pour moi.

—Elle a l'air géniale.

—Maddie était incroyable. Je ne pense pas que j'aurais survécu sans elle. Quand j'ai eu dix-sept ans, Maddie a eu un bébé et elle a arrêté de tourner aussi souvent. J'étais encore au lycée, donc je devais les accompagner. Je ne pouvais pas rester seule à la maison en tant que mineure. C'est là que j'ai rencontré Nate Catalan.

Comme prévu, les sourcils de Piper' se sont levés. —Tu connais Nate Catalan ?

J'ai pincé les lèvres dans un sourire. —Je le connaissais. Enfin, c'est ce que je croyais.

—Qu'est-ce qui s'est passé ?

—Je suis tombée dans le plus vieux piège qui soit. La gamine éblouie craque pour le rocker sexy et séduisant et se fait briser le cœur.

J'ai l'impression qu'il y a bien plus que ça dans cette histoire.

J'ai ri. —Bien plus, oui. Nous étions des gamins. Il avait dix-huit ans. Il avait rejoint la tournée comme choriste pour l'une des premières parties. Mais c'était évident qu'il deviendrait une star. Il avait cette présence qui laissait tout le monde certain qu'il finirait célèbre. Et il m'aimait bien.

L'amertume de cette période me retournait l'estomac. Le regret, la douleur et la haine s'insinuaient jusque dans mes os.

—Qu'est-ce qui s'est passé ? demanda doucement Piper. Elle souleva son taco et en croqua une bouchée.

J'ai regardé un morceau de poulet basculer lentement et tomber de son taco. Il s'est écrasé sur le plateau dans un petit ploc. —Je suis tombée amoureuse de lui. Je croyais que c'était réciproque. Il a été mon premier, et j'étais certaine que nous construisions notre avenir ensemble.

—Et alors ?

—Mais le soir de mes dix-huit ans, la nuit où nous comptions tout avouer à mon père, je l'ai surpris avec une autre.

—Non.

J'ai hoché la tête. —Il a essayé de me convaincre qu'elle ne comptait pas. Que tous les mecs couchaient tout le temps avec d'autres femmes. Que ça faisait simplement partie de la vie sur la route et que je devrais m'y faire si nous voulions être ensemble.

—Quel connard, souffla Piper.

—Il n'avait pas tort, pourtant. J'avais passé assez de temps sur la route pour savoir comment ça se passait. Personne n'était fidèle. Maddie n'est jamais revenue sur la tournée parce qu'elle savait ce qu'elle y trouverait. La fois suivante où nous avons parlé, elle était amère et en colère. Toutes celles qui essayaient de se poser avec l'un d'eux finissaient pareil.

—Oh, Sofia.

J'ai inspiré profondément puis expiré lentement, espérant chasser la douleur avec mon souffle. —Je suis partie à la fin de cette portion de tournée. Mon père n'avait plus d'obligation de me garder là. Il disait qu'il voulait que je reste, mais c'était trop difficile pour moi.

—Tu avais le cœur brisé.

J'ai acquiescé. —C'est vrai. Et j'ai été idiote, parce que je suis tombée amoureuse d'un homme qui ne m'aurait jamais aimée en retour. C'était un grand acteur : talentueux, intelligent, magnétique — tout ce qu'on dit encore de lui aujourd'hui.

—Eh bien, je ne regarderai plus jamais un de ses films ni n'irai à l'un de ses concerts.

—C'est l'un de tes acteurs préférés, dis-je, sachant bien qu'elle ne tiendrait pas parole.

—Plus maintenant. Pas depuis que je sais comment il est vraiment.

—Ça remonte à plus de vingt ans, répondis-je.

—Un con reste toujours un con. J'aurais aimé le savoir. Toutes ces fois où je t'ai suppliée de regarder l'un de ses films avec moi.

—J'avais tellement honte. Je me détestais d'être tombée dans ses mensonges et d'avoir cru qu'il tenait à moi. Mais quand mon père débarque...

—Tu n'vas pas pouvoir tout cacher. Et je n'ai pas l'intention de te juger. On tombe tous un jour ou l'autre amoureux de quelqu'un qu'on ne devrait pas. On n'y peut rien.

—J'suis juste heureuse de ne jamais avoir fait partie de ses histoires en coulisses ou je ne sais quoi. J'étais cachée. Mais c'est en partie pour ça que ma relation avec mon père n'est pas meilleure. Il n'a jamais compris pourquoi je suis partie comme ça.

—Tu ne lui as jamais rien dit ?

J'ai hoché la tête. —Il en savait une partie, mais je ne pense pas qu'il ait jamais vraiment compris toute l'histoire. Nate était un ami avant qu'on ne sorte ensemble. C'est mon père qui nous a présentés. Quand ça s'est terminé, je n'étais plus que son ex. Je n'avais aucun droit sur lui, et même si j'en avais eu, qu'est-ce que ça aurait changé ? J'ai demandé à mon père de le virer de la tournée, mais il ne l'a pas fait. Je lui ai dit que je ne pouvais plus être auprès de Nate et que ça n'avait aucun sens de rester sur la route avec lui alors que j'étais majeure. Il n'a pas vraiment essayé de me faire changer d'avis.

—Merde, souffla Piper. —J'arrive toujours pas à croire que je n'aie jamais rien su de tout ça. Je ne savais pas que ton père était célèbre, ni que tu étais sortie avec un prince d'Hollywood.

—J'aimerais que rien de tout ça ne soit vrai. J'aimerais n'être qu'une personne ordinaire vivant dans une petite ville, que personne ne connaisse.

—Eh bien, ton secret est en sécurité avec moi. Pour tout le monde, c'est exactement la personne que tu es.

—Jusqu'à ce que mon père débarque. Alors tout le monde le saura.

Piper fronça les sourcils. Elle savait que j'avais raison. Et qu'il n'y avait rien que je puisse faire.

2

TREY

Premier jour et j'avais déjà raté ma première occasion. Évidemment, ça me fait penser qu'elle est aussi lunatique que son père puisqu'elle a dormi pendant mon arrivée. Pas étonnant que l'endroit soit resté libre et qu'on puisse le louer à la dernière minute si c'est comme ça qu'ils fonctionnent.

J'ai tourné en rond dans l'appartement que j'allais appeler chez moi pendant trois mois, en me demandant si je ne devais pas tout remballer et foutre le camp de ce bled paumé. Au bout de vingt-quatre heures, je devenais déjà dingue. Trois mois allaient être un supplice.

Au moins, le temps était agréable. Et la mer était carrément incroyable. Et Piper et Gavin avaient l'air sympas.

Mais ce n'étaient pas eux qui m'avaient conduit à L'anse MacKellar. Je n'avais qu'une seule raison d'être là. Dès que j'aurais obtenu ce que je voulais, je pourrais quitter ce trou et passer à la suite de ma vie.

Il ne m'a fallu que cinq secondes pour m'installer puisque je n'avais apporté que des fringues et ma guitare. J'avais laissé la guitare sous clé dans le coffre de ma voiture pendant mon séjour à l'auberge, mais maintenant que j'étais dans l'appartement, je devais la rentrer. Quand je l'ai eue entre les mains, je me suis senti de nouveau moi-même, comme si je savais enfin qui j'étais.

Quand je suis sorti, l'immeuble était désert et silencieux. Se garer dans la rue, ce n'était pas l'idéal, mais l'emplacement était le meilleur de la ville. Et avec Sofia Frank comme gérante, factotum et comité d'accueil à elle toute seule, c'était bien là que je devais être.

J'ai récupéré ma guitare et le carnet où j'essayais d'écrire des chansons dans le coffre, puis je me suis retourné vers l'immeuble. Deux femmes arrivaient en sens inverse. L'une était blonde, pulpeuse, et me faisait saliver. Mes doigts me démangeaient de la toucher comme ils me démangent de saisir ma guitare quand une mélodie me traverse l'esprit. Comme si je ne l'attrapais pas dans les secondes qui suivaient, je perdrais cette sensation pour toujours.

L'autre, une brune, a agité la main. Merde. C'était Piper. Ce qui voulait dire que la blonde était la femme pour laquelle j'avais déménagé ici.

Sofia Frank.

Je ne m'attendais pas à ce qu'elle soit aussi belle, ni à ce qu'elle ait des courbes capables de me faire oublier que je devais déguerpir d'ici trois mois.

J'ai secoué la tête. Hors de question. Je n'étais pas du genre à me ranger. Et encore moins à m'installer dans une ville qui n'avait même pas un bar convenable, sans parler du reste côté divertissement. Un cinéma de deux salles ? Quelques petits restos ? La plus grande scène se trouvait à deux heures de route. L'hôpital, les boîtes de nuit et les femmes avec qui il était facile de finir la soirée au lit étaient tout aussi loin.

—Daniel ! Salut ! s'exclama Piper, me tirant de ma rêverie sur le trottoir devant l'immeuble. Elle arborait ce large sourire radieux d'une femme qui s'endort chaque nuit contre l'homme qu'elle aime. C'était le sourire que ma musique inspirait : celui qui me disait que j'avais bien fait mon boulot.

—Salut, Piper, répondis-je en ignorant la pointe de jalousie qui me nouait le ventre. Je ne voulais pas ce qu'elle avait. Je ne l'avais jamais voulu, et je ne le voudrais jamais.

—Je suis tellement contente de tomber sur toi. Maintenant tu peux rencontrer Sofia, déclara Piper en poussant son amie vers moi.

—Bonjour, Daniel. Je suis ravie de faire votre connaissance. Je vous prie de m'excuser de ne pas avoir été disponible plus tôt. Ce n'est vraiment pas dans mes habitudes. Si je peux faire quoi que ce soit pour me rattraper, dites-le-moi, je vous en prie.

Elle me serra la main avec une poigne qui me surprit et m'impressionna. La plupart des femmes préféraient battre des cils en prétendant être sans défense, persuadées que j'avais à prendre soin d'elles. Pas Sofia. Si je me fiais à sa poigne, non seulement elle pouvait se débrouiller seule, mais elle pourrait aussi me botter les fesses si nécessaire.

—Enchanté. Et il n'y a rien à pardonner ; ça arrive. Piper et Gavin ont été assez gentils pour courir me chercher les clés, donc tout va bien.

—Merci d'être si aimable. Piper ne tarit pas d'éloges à votre sujet.

Je jetai un coup d'œil à Piper, cherchant à la sonder. Me reconnaissait-elle ? Sofia essayait-elle de me faire passer un message ?

—Quelle est votre chanson préférée à jouer ? demanda Sofia avant que je n'aie le temps de répondre aux questions qui se bousculaient dans ma tête.

—Pardon ?

Elle hocha la tête en direction de mon étui de guitare. —Je

suppose qu'il y a une guitare là-dedans et que c'est pas un énorme fusil.

—Le fusil, j'l'ai dans le pantalon, lâchai-je sans réfléchir.

Nous sommes restés silencieux tous les trois pendant un long moment. J'aurais voulu disparaître dans le trottoir. Qu'est-ce qui m'a pris, bon sang ?

Je n'réfléchissais pas. C'était bien ça, le problème.

Piper éclata de rire, se pliant en deux si fort que son éclat résonna contre la façade. Sofia me jeta un regard, puis regarda son amie avant de rire à son tour.

Je laissai échapper un petit rire, essayant de ne pas me sentir comme un connard prétentieux pour leur avoir balancé cette réplique. Il fallait que j'arrête de jouer au salaud comme en tournée et que je me comporte enfin comme un être humain.

—Putain, c'était bon. Celle-là, je l'adore, lança Piper en s'essuyant les larmes sous ses cils. —C'était d'une fluidité incroyable. J'avais besoin de ce fou rire. Merci.

—Mon but, c'est de faire plaisir, répondis-je en lui adressant un sourire, ce qui la fit à nouveau glousser.

—Bon, c'était sympa. Mais il faut que je rentre. Dis-nous si tu as besoin de quoi que ce soit pendant ton séjour. Et j'espère que tu accepteras l'offre de Gavin d'aller chez O'Kelley demain soir. Un groupe de gars s'y retrouve chaque semaine ; je pense qu'ils te plairont. Piper s'interrompit et secoua la tête. —Pardon. Je ne voulais pas présumer. Je n'ai aucune idée de ce qui pourrait te plaire. Mais ce sont vraiment de bons gars. Comme tu vas rester quelques mois, ça ne peut pas faire de mal de rencontrer du monde, non ?

—Bien sûr. Je lui adressai un sourire même si je n'avais aucune intention de me lier d'amitié avec les gens du coin.

À une exception près.

—Bon. D'accord, je m'en vais. Je t'aime, ma chérie. À tout à l'heure. Piper serra Sofia dans ses bras avec chaleur, les paupières de Sofia' se fermant tandis qu'elles s'enlaçaient. Piper la relâcha, me fit un signe de la main, puis s'éloigna sur le trottoir vers l'endroit d'où elles venaient.

—Je peux vous ouvrir la porte ? demanda Sofia en se dirigeant vers l'immeuble.

Il me fallut un instant pour comprendre ce qu'elle voulait dire. Je finis par hocher la tête et la suivis. —Merci.

—Je vous en prie.

Je suis entré dans l'immeuble avant elle, me sentant comme un crétin de ne pas lui avoir tenu la porte. Les femmes comme elle ne s'attendent-elles pas à ça ?

—Ravie de faire votre connaissance, dit-elle dès qu'elle fut à l'intérieur de l'immeuble. Elle se dirigea vers les boîtes aux lettres du rez-de-chaussée sans même me jeter un second regard.

Je la regardai s'éloigner, me demandant comment diable j'allais la convaincre de me dire où se trouvait son père si je n'arrivais même pas à engager la conversation.

Une porte claqua quelque part dans le couloir et je soupirai, admettant ma défaite. Encore une fois.

Je montai l'escalier avec ma guitare et mon carnet, puis je rentrai dans mon appartement. Je verrouillai la porte aussitôt refermée, puis j'emmenai la guitare au salon. Je posai l'étui sur le sol et l'ouvris.

À présent, je pouvais me considérer comme installé.

MAIS QU'EST-CE qui m'avait pris ? Est-ce que je pouvais mettre ça sur le compte de l'eau du coin ? Y avait-il quelque chose dedans qui me donnait envie de sortir un jeudi soir pour rencontrer un tas d'inconnus dans un bar ? Un tas d'inconnus masculins ?

Je me répétais ça parce qu'il n'y avait aucune autre excuse.

À part un ennui mortel. Putain, il n'y avait rien à faire dans cette minuscule ville. J'avais prévu d'explorer toute la journée et je n'avais déjà plus rien à foutre à onze heures. J'avais commencé à dix heures.

Mon cerveau fondait. Et pas dans le bon sens.

Alors, j'étais planté devant l'O'Kelley's, me demandant ce qui clochait chez moi et constatant que je n'avais rien de mieux à faire de ma soirée que de faire connaissance avec quelques hommes du coin.

J'ai poussé la porte et j'ai été plus qu'un peu surpris par le niveau sonore à l'intérieur. L'endroit était bondé. Les billes de billard s'entrechoquaient au fond, les tables étaient pleines de clients qui bavardaient et riaient. Et le comptoir était noir de monde.

J'ai rabattu mon chapeau sur mon visage, conscient du risque élevé qu'on me reconnaisse. En me frayant un chemin jusqu'au bar pour prendre un verre, j'ai croisé quelques regards, mais personne ne m'a montré du doigt.

Le barman a accroché mon regard et l'a gardé tandis que j'avançais vers lui. C'était un grand gaillard, crâne rasé et barbe fournie. Il avait l'air de pouvoir faire le videur, mais avec un type de sa carrure derrière le comptoir, ils n'avaient sans doute pas besoin d'en engager un.

— Ça roule ? demanda-t-il quand je fus assez près pour l'entendre par-dessus le vacarme.

— Ça va.

— T'es nouveau par ici ?

J'ai acquiescé.

— C'est toi, Daniel ?

J'ai été quelque peu surpris qu'il connaisse mon prénom, même si ce n'était pas celui que j'utilisais depuis près de vingt ans. —Comment tu sais ça ?

Il a brusquement levé le menton vers l'autre bout du comptoir et s'est mis en marche.

J'ai suivi son regard et repéré un groupe d'hommes avec Gavin en plein milieu. J'ai suivi le barman, incertain de la façon de m'insérer dans le groupe sans passer pour un con.

— Voilà Daniel , annonça le barman, interrompant la conversation sans la moindre gêne.

Tous les hommes — ils étaient plus d'une demi-douzaine — se retournèrent d'un même mouvement vers l'endroit où je me tenais, à quelques pas.

Gavin se leva et vint vers moi. —Content que tu sois là ! Viens rencontrer tout le monde.

Il me serra la main, me donna une tape dans le dos et me poussa au centre du groupe.

—Ian est propriétaire de Jameson Custom Boats. Colin possède la ferme familiale Jones Family Maple Farm. Ramsey est avocat d'affaires. James et Rowan sont policiers à L'anse MacKellar. Nico, oncologue. Knox tient Al's Hardware. Gavin désigna le barman. —Hudson est le patron ici.

Je parcourus la rangée d'hommes du regard et hochai la tête à chacun d'eux. Je devais admettre que j'étais plutôt impressionné. Des propriétaires d'entreprise, des flics et un médecin ? Pas vraiment les personnes que je m'attendais à rencontrer dans un bar de petite ville.

—Daniel loue un appartement dans l'immeuble de Piper pour les trois prochains mois, leur annonça Gavin.

—Sympa, cet endroit. Ma copine habite dans l'immeuble, dit l'un des gars. —Tu dois être dans l'appartement que Sofia rénovait la semaine dernière. Elle a acheté tout le matériel dans mon magasin.

J'acquiesçai. Le gars de la quincaillerie. —Ouais. C'est tout ce dont j'ai besoin pour quelques mois.

—Alors, que faites-vous ici ? Vous prenez l'été de congé ? demanda le barman, Hudson.

J'inclinai la tête. Ma couverture pour l'été était que j'étais entre deux boulots et que je prenais quelques mois pour réfléchir à la suite. J'avais décidé de dire que je vivais à Los Angeles et que je travaillais dans l'industrie musicale, mais c'était le plus près de la vérité que j'étais prêt à donner. La vérité complète, c'est que nous devions retourner en studio à l'automne et que je devais apporter de nouveaux morceaux, sinon nous n'aurions rien à enregistrer.

—Ouais. Il m'a semblé que c'était un coin tranquille pour réfléchir à la suite, répondis-je en hochant la tête et en fixant le bar comme si tout cela me bouleversait et que je ne voulais pas m'étendre.

La technique marcha à merveille. Une bière glissa sous mon nez et la conversation autour de moi reprit.

—Si vous avez besoin de quoi que ce soit, faites-le-moi savoir, dit Hudson. —La première bière est offerte par la maison.

Je hochai la tête pour le remercier et me demandai si je venais de surprendre dans ses yeux une lueur plus dure qu'il y a un instant.

Il s'éloigna pour s'occuper d'autres clients, et je me dis que je me trompais. Tout allait bien.

Les hommes parlaient de travail, de femmes et de la vie. Je ne m'attendais pas à me sentir aussi à l'aise avec eux, surtout après seulement une heure. Ils m'incluaient dans la conversation, me demandant mon passé amoureux et si j'étais avec quelqu'un.

—Pas pour l'instant. Je ne suis pas très doué pour l'engagement, admis-je. C'était la vérité. Il y avait bien trop de possibilités pour que j'aie envie de me ranger. Peu importait que je chante l'amour ou la romance, je n'étais pas fait pour ça. J'avais passé trop d'années sur la route. À trente-sept ans, j'avais dépassé le stade où l'on souhaite se poser, partager sa vie avec une seule personne. Ça n'allait pas arriver et cela me convenait.

—Moi non plus, répondit Ian. —Mais, en réalité, je me

mentais. Je batifolais parce que Blake était avec quelqu'un d'autre et que j'étais amoureux d'elle.

—Combien de temps ça a duré ? demandai-je. C'était pour une chanson, rien de plus.

—Cinq ans. Elle est sortie avec Willie. Quand ils ont rompu, il m'a encore fallu neuf mois pour sortir la tête de mon cul et trouver le courage de l'inviter, avoua Ian.

—Ouais, et tu ne l'as même pas vraiment fait, ajouta Ramsey. —Il a commencé à coucher avec elle sans lui dire qu'il l'aimait. Il l'a rencontrée sur un site de rencontres en ligne et jouait sur les deux tableaux.

—Les sites de rencontres ? Je croyais que vous aviez tous grandi ici ?

Les hommes éclatèrent tous de rire.

—Ne fais pas ça, mec, dit Nico.

—Quelqu'un devrait le prévenir, dit Knox.

—De quoi vous parlez exactement ? demandai-je.

—Il y a une appli. L'un de nos amis l'a créée, déclara Hudson. — Nous avons tous rencontré nos épouses et petites amies grâce à elle. Ma femme et moi, on se détestait, mais on a commencé à discuter là-dessus et on est tombés amoureux. Ça nous a permis de découvrir une autre facette l'un de l'autre.

—Pourquoi avoir été compatibles si vous vous détestiez ? demandai-je.

—L'appli ne permet pas d'utiliser de noms et il n'y a pas de photos, expliqua James. — Ma femme et moi, c'était comme Hudson et Anna. Elle ne pouvait pas me voir en peinture. Mais on a arrangé ça. Il eut un sourire en coin.

Je ne pus m'empêcher de lui rendre son regard. Je connaissais cette expression : ils avaient réglé ça dans la chambre à coucher.

—Pour Blake et moi, nous étions amis. Elle est la meilleure amie de ma sœur. Je suis amoureux d'elle depuis toujours, et quand on s'est mis ensemble, elle ne cherchait rien de sérieux, alors j'ai fait semblant de ne rien vouloir non plus. J'ai failli tout gâcher, mais nous avons fini par nous rattraper. Je sais que tu n'es ici que pour quelques mois, mais À la Recherche du Héros Littéraire Parfait est la meilleure appli pour rencontrer du monde dans le coin.

—À la Recherche du Héros Littéraire Parfait ? Je trouvais ce nom douteux.

Ils hochèrent tous la tête.

—La créatrice de l'appli, ainsi que nos compagnes et d'autres encore, se retrouvent dans la librairie d'à côté pour parler des héros de romans. Elles disent toujours qu'ils sont mieux que les hommes réels, expliqua Hudson. — C'est de là que vient le nom. On te pose tout un tas de questions sur les livres et sur toi, puis on te met en relation selon ce que tu lis.

—Et si je ne lis pas ? demandai-je. Je n'ai pas beaucoup de temps pour lire entre les tournées internationales et les femmes.

Les gars haussèrent les épaules.

—Alors ne t'en fais pas. Peut-être que ce n'est pas pour toi, dit Knox.

J'ai hoché la tête, me demandant pourquoi ça m'importait. Je n'avais pas l'intention de rencontrer qui que ce soit. Bon sang, je n'envisageais même pas de sexe pour le moment. J'avais un objectif, et quand j'en ai un, c'est tout ce qui compte. Apprendre à connaître Sofia était la seule chose à laquelle je devais penser pour les trois prochains mois.

—Haley a dit que Sofia s'est réinscrite. Et Chelsea. Elle et Chelsea en parlent au salon. De plus en plus de femmes s'inscrivent, dit Knox.

—Sofia ? m'écriai-je avant même que mon cerveau ne puisse m'arrêter.

Knox se tourna vers moi avec un sourire en coin. —Tu connais Sofia ?

Je secouai la tête et attrapai ma bière. Le verre était vide, je ne tenais absolument rien. Je le reposai et m'efforçai de ne pas laisser transparaître ma panique. —Je l'ai rencontrée hier. Elle était avec Piper. Je fis un signe de tête à Gavin pour soutenir mon histoire.

—Sofia est géniale, dit Knox. —Intelligente, drôle et créative. Elle est plutôt discrète ; alors si tu veux apprendre à la connaître, l'appli peut être une bonne option. Elle n'ouvre pas facilement sa porte aux gens.

—Mais ne jouez pas avec elle. Sofia est quelqu'un de bien, déclara Hudson.

—Daniel n'est pas comme ça, les gars, intervint Gavin pour me défendre. —Il est ici pour trois mois. On le sait tous. Sofia le sait. Rien ne va se compliquer. Et puis, bon sang, Sofia sort à peine avec des mecs, donc ce n'est pas comme s'il avait vraiment ses chances, de toute façon.

Je m'efforçai de ne pas me sentir contrarié par leurs instincts protecteurs à son égard. Et je tentai de ne pas me vexer de leurs remarques sur mes faibles chances.

J'étais Trey, putain, Ryan. J'étais une foutue rock star. Je pouvais avoir n'importe quelle femme. Et j'avais toujours celle que je voulais. Il me suffisait d'activer mon charme de rockeur, et elle fondrait entre mes mains.

Jusqu'au studio.

3

SOFIA

Un coup frappé à la porte m'a fait quitter la cuisine. J'ai ouvert et découvert Chelsea dans le couloir.

—Salut. Je suis la première arrivée ? demanda Chelsea.

J'ai hoché la tête et j'ai repris le chemin de la cuisine. —Elles ne devraient plus tarder.

—Haley est partie avant moi. Je pensais qu'elle serait déjà là. Ta journée s'est bien passée ?

J'ai croisé son regard et je me suis servi une margarita taille XXL, laissant cette réponse parler pour moi.

Chelsea a éclaté de rire. —À ce point-là, hein ?

J'ai poussé un soupir et je lui ai servi un verre. —Franchement, je ne peux pas me plaindre. J'aime mon boulot, mais certaines journées paraissent plus longues que d'autres.

—Pareil. Et, à la fin de la journée, je n'arrive toujours pas à décompresser.

J'ai incliné la tête en la regardant.

—J'habite dans un immeuble non-fumeurs, mais j'ai un voisin qui fume. Je l'ai signalé, mais la résidence n'a rien fait. Il est même arrivé que le paillasson devant chez moi soit retourné, comme si quelqu'un l'avait fait juste pour m'embêter. Je crois qu'il est furieux que je l'aie dénoncé.

—C'est un peu flippant.

Elle hocha la tête. —Oui. Je ne m'y sens plus bien depuis un moment et j'essaie de décider quoi faire, mais maintenant j'ai l'impression qu'il faut que je parte.

—Ouais, moi aussi je serais déjà partie. Tu sais où tu vas aller ?

Elle haussa les épaules. —J'ai pensé à acheter une maison.

—C'est génial. Tu as déjà commencé à chercher ?

Elle secoua la tête. —Je viens tout juste d'y penser. Je sais que c'est le moment idéal pour acheter parce que l'offre est au plus haut, mais je ne suis pas sûre. Je ne veux pas me précipiter. Nous venons à peine de reprendre le salon, et il serait très facile que tout me dépasse.

—Mais le fait que tu y réfléchisses déjà est un bon signe. Ma mère était vraiment économe. Elle a toujours vécu en dessous de nos moyens. La plupart du temps, elle cumulait deux emplois, mais elle a mis beaucoup d'argent de côté. Lorsqu'elle est morte, je n'avais besoin de rien.

—Ton père t'a aidée ?

J'acquiesçai. —Il s'est occupé de tout quand je suis allée vivre chez lui. Il voulait que j'aille à l'université et il a payé pour ça, même si je n'ai jamais terminé. Après la fac, je ne lui ai plus rien demandé.

—J'ai envisagé de retourner vivre chez mes parents. La seule chose qui me retient, c'est que j'aurais l'impression d'admettre que j'ai échoué.

—Tu n'as aucune raison de penser ça. Chaque situation est différente, et tant que vous êtes tous d'accord, il n'y a aucun problème à habiter avec eux. Je vivrais probablement avec ma mère si elle était encore en vie.

—Vraiment ?

Je ris. —C'était ma meilleure amie. Si elle était encore en vie, je vivrais très probablement toujours avec elle.

—Waouh. Je me sens un peu mieux.

—Tu es proche de tes parents ? demandai-je.

Chelsea et moi avons commencé à mieux nous connaître quand Haley est arrivée en ville. Haley a emménagé dans le même immeuble que moi, travaillait avec Chelsea et a fini par nous présenter. J'étais amie avec la cousine de Chelsea', Elise, mais je n'avais connu Chelsea que de loin avant l'arrivée d'Haley.

Un autre coup frappé à la porte nous fit toutes les deux aller au salon. Cette fois, c'était Haley et Piper ensemble.

—Comment ai-je fait pour arriver avant toi ? demanda Chelsea à Haley.

—Je me suis arrêtée en chemin, avoua Haley. Ses joues rosirent, nous révélant exactement où elle avait fait halte.

—Comment va Knox ? demanda Chelsea.

—Il va bien. Il m'a dit de vous passer le bonjour.

—Alors, comment ça se passe entre vous deux ? demanda Piper. Piper n'avait pas vu Haley aussi souvent que moi durant l'année écoulée. Elle était prise par l'auberge et son quotidien, mais les choses commençaient à ralentir et elle essayait de passer plus de temps avec ses amis.

Haley acquiesça. Elle restait un peu méfiante envers tout le monde. Elle avait déménagé à L'anse MacKellar pour se rapprocher de son petit ami sans savoir qu'il était marié. Ce fut une catastrophe, mais Haley avait rencontré un chic type, Knox, et ils étaient heureux. Pourtant, tout le monde en ville n'avait pas vu leur relation d'un très bon œil.

—Je suis vraiment heureuse pour toi, dit Piper. Je savais qu'elle le pensait sincèrement et, à en juger par la manière dont les épaules de Haley se détendirent, elle le savait aussi.

—Chelsea me disait qu'elle envisageait d'acheter une maison, dis-je, changeant de sujet avant que Haley ne devienne trop anxieuse. Elle n'aimait pas être au centre de l'attention.

—Oui, confirma Chelsea, suivant mon changement de sujet. Elle plissa le nez. — Il faut que je quitte mon appartement actuel et j'ai deux possibilités : acheter une maison ou retourner vivre chez mes parents. J'adore mes parents et je suis proche d'eux, mais je me sens prête à avoir mon propre chez-moi. Rien de gigantesque, je crois, mais suffisamment grand pour pouvoir inviter des gens.

—Tu ne préférerais pas louer autre chose ? demanda Piper.

Chelsea secoua la tête. —Je veux avoir davantage de contrôle sur mon espace. En plus, je veux un chien, un jardin et peut-être un jacuzzi.

—J'adorerais avoir un jacuzzi, gémit Piper.

—Je suis debout toute la journée et j'aimerais avoir un endroit où je pourrais rentrer pour me détendre. Inviter des amis. Préparer des repas et regarder la télé aussi fort que je veux sans que personne ne vienne m'embêter. Je n'ai jamais eu ça. poursuivit Chelsea.

—Tu penses à un lotissement ou à un endroit un peu plus à l'extérieur avec du terrain ? demanda Piper. C'était une investisseuse chevronnée, passionnée par l'argent et la meilleure façon de le dépenser. Elle n'avait pas toujours été comme ça, mais elle avait fini par accepter que c'était l'un de ses atouts et se montrait prête à aider quand on lui demandait conseil.

Ce n'était pas comme si Chelsea l'avait demandé, mais cela ne semblait pas la déranger.

—Certainement dans un lotissement, dit Chelsea. —J'adorerais avoir des enfants, mais je ne suis pas sûre que cela arrive. Quoi qu'il en soit, je veux vivre quelque part où je me sens en sécurité. Que les voisins puissent m'entendre crier s'il se passe quelque chose.

—On habite à L'anse MacKellar, dit Haley. —Qu'est-ce qui pourrait bien arriver ici ?

—On ne sait jamais. Chelsea frissonna d'une peur imaginaire au moment même où mon téléphone sonna.

—Zut, marmonnai-je en voyant le numéro du centre d'appels sur mon téléphone. —Sofia à l'appareil.

—Bonjour, dit une voix suave. —Ici Daniel. Je me demandais si je pouvais obtenir votre aide.

—Bien sûr. Quel est le problème ?

—Euh… Il y a une ampoule grillée dans ma salle de bains ?

Se demandait-il ou me l'annonçait-il ? —Quelle ampoule ?

—Au-dessus de l'évier. L'ampoule clignotait l'autre jour, quand j'ai emménagé. Je n'y ai pas prêté attention, mais maintenant c'est éteint.

—Pour ce genre de problème, je le programme généralement. Puis-je passer demain ?

—Non ! lança-t-il. —Désolé. Je voulais juste dire que ce serait vraiment bien que ce soit réparé ce soir. Vous savez, pour que je puisse me voir. Sous la douche, c'est sombre.

Était-il ivre ? Qu'est-ce qui clochait chez lui ?

Ça n'avait pas d'importance. Il était locataire et j'étais chargée de l'entretien de l'immeuble. Je devais répondre.

—D'accord. J'arrive dans une minute. J'espère que vous n'êtes pas sorti ?

—Oui, j'suis là. Vous pourrez entrer directement en arrivant.

—Non, je ne peux pas. Je dois annoncer ma présence. Je frapperai quand j'arriverai à votre porte.

—Oh. Euh, d'accord. C'est bon. À tout à l'heure.

J'arrive, lui dis-je.

J'ai raccroché et croisé le regard de mes amies.

—C'était bizarre. Je croisai le regard de Piper' —Daniel

dit qu'il y a une ampoule grillée dans la salle de bains, mais il n'était pas sûr et veut que je m'en occupe tout de suite.

—Il pense qu'il y a un problème électrique ou quelque chose comme ça ? demanda Piper.

Je haussai les épaules. —Aucune idée. Il était bizarre.

—Qu'est-ce que vous disiez au sujet du fait qu'il ne se passe jamais rien à L'anse MacKellar ? demanda Chelsea.

Piper leva les yeux au ciel. —Il est inoffensif, fais-moi confiance. Je crois qu'il craque pour Sofia, mais à moins que les orgasmes ne soient devenus dangereux, elle va très bien.

Je levai les yeux au ciel. —Il n'est pas amoureux de moi.

—Comment tu le sais ? Tu es un sacré parti, dit Haley avec un clin d'œil.

—Non. Je ne suis pas intéressée. S'il craque vraiment, il se débrouillera tout seul. Mais ce n'est pas le cas, donc pas de souci.

—Mais… commença Piper.

Je levai la main. —Non. Faut que j'y aille. Je reviens dès que possible. La trempette est au four, elle est peut-être déjà prête. Les margaritas sont sur le comptoir. Gardez-moi un peu de nourriture. Et un verre.

—Tu es en état de travailler ? demanda Piper.

J'hochai la tête. —Je n'ai pris qu'une gorgée. Ça va.

Piper soutint mon regard une seconde de plus, puis acquiesça. Je ne me mettrais jamais en danger ; elle le sait.

Je montai les marches menant à l'appartement de Daniel. De la musique et un parfum de roses s'échappaient sous sa porte. Je frappai fort pour être sûre qu'il m'entende. Je me sentais mal d'avoir tiré des conclusions hâtives à son sujet. Il avait un rendez-vous et j'avais peur qu'il agisse bizarrement. Il voulait probablement simplement impressionner la personne qui se trouvait là.

La porte s'ouvrit aussitôt. Daniel apparut, moulé dans un jean serré et une chemise noire déboutonnée qui mettait son torse en valeur. Un duvet sombre recouvrait sa peau bronzée et m'attira malgré moi.

Cela faisait longtemps que je ne m'étais pas sentie attirée par un homme. Je pouvais reconnaître que certains étaient séduisants, mais ils ne me faisaient aucun effet. La première fois que j'avais rencontré Daniel, ma gêne d'avoir manqué son arrivée m'avait brouillé la vue, mais cette fois-ci…

Mon esprit était obscurci par autre chose.

—Salut, dit-il d'une voix grave et rauque, juste ce qu'il fallait pour me sortir de ma transe.

—Salut. Désolée d'avoir mis un moment à monter. Je vais vérifier la lumière et je m'éclipse.

Il se recula pour me laisser entrer. —Vous ne me dérangez pas. Prenez tout le temps qu'il vous faut.

Je jetai un coup d'œil autour de moi pour trouver son rencard. Personne sur le canapé, mais la porte de la chambre était entrouverte. Son invitée devait déjà être là-dedans. Et j'étais en train de gâcher leur soirée.

—Ça ne prendra pas longtemps. Ensuite vous pourrez reprendre votre soirée.

Il me suivit jusqu'à la salle de bains. J'actionnai l'interrupteur, et rien ne se produisit. Aucune lumière ne s'alluma.

C'était étrange, car tout fonctionnait très bien il y a quelques jours.

J'éteignis de nouveau l'interrupteur et levai la main pour changer les ampoules. D'habitude elles lâchent une par une, pas toutes en même temps, surtout quand elles sont neuves, mais…

La première était desserrée. Pas assez pour tomber, mais peut-être suffisamment pour ne pas s'allumer. La deuxième aussi. Et la troisième. Je les resserrai toutes puis remis l'interrupteur.

Les trois ampoules s'allumèrent.

—Ah. Je vous prie de m'excuser. Je n'ai pas dû serrer les

ampoules correctement quand je les ai installées l'autre jour. Je ne m'en suis pas rendu compte et elles étaient desserrées.

—Oh. Euh. D'accord. Eh bien, c'était facile. Vous voulez rester dîner ?

Je pris mon temps pour ramasser mon sac à outils, essayant de comprendre ce qui se passait. —Euh, j'ai déjà quelque chose de prévu, en fait.

—Oh, je ne pensais pas vous empêcher d'aller à un rendez-vous.

—Ce n'est pas un rendez-vous. Juste une soirée entre amis.

—Alors, vous n'avez pas de rencard. Vous sortez avec quelqu'un ?

—Pardon ?

—Je voulais juste savoir si vous n'aviez pas déjà quelqu'un.

—Ça n'est pas vos affaires.

—Je n'essayais pas d'être bizarre. Je veux juste savoir.

—Et vous croyez que ça rend la chose moins bizarre ?

—Non, je… Il inspira profondément puis expira lentement. —Je n'avais pas l'intention de dépasser les limites quand nous sortirons ensemble.

—Et qu'est-ce qui vous fait croire que j'accepterai de sortir avec vous ?

Il esquissa un sourire en coin. —Parce que j'ai vu la façon dont vous me regardiez.

Je fis un pas en arrière, laissant de la place à son ego. —Wow. D'accord. Oui, vous êtes séduisant. Et oui, je me suis sentie attirée par vous. Mais c'est terminé maintenant. J'y vais. Bonne soirée.

—Attendez !

Je m'arrêtai, la main sur la poignée de la porte. J'expirai lentement, consciente que je n'allais pas pouvoir être complètement odieuse avec lui puisque nous allions nous revoir sans cesse. —Oui ?

—J'suis désolé. Je n'avais pas l'intention d'être un imbécile. Je... J'vais rester ici trois mois, et j'aimerais apprendre à vous connaître.

—Je comprends, mentis-je. Je n'y comprenais rien. C'était un connard persuadé que je n'étais pas mince. Les hommes pensent que les femmes rondes ont besoin d'un petit coup de pouce et, à trente-neuf ans, c'est encore pire. C'est comme si un néon clignotant au-dessus de ma tête annonçait que j'accepterais la moindre miette qu'on voudrait bien me jeter.

Non. Pas du tout. J'étais célibataire parce que je l'avais décidé. Parce que j'étais plus heureuse seule qu'enfermée dans la moitié d'une relation vouée à l'échec.

—Ah oui ? demanda-t-il.

Je levai les yeux vers lui et, dans son regard, je perçus autre chose : une pointe d'honnêteté qui laissait entendre qu'il se passait quelque chose. —Bien sûr.

—Vous n'avez pas compris. Mais vous m'offrez une porte de sortie. J'suis désolé, Sofia. J'ai vraiment rien d'un mauvais type.

—Je n'en doute pas, vous ne l'êtes pas. Passez une bonne soirée, Daniel.

Il hocha la tête, une légère grimace trahissant le fait que je venais clairement de le congédier.

Je n'allais pas m'en inquiéter. C'était un inconnu, un locataire. Je n'avais aucune envie de m'impliquer, surtout avec un homme de passage.

Je regagnai mon appartement. Je déposai mon sac près de la porte, là où je le gardais pour pouvoir filer au secours d'un locataire si besoin. Chelsea, Haley et Piper étaient dans la cuisine, en train de manger, de boire et de bavarder.

—Alors, Daniel ? demanda Piper.

—Bizarre. Je crois qu'il est branché plans à trois, répondis-je.

Chelsea avala de travers sa margarita. Haley me regarda, bouche bée. Piper secoua la tête.

—Mais pourquoi tu penses ça, bon sang ? demanda Piper.

Je haussai les épaules. —Il m'a proposé de rester dîner.

—Donc ça veut dire qu'il voulait un plan à trois ? Il n'y a pas besoin de trois personnes pour ça ? demanda Chelsea.

—La porte de la chambre était presque fermée. Je crois que quelqu'un était peut-être à l'intérieur.

—Les plans à trois, c'est pas ton truc, je suppose, taquina Haley.

Je secouai la tête. —Jamais essayé. Franchement, ça ne m'a jamais tentée. Je n'ai pas eu beaucoup de partenaires sexuels, et quand je suis avec quelqu'un, j'aime pouvoir me concentrer sur un seul homme. Je sais que ça fonctionne pour ceux qui aiment ça, mais ce n'est pas pour moi.

—Je ne suis pas douée pour partager, déclara Piper.—Si Gavin proposait ça, je n'en serais pas remise.

—Je pense que c'est différent quand tu n'es en couple avec une personne et que tu veux inviter une troisième personne, dit Chelsea.

—C'est vrai, acquiesça Piper.—Et le fait que Daniel t'invite à dîner ne signifie pas qu'il y avait quelqu'un d'autre. Peut-être qu'il te trouve simplement sympa.

Je secouai la tête et pris ma margarita. —Ça n'a aucune importance. Il a dit qu'il savait que je lui plaisais et qu'il voulait apprendre à me connaître.

—Pourquoi est-ce que c'est un problème ? demanda Haley.

—Cette situation était bizarre, un peu glauque. Je ne sais pas. Ça m'a gênée.

—Désolée. Tu veux que je l'expulse ? demanda Piper.

Je secouai la tête. —Ça s'arrangera. Je m'éloignerai de lui.

—Et s'il a encore besoin que tu répares quelque chose ? demanda Chelsea.

—Je viens avec toi, déclara Haley. — S'il appelle, je viens avec toi. Assure-toi de ne pas rester seule avec lui.

Je secouai la tête. — Je ne peux pas faire ça. D'abord, tu n'as pas le droit d'entrer dans d'autres appartements sans l'accord du locataire. Ensuite, c'est sûrement mon imagination. Peut-être qu'il était simplement gentil. J'en ai trop fait.

Les trois me dévisagèrent, aucune ne croyant au mensonge que je racontais, mais toutes sachant qu'elles ne me feraient pas changer d'avis.

—Tout ce que je sais, c'est que cette sauce est incroyable, déclara Haley. — Il faut absolument que tu me donnes la recette.

—Pareil, approuva Chelsea.

—On devrait peut-être ajouter une soirée mexicaine à l'auberge, suggéra Piper. — Je suis sûre que les clients deviendraient fous d'un truc pareil. Bon sang, jen mettrais même dans un taco.

—Cest ultra simple et délicieux. J'adore. Cest mon option fétiche quand je ne vais pas chez Just Tacos, dis-je.

—J'adore Just Tacos, déclara Chelsea.

—Moi aussi, dit Haley. — Knox m'y a emmenée l'autre soir. J'ai goûté leurs tostadas. Vous avez déjà essayé ?

Aussitôt, mes inquiétudes concernant Daniel furent mises de côté. Nous avons parlé de cuisine et profité de notre dîner et de nos boissons, puis nous nous sommes installées dans le salon. Nous avons lancé un film que personne n'a regardé, continuant de bavarder jusqu'à ce que nous commencions à nous endormir sur les canapés. Haley et Chelsea sont montées à l'étage chez elles, et Piper m'a demandé si elle pouvait dormir dans son ancienne chambre.

—Ton père arrive quand ? demanda-t-elle en tapotant l'oreiller.

—Dimanche dans une semaine.

—C'est bientôt. Tu es prête ?

Je me suis esclaffée. —Pas même en rêve. Mais on'va voir s'il se pointe vraiment.

—Tu devrais peut-être accepter quelques-uns de ces matchs sur À la Recherche du Héros Littéraire Parfait. Comme ça, tu aurais de bonnes excuses pour ne pas être ici quand il'est de passage.

J'ai éclaté de rire. —Je pourrais bien faire ça. Je réfléchis un instant. —C'est quand même grave que, pour moi, sortir avec des inconnus soit préférable à passer du temps avec mon père.

Piper ricana. —C'est vrai. Mais peut-être que tu rencontreras quelqu'un de génial et que ce sera positif. Et peut-être aussi que ta visite avec ton père se passera bien.

—Ou alors il ne viendra' pas, et je pourrai simplement continuer comme je l'ai toujours fait.

—Ou ça, répondit Piper. —Je suis désolée d'avoir empiré les choses en ajoutant Daniel comme locataire.

Je secouai la tête et serrai ma meilleure amie du monde dans mes bras. —Tu n'as aucune raison de t'excuser. Tout ira bien, j'en suis sûre.

—J'espère.

Je souris, souhaitai bonne nuit, puis gagnai ma chambre. Ça devait aller ; il n'y avait pas d'autre option.

4

Depuis quand les hommes sont-ils devenus aussi répugnants ? Beurk. Manifestement, j'étais restée trop longtemps hors du marché des rencontres. Ou peut-être étais-je simplement trop vieille. Je n'avais jamais eu cette impression, mais à trente-neuf ans, je supportais bien moins les conneries qu'il y a dix ou vingt ans.

J'ai décidé de me replonger dans À la Recherche du Héros Littéraire Parfait. Je me suis inscrite il y a une éternité, mais je n'avais jamais eu vraiment de chance, si bien que je l'oubliais la plupart du temps. Mais comme la visite de mon père se rapprochait chaque jour — plus que deux jours avant qu'il n'arrive — j'ai estimé qu'il était temps de prendre le taureau par les cornes et de suivre le conseil de Piper, j'ai décidé.

Bordel, j'ai immédiatement regretté cette décision.

Deux types se sont présentés en décrivant leur bite. En détail. Puis ils m'ont dit ce qu'ils voulaient me faire. Beurk. Si on avait été en couple et qu'ils m'avaient dit ça, ça aurait été excitant, mais là, c'étaient des inconnus.

Merde. J'espérais que c'étaient des inconnus. S'ils

n'étaient pas, je ne pourrais plus jamais les regarder en face. Je priais pour ne jamais le découvrir.

Ces types étaient la raison pour laquelle je n'avais pas eu de rendez-vous depuis des années. Nate Catalan était la raison pour laquelle je n'e sortais presque jamais avec qui que ce soit, mais quand j'étais prête à tenter le coup, ce sont les pervers qui me faisaient retourner à mon boulot, auprès de mes amies et dans ma petite vie tranquille.

J'ai parcouru encore quelques réponses en me répétant que tous les hommes n'étaient pas des enfoirés répugnants, même si j'en avais très peu la preuve. Heureusement, il y en avait un nouveau qui avait l'air moins connard et davantage quelqu'un avec qui je pourrais peut-être discuter.

Et son pseudo m'intriguait.

GIOIOSO

Salut, Parle-moi de façon ringarde. Où les livres se cachent-ils quand ils ont peur ?

Bon, d'accord, mon pseudo attirait peut-être les cinglés qui pensaient que c'était un jeu de mots, mais ce n'était pas le cas. Je l'avais simplement trouvé drôle quand je l'ai inventé.

Apparemment, Gioioso avait compris.

Le message datait de deux jours, ce qui n'était pas si mal pour moi. La plupart du temps, j'oubliais l'existence de À la Recherche du Héros Littéraire Parfait et des mecs qui m'y contactaient.

PARLE-MOI DE FAÇON RINGARDE

Sous la couette ?

Je pouffai en tapant ma réponse. J'adorais cette blague. À vrai dire, j'étais fan de toutes les blagues ringardes, et de lecture aussi, alors mêler les deux me faisait rire à chaque fois.

Je m'apprêtais à fermer l'appli quand j'ai vu apparaître

trois petites bulles : il était en train de me répondre. J'ai hésité à fermer l'appli en vitesse pour éviter de me retrouver coincée dans une conversation avec un inconnu, mais la curiosité l'a emporté.

GIOIOSO

Ouais. Je fais pareil ! MDR

PARLE-MOI DE FAÇON RINGARDE

Dis-moi que tu as l'âge requis pour être ici, s'il te plaît.

GIOIOSO

J'ai l'âge, oui. Je suis sans doute trop vieux, mais parfois, c'est agréable de faire connaissance avec quelqu'un de nouveau. Et toi ?

PARLE-MOI DE FAÇON RINGARDE

Tu ne sais donc pas qu'on ne demande jamais son âge à une femme ?

GIOIOSO

Eh bien, j'ai estimé que puisque tu avais posé la question en premier, c'était de bonne guerre. Et, pour ma défense, je n'ai pas demandé de chiffre.

PARLE-MOI DE FAÇON RINGARDE

C'est vrai. Je suppose que je vais laisser passer. Et ouais, je pourrais avoir deux profils ici et rester dans la légalité.

GIOIOSO

MDR. Oui. J'ai, hum, la trentaine bien entamée. Une jeune femme de dix-neuf ans m'a envoyé un message et je me suis senti comme un vieux pervers.

PARLE-MOI DE FAÇON RINGARDE

Si ça peut te rassurer, il y a ici plein de vieux pervers qui doivent avoir la moitié de ton âge.

GIOIOSO

Je ne suis pas sûr que ça me rassure !

J'ai éclaté de rire. Il était drôle. Et un peu charmant.
Autrement dit, dangereux.

PARLE-MOI DE FAÇON RINGARDE

Je crois que plus je vieillis, moins je tolère
des choses qui me paraissaient insignifiantes
il y a quelques années.

GIOIOSO

Pareil. À bien des égards.

PARLE-MOI DE FAÇON RINGARDE

Je dois te poser une question sur ton
pseudo. Tu sais ce qu'il veut dire ?

GIOIOSO

Je suppose que tu parles de mon pseudo et
non de mon vrai nom. À moins que tu sois un
magicien et que tu connaisses mon vrai nom.

PARLE-MOI DE FAÇON RINGARDE

Je préfère ne pas me prononcer sur mes
talents de sorcière, mais non, je parlais bien
de ton pseudo.

GIOIOSO

Tu pourrais être quelqu'un de précieux à
connaître ! Quant à mon pseudo, il signifie
« jouer avec joie ». Ma prof de piano me
répétait sans cesse cette indication quand
j'apprenais à jouer.

PARLE-MOI DE FAÇON RINGARDE

La mienne aussi. Sauf que ma prof, c'était
ma mère.

GIOIOSO

Je crois que la seule chose pire que ma prof
de piano aurait été de vivre avec elle.
Comment tu as supporté ça ?

PARLE-MOI DE FAÇON RINGARDE

Ma mère était ma meilleure amie. Elle m'a
appris à jouer sur son clavier. Nous n'avions
pas les moyens de prendre de vrais cours,
alors elle m'a formée elle-même.

GIOIOSO

C'est vraiment génial. Et je suis désolé.

PARLE-MOI DE FAÇON RINGARDE

Pardon ?

GIOIOSO

Tu as utilisé le passé, alors j'ai simplement
supposé. Pardonne-moi si je me trompe et si
elle fait toujours partie de ta vie.

PARLE-MOI DE FAÇON RINGARDE

Elle fera toujours partie de moi, mais elle
nous a quittés il y a des années. Et merci.

GIOIOSO

Ça ne doit pas être facile.

PARLE-MOI DE FAÇON RINGARDE

Tes parents font-ils toujours partie de ta vie ?

GIOIOSO

On va creuser ! D'accord. Oui, ils sont
toujours en vie, mais on n'est pas proches.
Plus depuis longtemps, pour être franc.

PARLE-MOI DE FAÇON RINGARDE

Désolée. Je ne voulais pas être indiscrète.

GIOIOSO

Ça ne me dérange pas. Ça fait partie du jeu,
non ? Apprendre à se connaître. Sans
vraiment se connaître.

PARLE-MOI DE FAÇON RINGARDE

C'est vrai. Je me demande toujours si les personnes avec qui je suis associée ne sont pas des gens que je connais déjà.

GIOIOSO

Ce serait bizarre. J'imagine que ça veut dire que je ne devrais pas te dire qui je suis avant de savoir si je suis prêt à faire abstraction du fait qu'on pourrait se connaître.

PARLE-MOI DE FAÇON RINGARDE

Eh bien, maintenant j'ai vraiment envie de savoir.

GIOIOSO

MDR. Pareil. Mais je ne vais pas poser la question. Le mystère, c'est plutôt amusant.

PARLE-MOI DE FAÇON RINGARDE

C'est vrai. Alors, qu'est-ce que tu aimes faire pendant ton temps libre ?

GIOIOSO

Je bosse beaucoup, donc je n'ai pas énormément de temps libre. Du moins, j'en ai jamais l'impression. Est-ce que tu as des tatouages ?

PARLE-MOI DE FAÇON RINGARDE

Waouh. C'est assez personnel.

GIOIOSO

Seulement si la réponse est oui et que tu ne veux pas me dire lequel.

Il n'avait pas tort. J'avais un tatouage. Celui que j'ai fait après Nate, pour me rappeler exactement qui j'étais.

PARLE-MOI DE FAÇON RINGARDE

J'en ai un. C'est une clé de sol avec des oiseaux.

GIOIOSO

Vraiment ? Tu t'intéresses à la musique ?
Évidemment, puisque tu as joué et que tu
savais ce que signifiait mon pseudo, mais
c'est déjà bien plus que les quelques leçons
de piano que j'ai prises quand j'étais gamine.

PARLE-MOI DE FAÇON RINGARDE

La musique a toujours compté pour moi. Je
n'y suis plus très impliquée en ce moment,
mais il fut un temps où c'était essentiel.

GIOIOSO

Dire « il était une fois » laisse penser qu'il y a
toute une histoire derrière.

PARLE-MOI DE FAÇON RINGARDE

Pas une histoire qui se termine bien.

GIOIOSO

Je suis désolé pour ça, moi aussi.

PARLE-MOI DE FAÇON RINGARDE

Merci.

GIOIOSO

Mon premier tatouage était un pari. Un ami
m'a dit que j'étais trop lisse, trop parfaite, et
que je ne serais jamais du genre à me faire
tatouer.

PARLE-MOI DE FAÇON RINGARDE

Et tu lui as montré ?

GIOIOSO

MDR. Bien sûr. J'en ai vingt maintenant.

PARLE-MOI DE FAÇON RINGARDE

Waouh. C'est... beaucoup.

GIOIOSO

Oui. Mais j'adore ça. Chacun est l'expression
d'une partie de moi. Quelque chose
d'important qui m'est arrivé ou qui a compté
pour moi.

PARLE-MOI DE FAÇON RINGARDE

Je ne suis pas sûre de pouvoir exposer
autant de moi-même.

GIOIOSO

Beaucoup ne sont pas visibles au quotidien.
Certains n'ont été vus que par mon tatoueur.

PARLE-MOI DE FAÇON RINGARDE

C'est intéressant. Beaucoup de gens aiment
les exhiber, surtout quand ils en ont autant.

GIOIOSO

Je ne suis pas comme tout le monde.

PARLE-MOI DE FAÇON RINGARDE

Eh bien, c'est bon à savoir.

GIOIOSO

La vie est bien plus intéressante quand on
brille de sa propre lumière.

PARLE-MOI DE FAÇON RINGARDE

C'est une bonne façon de voir les choses.

L'écran s'est assombri puis s'est illuminé pour signaler un
appel entrant. J'ai sursauté et j'ai presque fait tomber mon
téléphone, surtout quand j'ai vu que c'était mon père qui
appelait.

— Salut, Papa, ai-je dit en décrochant.

— Sofia ! Super, tu es à la maison.

Il partait toujours du principe que j'étais à la maison
quand je répondais au téléphone. —Oui, j'y suis.

— Tu peux venir m'ouvrir ?

— Quoi ? Je croyais que tu ne devais arriver que dimanche !

— J'ai décidé d'arriver un peu plus tôt. Je voulais te voir.

J'ai parcouru l'appartement du regard : je n'étais pas prête. Certes, tout était propre et bien rangé. J'avais des draps à jeter sur le lit et plein de nourriture dans la cuisine. Mais moi, je n'étais pas prête.

—Tu es là ? demanda Papa, sa voix forte comme s'il avait déjà parlé plusieurs fois et que je ne l'avais pas entendu.

—Oui. Désolée, Papa. C'est juste que... j'ai été surprise. J'arrive tout de suite.

—Bien. Il raccrocha.

Je fixai mon téléphone alors qu'il revenait à l'application. Un nouveau message de Gioioso m'attendait.

GIOIOSO

Nous devrions tous avoir le droit de célébrer ce qui nous rend uniques.

Je poussai un soupir. Il ressemblait à un homme qui n'avait jamais eu à affronter les laideurs de la vie. J'adorais l'idée, mais ce n'était pas toujours la réalité.

Comme en ce moment. Mon père était l'âme de la fête : extraverti et bavard. Il ne voyait jamais le mal chez les gens, même lorsqu'ils le lui montraient. Il ne voulait qu'une chose : s'amuser.

Sa fille introvertie, en revanche, était un casse-tête. Quand j'ai dû l'accompagner en tournée, il ne savait pas quoi faire de moi. Quand je me suis fâchée parce qu'il n'a pas viré Nate de la tournée, il ne savait pas quoi faire de moi. Il n'a jamais su quoi faire de moi.

C'est pour ça que nous n'étions pas proches.

Et pourtant, il était dehors, attendant que je lui ouvre.

Merde.

PARLE-MOI DE FAÇON RINGARDE

Désolée, je dois partir. Un imprévu vient de surgir. Ravie d'avoir discuté avec toi.

J'ai fermé l'appli avant qu'il ne réponde et que cela ne me donne envie d'ignorer mon père pour discuter avec cet homme drôle et sympathique que je ne connaissais pas plutôt qu'avec celui que je connaissais.

J'ai calé ma porte pour qu'elle reste ouverte et je suis allée à l'entrée. J'ai poussé la porte sécurisée, laissant entrer mon père qui a soufflé, comme si c'était un affront d'avoir dû attendre quelques minutes dehors alors qu'il arrivait avec deux jours d'avance.

—Je ne peux pas faire ça tout le temps. S'il y a une porte fermée à clé, il devrait y avoir quelqu'un pour te faire entrer plutôt que de te laisser dehors, exposé aux intempéries.

Il faisait environ 26 °C et un grand soleil. Pas un nuage à l'horizon.

—Hum hum, me contentai-je de dire.

—Tu as quelqu'un pour prendre mes affaires ?

—Je vais m'en occuper. Elle se trouv'e où, ta voiture ?

— Tu n'as pas quelqu'un ?

Je poussai un soupir. Il savait très bien que je n'avais pas « quelqu'un ». C'était moi, la personne. On en avait déjà parlé. —Non, je n'en ai pas. Je peux aller chercher tes affaires si tu'me dis ce que tu conduis.

Il fit un geste de la main et prit la tête jusqu'à une berline noire et profilée garée au bord du trottoir. La voiture émit un bip quand il s'approcha, puis le coffre se souleva tout seul. À l'intérieur, un ensemble de bagages assortis était soigneusement empilé. —Il y en' a encore sur la banquette arrière aussi.

J'avalai un grognement : cet homme ne voyageait vraiment pas léger.

Je sortis les valises du coffre. Dieu l'en préserve d'abîmer ses mains : c'est avec elles qu'il gagnait sa vie. Il me l'avait répété plus de fois que je ne pouvais le compter, et je pouvais compter sacrément loin.

Une fois tout posé sur le trottoir, je levai les yeux vers lui. Il avait un sac en bandoulière, une mallette à la main, et trois sacs à côté de la voiture.

—Tu peux en prendre quelques-unes ? demanda-je en attrapant les poignées de deux valises.

—Je vais attendre que tu rentres celles-ci et que tu reviennes. Je ne veux pas risquer que quelqu'un parte avec quoi que ce soit. Il balaya du regard la rue déserte, comme si des malfrats n'attendaient qu'une seconde d'inattention pour s'emparer de son précieux chargement.

J'ai hoché la tête, ignorant la pique sur l'endroit que j'avais choisi pour vivre, puis j'ai fait rouler les deux premières valises à l'intérieur. J'ai levé les yeux au ciel en voyant le logo sur les valises et résisté à l'envie d'en râper une contre le mur ou de laisser la porte se refermer dessus.

Après avoir déposé les deux premières dans la chambre où il allait dormir, je suis retournée à la voiture. Il observait un jeune couple qui s'approchait comme s'il représentait une menace.

J'ai levé la main pour leur faire signe. Ils ont souri et m'ont rendu mon salut, tout en lançant un regard en coin à mon père.

—On y va ? lui demandai-je, le détournant du dangereux péril que représentaient les habitants du quartier.

—Ouais. Il saisit la poignée d'une valise, me laissant deux autres valises et un sac de sport. — Je ne sais pas comment tu peux vivre ici.

J'ai ravalé ma réplique et me suis dirigée vers la porte. Il a verrouillé la voiture de luxe, s'assurant qu'elle émette plus d'un bip, puis m'a suivi dans l'immeuble.

J'avais laissé la porte de mon appartement ouverte et, dès qu'il l'a vue, il a poussé un soupir choqué.

—Il y a quelqu'un là-dedans. On doit appeler la police. Il y a une police, ici ?

—Personne n'est à l'intérieur. J'ai laissé la porte ouverte.

—Pourquoi tu as fait ça ? N'importe qui pourrait entrer.

—Ce genre de chose n'arrive pas ici. L'immeuble est sécurisé et tout le monde se connaît. C'est sûr.

Il m'a lancé un regard sceptique, restant en arrière tandis que j'entrais dans mon appartement. Comme je n'ai pas poussé de cri de douleur après une éventuelle attaque, il m'a suivie.

— C'est la chambre que tu me réserves ? demanda-t-il en arrivant dans la pièce où je déposais ses affaires.

J'ai hoché la tête. — Oui. Elle est privée. Tu as ta propre salle de bain. Les rideaux sont occultants, donc tu peux dormir quand tu veux.

— C'est… minuscule.

Respirer profondément. — Oui, c'est petit. Mais c'est tout ce que j'ai. Tu peux toujours loger à l'auberge du coin…

— Une auberge ?

— S'ils ont de la place. L'hôtel le plus proche offrant une suite et le confort auquel tu es habitué se trouve à deux heures d'ici.

Il parcourut la pièce du regard, le visage crispé.

Il m'a fallu toute ma volonté pour ne pas m'excuser. Je voulais toujours faire plaisir. J'aimais qu'on m'apprécie. Et lui, c'était mon père. Parmi tous les gens dont je pouvais rechercher l'approbation, c'était la sienne que je désirais. C'est de lui que je la voulais.

Je détestais ressentir ça, mais c'était la vérité. Ça avait toujours été ainsi. Dès que j'avais appris qu'il était mon père, j'avais voulu qu'il m'apprécie ; qu'il soit fier de moi et qu'il me voie comme quelqu'un de bien.

Ce n'est pas que ses critères et les miens coïncidaient — je l'avais vite compris. Mais il y a quelque chose de profondément humain dans le désir d'obtenir l'approbation de ses parents. Je ne connaissais personne qui n'éprouve pas la même chose.

— Ce n'est pas pour toujours. Je ferai avec, finit-il par dire.

J'ai expiré le souffle que je retenais et j'ai esquissé un sourire. —Parfait. Je te laisse t'installer. Les commodes et le placard sont vides. Dans la salle de bains, il y a quelques affaires sous le lavabo pour quand j'ai des invités, mais ça devrait te laisser assez de place pour ce dont tu as besoin. Je jetai un coup d'œil à ses bagages et compris que tout mon appartement ne pourrait pas contenir toutes ses affaires'. Loin de là.

—J'ai engagé quelqu'un pour s'en charger.

—Quoi ?

Il haussa les épaules. —J'ai embauché un assistant personnel pour mon séjour ici. Il installera mes affaires et s'assurera que j'aie un endroit où manger la cuisine que j'aime.

—Tu te fiches de moi ?

—Pourquoi je plaisanterais avec ça ?

Je soupirai. Il n'avait aucune idée de la façon dont le reste du monde fonctionnait. —Bon. Alors, est-ce qu'il y a quelque chose que tu veux faire ?

—Ici ?

Pourquoi ai-je accepté qu'il reste chez moi ? Qu'il vienne me voir ? Je ne savais pas ce qui m'avait pris. Cinq foutues minutes et j'avais déjà envie de l'étrangler.

Et je ne pouvais même pas dire que cela me surprenait. Il avait toujours été un prétentieux qui croyait que le monde entier tournait autour de lui.

—Si tu préfères aller ailleurs, tu es libre de le faire aussi.

—Tu ne viens pas avec moi ?

—Papa, je ne savais pas que tu venais aujourd'hui. Tu m'avais dit dimanche. On est vendredi après-midi. J'ai encore du travail ; je dois passer voir un appartement et faire un peu d'entretien dans l'immeuble.

— Oh. Tu es occupée. Je ne savais pas que j'allais te déranger.

J'ai laissé échapper un long soupir. J'avais oublié à quel point il était doué pour me faire culpabiliser. C'était soit ça, soit une tournée. Nous ne partions jamais en vacances ni ne faisions rien d'amusant. Juste des tournées et des virées de culpabilité.

— Il faut que je termine mon travail. On pourra manger un morceau plus tard ce soir et tu me diras ce qu'il en est. Ça te va ?

Il hocha la tête. —Il faudra bien.

— Oui. Contente de te voir, Papa. J'reviendrai dans quelques heures.

— Amuse-toi bien. J'attendrai assis ici.

Je n'allais pas me laisser avoir. Je n'allais pas gâcher ma journée et modifier mes plans simplement parce qu'il avait changé les siens sans me prévenir. J'en serais malade toute la journée, mais il devait apprendre à me respecter un jour.

Même si ça devait me tuer pour l'y obliger.

5

TREY

J'ai lancé mon stylo sur le carnet et me suis laissé tomber sur le canapé. Putain. Au début, écrire était un jeu d'enfant. Les mots coulaient comme s'ils étaient dictés par le ciel, comme s'ils seraient toujours là.

Avec les années, ça s'est compliqué, mais je finissais toujours par trouver les mots. Puis, un jour, tout s'est évaporé. Les mots ont cessé d'apparaître comme par magie dès que je prenais un stylo. La dernière séance d'écriture… Il n'aurait surtout pas fallu que ça se reproduise. Pas si je voulais un nouveau contrat. Pas si je voulais continuer à chanter mes propres chansons et éviter d'aller faire mon marché aux titres.

J'étais fier de n'avoir jamais eu à en arriver là. Une collaboration ? Pas de problème ; je suis partant. Mais acheter une chanson à quelqu'un d'autre ? Ses émotions, ses mots ?

J'aurais préféré ne pas enregistrer. Et c'est pourtant ce qui arriverait si je n'arrivais pas à me ressaisir.

Plus d'une semaine s'était écoulée et tout ce que J'avais réussi à faire, c'était de convaincre Sofia que j'étais un pervers. J'avais juré à Piper que ce n'était pas vrai lorsqu'elle m'avait appelé le matin suivant ma fausse demande de dépannage auprès de Sofia. Je me sentais tellement con que j'évitais Sofia depuis. Mais je devais apprendre à la connaître. Ma carrière en dépendait.

Un bruit devant mon appartement attira mon attention. C'était peut-être Sofia. Peut-être aurais-je une nouvelle occasion de lui parler.

J'ai ouvert ma porte et trouvé une femme âgée qui luttait avec ses clés et deux sacs en papier remplis de courses. L'un d'eux bascula, prêt à se renverser, avant qu'elle ne se penche pour le rattraper.

—Bon sang, souffla-t-elle.

—Je peux vous aider ? demandai-je.

Elle leva vers moi des yeux marron foncé où brillait la méfiance. —Pourquoi ? Pour que vous vous incrustiez dans mon appartement ?

J'ai failli rire. Elle faisait la moitié de ma taille mais avait deux fois plus de tempérament, si l'on se fiait à sa hanche sortie et à sa mâchoire avancée. Elle me rappelait la meilleure amie de ma m'ère quand j'étais gamin. Miss Emily avait la répartie aussi vive que son coup de cuillère en bois. Elle pouvait plaisanter une seconde, me donner une tape sur les fesses la suivante, puis reprendre ce qu'elle faisait comme si de rien n'était.

—Pas du tout, dis-je en reculant vers mon appartement. —Je voulais simplement être courtois.

La femme plissa les yeux en me dévisageant. —Vous êtes le nouveau ? Celui qui passe l'été ici ?

J'acquiesçai, interrompant ma retraite. —Oui. J-J'essaie de me reposer un peu et de réfléchir à la suite. Je m'appelle Daniel.

—Vous êtes dealer, Daniel ?

J'éclatai d'un rire nerveux, mais elle ne plaisantait pas. —Euh, non, madame. Je ne me drogue pas et je n'en vends pas.

—Comment pouvez-vous payer le loyer pour tout l'été sans travail ?

—J'ai un travail. Enfin… j'en avais un. J'ai économisé de l'argent.

Elle haussa un sourcil sombre. Sa peau brune se plissait autour des yeux et tombait légèrement sous le menton. Elle portait une longue robe qui lui arrivait sous les genoux et des baskets sans souci de mode. Un sac à main noir traversait son buste, partiellement caché par les sacs de courses qu'elle tenait encore fermement. —Mais vous n'êtes pas dealer ?

Je secouai la tête en pinçant les lèvres. —Non. Absolument pas.

—Vous essayez d'entrer chez moi ?

—Juste pour vous aider à porter vos courses.

Elle plissa de nouveau les yeux, hocha la tête puis me fourra les sacs dans les bras.

Je les rattrapai de justesse avant qu'elle ne se tourne vers sa porte pour la déverrouiller. Elle passa devant, sans plus me prêter attention, jusqu'à ce qu'elle atteigne la cuisine et pousse du courrier pour que je puisse déposer les sacs.

Je fis un pas en arrière et jetai un coup d'œil à son appartement. C'était le reflet du mien. Ses meubles n'étaient pas aussi jolis que ceux de mon logement, ce qui me fit penser que tout le monde ne louait pas forcément un appartement meublé.

—J'espère que vous n'attendez pas de pourboire. Ces appartements sont abordables, mais je vis ici parce que je sais que Piper veille sur l'immeuble.

Je hochai la tête. —Je n'attendrais jamais de pourboire. Je n'ai vu aucun autre appartement que le mien. Je prends juste le temps de m'habituer à l'effet miroir. C'est un bel immeuble.

—En général, oui. Sofia veille à ce que tout soit en ordre. Vous avez déjà rencontré Sofia ?

Je hochai la tête. —Quand j'ai emménagé.

—Vous avez intérêt à bien la traiter.

—Je n'envisagerais jamais le contraire.

—Bien. Maintenant, vous devez partir. J'ai des courses à ranger et je n'ai pas acheté de quoi vous nourrir.

Je laissai échapper un petit rire et acquiesçai en me dirigeant vers la porte. —Ravi de faire votre connaissance. N'hésitez pas à frapper chez moi si vous avez besoin de quoi que ce soit.

—Et selon vous, de quoi pourrais-je avoir besoin ?

Je secouai la tête. —Probablement de rien. À bientôt.

Elle acquiesça d'un signe de tête, puis reprit le déballage de ses sacs pendant que je sortais.

Je regagnai mon appartement et ignorai le carnet qui me narguait sur la table. Il fallait que je fiche le camp d'ici, que je fasse autre chose. Peut-être rencontrer une femme. Bon sang, celle avec qui je discutais sur cette appli était intéressante, mais je ne pouvais pas me contenter trop longtemps d'une relation virtuelle : j'avais besoin d'un véritable contact humain.

Alors que cette pensée me traversait l'esprit, je n'allais pas le faire. Où était la limite ? À partir de quand avais-je cessé d'être le rockeur sexy pour devenir le vieux type flippant ? L'avais-je déjà franchie ?

Je sentais clairement que je l'avais franchie. Quand des adolescentes lançaient leurs petites culottes sur scène en jurant qu'elles pouvaient faire des trucs que je n'avais encore jamais vus, et que je faisais le calcul pour me rendre compte qu'elles pourraient être mes filles, le malaise prenait le dessus.

Parle-moi de façon ringarde n'avait pas répondu à mon dernier message ; j'ai donc attrapé mes clés et je suis sorti.

L'eau était magnifique. J'ai marché vers elle, me laissant happer. Gavin a dit que l'un des gars fabriquait des bateaux.

Ian, peut-être ? Je n'étais plus allé à leur soirée entre mecs après avoir mis Sofia mal à l'aise, mais je pourrais peut-être passer chez O'Kelley's pour savoir où se trouvait l'atelier d'Ian.

Je me suis retrouvé sur la place de la ville, à contempler l'eau, et je n'ai réalisé que trop tard que j'étais au milieu de la foule. Des food trucks bordaient les rues et un groupe répétait sous le kiosque au sommet de la colline.

—Daniel ! cria quelqu'un à quelques pas de moi.

Ian. Le type auquel je pensais justement. Il était accompagné d'une jolie brune, la serveuse du café où j'avais pris mon petit déjeuner l'autre jour, si je me souvenais bien. Il tenait dans les bras un bambin qui gigotait.

Je m'approchai d'eux et tendis la main pour le saluer quand je fus à portée. — Ian, c'est bien ça ?

—Bonne mémoire. Voici ma femme, Blake, et notre petit monstre, Maddox.

Je ris à sa plaisanterie évidente. — Il est adorable. Tu travailles chez Cracked ?

Blake acquiesça. — Oui. Je n'ai pas voulu me présenter l'autre jour parce que j'ai trouvé que ça aurait été bizarre.

—Tu savais qui j'étais ?

—Petite ville. Tout le monde sait tout, répondit Ian à sa place.

Blake hocha la tête.

La panique me saisit. Cela signifiait-il qu'ils savaient pourquoi j'étais là ? Ou qu'ils savaient qui j'étais ?

—On voit beaucoup de monde ici pendant l'été, mais ils ne font que passer. Quand Ian a dit que vous étiez venue à la soirée des gars' la semaine dernière, je vous ai cherchée. Même si vous n' êtes pas ici pour toujours, vous n'aviez pas le même air pressé que les touristes, expliqua Blake.

—Les touristes ont l'air pressés ? demandai-je, essayant de dissimuler ma panique.

Blake laissa échapper un petit rire et acquiesça. —Oh, oui. Ils essaient d'attraper un ferry, de rejoindre une excursion ou de voir quelque chose avant la fermeture. Ici, on a une attitude plutôt détendue, mais ceux qui ne restent qu'une semaine agissent comme s'ils devaient tout voir sur-le-champ.

—La vie file à toute allure, dis-je.

Maddox gargouilla quelque chose, attirant l'attention de Blake et d'Ian.

—Ça, c'est sûr. Nous allons prendre quelque chose à manger. Vous êtes ici pour le groupe ? demanda Ian.

—Je voulais simplement m'aérer après être restée toute la journée dans mon appartement. En fait, je comptais voir où se trouvait votre boutique. Je me demandais si vous louiez des bateaux ou quelque chose comme ça, lui expliquai-je.

—Non, je n'ai pas de service de location. Mais j'en ai quelques-uns que vous pouvez emprunter, répondit Ian. Il se balança avec le bébé pour le calmer avant qu'il ne s'énerve.

—Je n'oserais pas. Il faudrait que je vous paie.

—Pourquoi ? Si c'est juste posé là, autant que quelqu'un les sorte sur l'eau. Vous êtes libre de prendre ce que j'ai. J'habite Ontario Street : impossible de la manquer. Passez lundi.

J'ai hoché la tête tandis qu'ils s'éloignaient, parlant au bébé et se le passant pour le distraire. Ian a ri de quelque chose que Blake avait dit, et cette douleur m'a de nouveau frappé en plein cœur.

Ce n'est pas ce que je veux.

Je me suis détourné de la famille heureuse et j'ai poursuivi mon chemin.

Les gens me faisaient signe lorsque je passais devant eux, me dirigeant vers l'animation que je venais tout juste de quitter. Familles et couples convergeaient tous vers le centre-ville.

On aurait dit une scène de film. Je n'avais jamais vécu

dans une petite ville, et le fait d'être ici me donnait l'impression d'étouffer. Surtout après que Blake a dit qu'elle savait qui j'étais.

Je me demandais alors pourquoi personne ne m'avait encore démasqué. S'ils me reconnaissaient tous, cette petite ville était-elle tellement perdue au fin fond du monde qu'ils n'avaient jamais entendu parler de *Broken Record* ?

Les premières mesures de notre tout premier single se sont élevées dans l'air alors que cette pensée me traversait l'esprit. Les gamins sur scène… Ils jouaient notre morceau. Mon morceau. Celui que j'avais composé à peine assez vieux pour comprendre ce que cela voulait dire de rêver d'être une rockstar. La chanson que j'avais griffonnée, un soir, au dos d'une serviette. À l'époque où écrire des chansons était simple.

Je me suis arrêté et je me suis assis sur un banc au milieu du trottoir. J'ai fermé les yeux et laissé cette musique familière m'envahir.

Je n'arrivais pas à me souvenir de la dernière fois où j'avais pris plaisir à écouter de la musique — quand ce n'était pas un travail. Quand je la sentais en moi comme une partie tangible, comme un organe que seuls certains possèdent. Comme une annexe musicale dont on peut se passer, mais que certains ont la chance de garder à jamais.

J'avais l'impression qu'on me l'avait arraché, qu'il me manquait cette partie de moi qui, autrefois, semblait la plus grande.

Mais en écoutant ces gosses jouer ma chanson, la chanter de tout leur être, hurler des paroles qui jadis avaient jailli de mon subconscient comme si elles ne pouvaient plus rester enfermées, j'ai compris que je n'avais pas complètement perdu cette part de moi. Elle était toujours là. Mon organe musical s'accordait, cherchant le chemin pour refaire surface.

La chanson s'est terminée et les gamins ont enchaîné sur

une autre reprise. J'ai rouvert les yeux et repris mes esprits. Je n'étais pas sur scène. Ce n'était pas moi qui chantais. J'étais juste un gars assis sur un banc.

J'ai continué de m'éloigner du concert, me frayant un chemin dans les petites rues de la ville jusqu'à l'endroit où Ian avait dit que se trouvait son atelier. C'était un immense bâtiment métallique, planté juste au bord de l'eau et, franchement, impossible de le rater.

J'ai rebroussé chemin vers le centre-ville, sachant que je devais traverser toute l'animation pour rentrer chez moi. Ça ne m'enthousiasmait pas vraiment, mais c'était nécessaire.

Je me suis retrouvé à une rue du bord de l'eau et j'ai continué d'avancer, me disant qu'il était impossible de se perdre dans une ville de la taille des salles où on jouait d'habitude. J'ai regagné mon immeuble sans croiser trop de monde et je me suis retrouvé à nouveau sur mon canapé, le stylo à la main.

J'ai fermé les yeux et tenté de me reconnecter à la sensation que j'avais eue en entendant ma chanson, mais, en moi, tout était redevenu silencieux. L'instant était passé. L'occasion aussi.

Merde.

DIMANCHE APRÈS-MIDI, je suis sorti chercher de quoi manger. Je n'avais pas l'habitude de cuisiner, mais j'allais m'y mettre. Un jour. En attendant de savoir comment ne pas brûler de l'eau, j'allais tester les restaurants du coin.

Je les avais presque tous essayés.

Jusqu'ici, Just Tacos restait mon préféré, mais Will Work For Burgers arrivait juste derrière. Cracked était excellent pour le petit-déjeuner, mais je n'étais pas du genre petit-déj' à toute heure et je prenais le plus souvent un smoothie tout prêt. Les jours où j'étais levé avant midi.

Je venais de récupérer des plats italiens chez Gino's et je rentrais quand la porte m'a échappé des mains et que je me suis retrouvé les fesses par terre.

Le contenant s'est ouvert, déversant sur le trottoir — et sur moi — la nourriture censée me faire deux jours.

—Oh, mon Dieu ! Je suis vraiment désolée. Je ne faisais pas attention à ce que je faisais. Je ne t'ai pas vu. Je n'ai pas… Laisse-moi te racheter ton repas et payer ton pressing. Ou tout ce que je peux faire. Je suis vraiment, vraiment désolée.

J'ai levé les yeux vers Sofia ; les mots jaillissaient si vite de sa bouche qu'ils se bousculaient. Ses yeux étaient rouges et ses joues striées de larmes. Ses mains se tordaient devant elle, tandis qu'elle tendait la main pour m'aider à me relever du trottoir.

— Ça va ? demandai-je. J'avais appris depuis longtemps qu'une femme en larmes était une chose dangereuse : l'ignorer pouvait virer à la catastrophe ; y prêter attention aussi.

Sofia me remit sur mes pieds et hocha la tête. — Je… j'aurais dû faire attention à l'endroit où j'allais.

— Tu es en sécurité ? Tu avais l'air vraiment pressée de sortir du bâtiment. Quelqu'un te poursuit ?

Elle eut un rire sans joie. — Sauf si tu comptes un père qui essaie de rattraper toute une vie d'absence en un seul été.

Mes sourcils se levèrent. — Ton père est ici ? Je ne le savais pas.

Elle me regarda comme si j'étais fou. Sans doute parce que c'est l'impression que je donnais.

— Je voulais juste dire que j'ignorais que tu vivais avec lui.

— Non. Pas d'habitude. Il est venu nous rendre visite. Il devait arriver aujourd'hui, mais il a débarqué vendredi, et rien de ce que je fais n'est assez bien pour lui. Ça n'a jamais été le cas, donc ce n'est pas vraiment une surprise, mais je n'avais pas eu à gérer ça depuis vingt ans. Elle expira profondément, inspira de nouveau puis relâcha l'air.

— Les parents, c'est parfois compliqué. Les miens n'avaient jamais beaucoup de temps pour moi en grandissant. Ils me considéraient davantage comme un fardeau que comme la bénédiction que, paraît-il, représentent les enfants.

— Je suis désolée.

Je haussai les épaules. — Je suppose que j'y suis habitué.

— Mais ça craint quand même.

J'acquiesçai, sachant qu'elle avait besoin d'une réponse.

— Enfin, j'ai vraiment honte de t'avoir bousculé. On dirait que toi aussi tu récupérais le dîner pour un rendez-vous. Je t'ai gâché toute ta soirée.

Je jetai un coup d'œil au carnage de pâtes et de sauce étalé par terre et je ris. —Pas de rendez-vous. Je fais juste des provisions pour quelques jours. Je ne cuisine' pas vraiment, alors je teste tous les restos' à emporter de la ville.

—Gino's est vraiment excellent. Je peux les appeler et leur demander de refaire ta commande immédiatement. Elle sortait déjà son téléphone.

—Tu n'as pas à faire ça.

—C'était ma faute.

—À mon avis, c'est ton père's qui est responsable.

Elle pouffa. —Le nombre de psys qui' s'en donneraient à cœur joie avec une pareille déclaration…

Je ris avec elle. Elle était magnifique quand elle riait. Et quand elle pleurait. Et quand elle se montrait déterminée.

Putain, elle était juste magnifique.

Des lèvres pleines et boudeuses, et des formes généreuses. Si j'avais su que c'était elle qui m'avait renversé, j'aurais pris une seconde pour savourer la sensation de son corps contre le mien.

À la place, je me retrouvais à espérer une nouvelle occasion de me lover contre ses courbes.

—Salut, chéri, c'est Sofia. Vous venez de préparer une commande pour Daniel ?

Elle mit sa conversation en pause et me sourit. Je ne m'étais même pas rendu compte qu'elle avait passé un appel, tant j'étais perdu dans mes pensées.

— Oui, j'ai tout fichu en l'air pour lui. C'est sur le trottoir. Vous pourriez le refaire ? Mettez ça sur ma note. L'un de nous passera dans vingt minutes.

Elle haussa les sourcils vers moi. J'acquiesçai, sans vraiment savoir à quoi je venais de dire oui.

— Merci. Elle marqua une pause. — Dites, pourriez-vous ajouter une portion de raviolis dans un sac séparé pour moi ? En fait, laissez tomber. Je crois que je'ai envie de manger sur place, si vous avez une table pour une personne. Elle rit de quelque chose. — Merci. J'arrive bientôt.

Elle raccrocha et glissa le téléphone dans sa poche.

— Je te ramènerai ton repas quand tu' seras prêt. Comme ça, tu n'auras pas à ressortir.

— Ou je pourrais tout simplement dîner avec toi, ai-je proposé.

Je retins mon souffle pendant qu'elle réfléchissait. Lorsqu'elle hocha la tête, j'eus l'impression d'avoir remporté quelque chose.

— Tu peux me laisser cinq minutes pour me changer ?

Elle sourit. — Bien sûr. Je t'attends ici.

— Tu ne vas pas m'abandonner, hein ?

Elle pouffa. — L'idée m'a peut-être traversé l'esprit, mais tu sais où j'habite et tu sais où je' vais, alors je me dis que ce serait peine perdue.

— Mais tu n'as pas vraiment envie d'aller dîner avec moi.

Elle leva les yeux vers moi. Ses yeux bleus étaient encore plus intenses que je ne l'avais remarqué auparavant. Ils contenaient une pointe de tristesse, peut-être de solitude. Quelque chose me soufflait qu'elle cachait des secrets. Beaucoup de secrets.

Des secrets que j'avais envie de percer.

Et pas seulement parce que je voulais approcher son père. Il y avait chez Sofia quelque chose auquel j'avais du mal à résister.

—Je ne sors pas beaucoup. Et je sais que ce n'est pas un rendez-vous, mais…

—Pourquoi est-ce que ce n'est pas un rendez-vous ?

Elle renifla de nouveau. —Je ne sais pas ce que tu viens faire ici, Daniel, mais je sais que ce n'est pas parce que tu penses à déménager à L'anse MacKellar. Quant à moi ? Je ne partirai pas. J'ai sillonné le monde, et j'aime cet endroit. J'aime le calme. J'aime pouvoir réfléchir. J'aime une vie simple. Mais je suis prête à ce qu'on soit amis.

Je lui adressai un sourire, le laissant faire son effet.

Elle poussa un profond soupir, comme si elle avait du mal à résister au charme que j'étalais généreusement.

—On peut commencer par être amis, dis-je en baissant la voix pour qu'elle entende mon désir et comprenne que je n'étais pas intéressé par une simple amitié.

La voir frissonner me confirma qu'elle était à moi.

Mais, pour la première fois, le fait d'avoir fait changer d'avis une femme ne me procura aucun frisson. Je ne me sentis pas puissant. Je me sentis comme un salaud, parce que je n'étais pas honnête avec elle.

Et Sofia… Quelque chose me disait qu'elle n'allait pas l'accepter.

Mais, comme elle l'a dit, il n'était pas prévu que je m'installe ici. Trois mois. C'était tout. Ensuite, je partirais et, avec un peu de chance, j'emporterais quelques nouveaux tubes avec moi.

6

SOFIA

À quoi est-ce que je pensais ? La porte s'est refermée derrière lui, et je suis restée plantée là, à la fixer, en me demandant ce qui clochait chez moi. Un mec canon me fait les yeux doux et j'abdique. Je capitule sans réfléchir.

Merde.

Je ne savais pas ce qu'il avait de si spécial pour me faire agir comme une idiote. Ce n'était pas le premier beau garçon à m'avoir accordé un peu d'attention. Certes, ça n'arrivait pas si souvent, mais de temps en temps, oui. Je n'étais jamais tombée dans le panneau auparavant. Alors, qu'est-ce qui faisait la différence avec Daniel ?

J'ai secoué la tête et décidé que ça n'avait pas d'importance. À tout le moins, je lui devais un dîner. Après cette dispute idiote avec mon père, ça faisait du bien de m'échapper pendant quelques heures. C'est pour ça que j'avais filé dehors à toute vitesse. J'avais besoin de souffler.

Grandes respirations. Inspire. Expire.

Les projets sans fin de mon père allaient finir par me tuer. J'aimais la structure et la routine. J'aimais savoir ce qui allait se passer. Et j'aimais ma vie telle qu'elle était.

Vivre avec mon père n'avait rien à voir avec la vie avec Piper, ni avec aucun de mes anciens colocataires. Mon père était égoïste et désordonné. Et il n'était là que depuis quelques jours ! Mon appartement débordait déjà de ses affaires. Je n'avais même pas conscience qu'il en possédait autant. Et c'est moi qui avais tout porté à l'intérieur.

Pfff. Il fallait que je trouve un moyen de lui parler. Je n'avais toujours pas compris ce qu'il faisait là, alors je marchais sur des œufs, essayant d'éviter la dispute. Quand on le mettait face à ses torts, il réagissait comme un enfant boudeur, alors je laissais couler. Tout le temps. Et il en profitait, parce qu'il savait qu'il pouvait.

La porte d'entrée s'est ouverte brusquement, me tirant de mes pensées. Daniel a balayé la pièce du regard, comme s'il s'attendait vraiment à ce que je l'aie planté là. Quand son regard s'est posé sur moi, un sourire a illuminé ses yeux puis ses lèvres, et j'ai eu la sensation de ne pas être 'qu'une sortie par pitié ou une histoire inventée.

Il était heureux que je sois encore là. Je ne me souvenais plus de la dernière fois qu'un homme avait été content de me voir.

—Merci d'avoir patienté, dit-il, comme si je lui avais rendu service.

—C'était la moindre des choses puisque c'est à cause de moi si tu n'es pas à l'intérieur en train de profiter de ton repas.

Il élargit son sourire, puis se tourna vers chez Gino. Je me mis à marcher à ses côtés ; le silence entre nous n'était ni tout à fait confortable, ni vraiment gênant.

—Alors, ton père, c'est un vrai emmerdeur, hein ? demanda-t-il après quelques minutes.

Je pouffai, incapable de me retenir alors qu'un inconnu jugeait ma relation. —Nous'n'avons jamais été proches. Je ne sais pas quoi lui dire la plupart du temps, et il n'a jamais compris'.

—Mais il est ici pour quelques jours afin de changer ça ?

Je haussai les épaules. —Je ne crois pas que ce soit seulement pour quelques jours. Il a amené assez de bagages pour tenir plusieurs mois. Cela dit, il n'est pas du genre à voyager léger, alors ça pourrait n'être qu'une semaine.

—Y en a qui sont comme ça. Mon pote Seth, c'est une catastrophe. Il emporte toujours plus de trucs qu'il n'en faut, puis il râle quand il ne peut'pas tout faire rentrer dans sa valise au retour.

Je ris. —Moi, c'est l'inverse : je finis toujours par voyager trop léger. J'ai déjà dû acheter en vacances des choses que je m'étais persuadée de ne pas avoir besoin.

—Des sous-vêtements, hein ? Tu n'en avais plus ?

Je reniflai en acquiesçant. —Ouais. Deux fois. Maintenant, c'est la seule chose que je sur-emballe. Je pr'éfère rapporter des sous-vêtements propres que devoir en acheter de nouveaux.

— Absolument. Daniel s'arrêta devant le restaurant et m'ouvrit la porte. Il sourit tandis que je passais devant lui.

J'ai peut-être accentué légèrement le balancement de mes hanches en passant devant lui. Peut-être.

—Salut, Sofia ! Lucy était la propriétaire et travaillait en général comme hôtesse du restaurant. Son mari, John, était le chef. Leurs enfants, Amy et Tina, aidaient à faire tourner l'endroit. C'était un véritable restaurant familial, et ils faisaient en sorte que tous les habitants de la ville se sentent membres de la grande famille.

—Salut, Lucy. Je serrai la femme plus âgée dans mes bras, inspirant le parfum de sauce tomate qui semblait toujours lui coller à la peau.

—Ta commande à emporter est prête, et nous avons déjà installé ton plat à une table pour que tu n'aies pas à attendre.

Lucy regarda derrière moi, là où Daniel n'avait rien dit. —Mais on peut dresser l'un de ces plats pour que vous puissiez profiter de votre repas ensemble.

—Merci, dit Daniel en s'approchant. Sa main se posa dans mon dos, possessive, comme si nous étions ensemble. Comme s'il avait le droit de me toucher.

Ça ne m'a pas déplu.

Lucy me lança un sourire en coin, les yeux ronds et le sourire encore plus large. Je secouai la tête, mais c'était inutile : Lucy avait déjà décidé que nous étions ensemble.

Elle nous conduisit à une table où une assiette fumante de raviolis nous attendait, accompagnée d'un verre de vin rouge et d'un verre d'eau. Le sac à emporter n'était pas là, mais je savais qu'il reviendrait bientôt, allégé d'un repas.

—Et voilà, déclara Lucy en agitant la main vers la table. —J'espère que cela vous convient pour ce soir.

—C'est parfait, Lucy. Vraiment.

—Parfait, dit Daniel. —Merci beaucoup. Sofia dit que la cuisine est incroyable ici. C'est grâce à toi ?

Lucy rougit, et bon sang, je réalisai que je n'étais pas la seule femme à tomber sous son charme. Qu'avait donc Daniel pour faire croire aux femmes qu'elles étaient uniques ?

—Non, pas moi, répondit Lucy. —C'est mon mari le roi des fourneaux. Et aussi du lit, pour être honnête.' Lucy porta aussitôt une main à sa bouche, les yeux écarquillés, comme si elle n'en revenait pas de l'avoir dit.

—Les deux pièces les plus importantes, déclara Daniel sans hésiter.

—C'est exactement ce qu'il dit ! Lucy éclata de rire, son embarras envolé.

—Un homme malin.

—Et doué.

Daniel rit avec elle, les yeux pétillants de malice. —Tant mieux pour toi.

Lucy rit de nouveau. —Oh oui, vraiment.

—Voici votre dîner, annonça Tina, nous épargnant d'autres histoires sur Lucy et John. —Le reste de la commande à emporter est à l'arrière, où nous pouvons la garder au chaud.

—Merci, Tina. Comment tu vas ? lui demandai-je en désignant d'un signe de tête son ventre arrondi.

Tina caressa son ventre et sourit. —Je vais très bien. Il reste encore deux mois, mais je me sens en forme. Merci, Sofia. Profitez-en tous les deux. Tina entraîna sa mère plus loin, comme si elle savait qu'il valait mieux éloigner Lucy de Daniel.

—Tu viens souvent ici ? demanda Daniel.

Je haussai un sourcil. —C'est une phrase d'accroche ?

Il éclata de rire et secoua la tête. —Ce n'était pas mon intention. Elles te connaissaient toutes les deux.

J'ai hoché la tête. —En partie pour l'ambiance de petite ville, en partie pour la cuisine. Je suis une grande fan de cuisine italienne, et la leur est exceptionnelle.

—Alors j'ai vraiment hâte de goûter. Il souleva une bouchée de ses scampis aux crevettes et la tint en l'air comme un verre de vin pour porter un toast.

J'ai pouffé puis piqué un ravioli, faisant tinter ma fourchette contre la sienne. Nos regards se sont accrochés tandis que nous mangions, l'air crépitant entre nous.

Il ferma les yeux et laissa échapper un gémissement. Sa fourchette retomba, résonnant contre l'assiette. —Mon Dieu, c'est divin. Comment ai-je pu attendre aussi longtemps avant de venir ici ?

—Eh bien, je t'aurais conseillé de commencer par ici.

—J'aurais préféré ça plutôt que tu t'enfuies de chez moi cette première nuit.

Mes joues se réchauffèrent à ce souvenir. —Tu te comportais bizarrement. Ça m'a mise mal à l'aise.

Il se redressa. —Ah bon ? Je ne m'en suis pas rendu compte. Il inclina la tête. —Qu'est-ce que j'ai fait ?

J'ai secoué la tête. —Ce n'est plus important. Je me suis trompée, et je suis contente que nous ayons pu venir ici ce soir.

Il soutint mon regard encore un instant, puis acquiesça et laissa tomber la question.

Nous avons englouti nos assiettes sans même attendre qu'elles refroidissent.

—Tu as grandi ici ? demanda Daniel en raclant la dernière bouchée de son assiette.

—Non. J'ai un peu grandi aux quatre coins du pays.

—Armée ? demanda-t-il en levant les yeux vers moi avant de les reporter sur l'assiette.

—Tu vas lécher ton assiette ?

Un coin de sa bouche se releva. —J'essayais de trouver comment faire sans te dégoûter. Tu devrais peut-être détourner le regard.

—Tu veux que je te laisse seul avec ton assiette ?

Il me regarda, puis baissa de nouveau les yeux vers l'assiette, avant d'acquiescer gravement. —Oui, je crois bien.

Je ris en secouant la tête, cherchant à me souvenir de la dernière fois où j'avais passé un dîner aussi agréable en compagnie d'un quasi inconnu. Il me faisait rire et ne parlait pas seulement de lui. Il me posait des questions, et il semblait vraiment se soucier de mes réponses.

Il reposa son assiette sur la table et me sourit. —Ton rire, c'est comme le lever du soleil après une nuit de cuite.

J'allais le remercier quand la fin de sa phrase me frappa. —Une nuit de cuite ? Je ris. —C'est censé être un compliment ?

Il rentra le menton et haussa les épaules, comme s'il était gêné. —Je voulais juste dire que c'était rafraîchissant.

J'acquiesçai, trouvant l'image poétique, d'une façon sombre et tordue. —Alors merci.

—Ce n'était pas terrible. Désolé.

Je souris. —C'était unique.

Son sourire se fit crispé. —On devrait sans doute rentrer.

Il leva la main pour demander l'addition, mais je secouai la tête. —Tu n'as plus envie de dessert ?

— Ils ont des desserts ? Son ton était empli d'enthousiasme et d'impatience.

Je souris. — Les meilleurs de la ville : des cannoli, du tiramisu et des gâteaux qui te donneront une montée de sucre pendant des jours.

— Je ne sais pas ce qui est le plus dangereux : toi ou cet endroit.

—Moi ? Je n'avais pas l'habitude d'être à la fois offensée et complimentée dans la même phrase.

— Tu me fais découvrir toutes les merveilles que propose Gino. Je viens de commander des pâtes aux crevettes scampi et des lasagnes. Tu m'as alléché avec des raviolis toute la soirée et maintenant tu me tentes avec le dessert.

— Ce n'est une tentation que si tu n'en profites pas. Sinon, c'est un plaisir.

— Je vais te montrer ce qu'est le plaisir.

Une chaleur soudaine envahit mon corps tandis que ma bouche s'ouvrait de surprise.

— Merde, je suis vraiment désolé. Je ne voulais pas dire ça.

Daniel Ryan était un mystère. Je ne pouvais m'empêcher de rire de ses remarques déplacées et de ses compliments étranges. Il y avait quelque chose chez lui qui me rendait curieuse de savoir ce qui franchirait ses lèvres ensuite.

— On devrait peut-être commencer par le dessert et voir ensuite.

Il ouvrit la bouche pour dire quelque chose, la referma, puis un sourire narquois s'étira lentement sur ses lèvres. Le genre de regard qui disait qu'il savait exactement ce que je voulais dire, exactement ce que je pensais, et qu'il y souscrivait pleinement.

— Dessert ce soir ? demanda Tina en remplissant nos verres d'eau et en calant la carafe contre son ventre.

—Elle m'a convaincu, dit Daniel. —Qu'est-ce que tu me conseilles ? J'ai bien envie de prendre un de chaque.

—On a un assortiment de desserts, répondit Tina. —Il comprend un cannolo, une petite part de gâteau mousse au chocolat, une demi-portion de tiramisu et une fine tranche de gâteau au citron.

—Vendu, dit Daniel. Il tourna la tête vers moi. —Et toi, qu'est-ce que tu prends ?

Je ris en secouant la tête. —Je pense que j'irai sur la même chose.

Tina valida la commande sur sa tablette puis s'éloigna.

—J'ai comme l'impression que je vais venir ici chaque semaine.

—Si je pouvais me le permettre, je ferais pareil.

—J'ai plus d'argent que de talent, alors je dépends des autres pour cuisiner.

—Je peux te faire à manger un de ces jours, proposai-je avant que mon cerveau ne puisse retenir mes paroles. — Enfin, si jamais tu as envie de ne pas sortir dîner.

Il me fixa si longtemps que je crus qu'il allait éclater de rire et s'éloigner. Je n'étais pas habituée à me mettre en avant auprès des hommes. J'étais la discrète. La femme que personne ne remarquait. Celle qui réparait ton appartement puis s'en allait. Je n'étais pas la bombe avec qui tous les hommes d'ici rêvaient de dîner. Au mieux, j'étais la meilleure amie.

Mais la façon dont Daniel me regardait... Je n'arrivais pas à l'expliquer. Je n'arrivais pas à comprendre. Il y avait quelque chose dans ses yeux. Quelque chose qui disait qu'il n'était pas simplement gentil parce que j'étais celle qui répondrait à ses appels s'il avait un problème. Il voulait me parler.

C'était à la fois grisant, déconcertant et incroyable.

—Tu pourrais venir cuisiner chez moi, histoire de t'échapper un peu de ton père.

— Ton appart était censé être mon refuge, lâchai-je encore une fois sans avoir réfléchi. Ce n'était pas mon genre. Je pesais toujours mes mots et mes actes. Mais Daniel continuait de faire disjoncter mon cerveau.

— Qu'est-ce que tu veux dire ? demanda-t-il.

Tina apporta nos desserts avant que j'aie le temps de répondre. Daniel laissa échapper un léger gémissement en découvrant l'assiette sucrée. —Putain... Je vais prendre tellement de poids si je reste ici tout l'été.

Je pouffai. — J'en doute. On dirait que rien ne te reste sur les hanches.

Il secoua la tête. — J'ai clairement été gâté par un métabolisme rapide, mais je me fais un peu trop plaisir un peu trop souvent.

— Parfois, il faut savoir se faire plaisir. Ça rend la vie plus savoureuse.

Il s'étrangla avec son tiramisu, aspirant brutalement et s'étouffant avec le cacao saupoudré dessus.

— Je suis désolée !

Il toussa pour dégager le chocolat de ses poumons, les yeux embués. —Ça valait complètement le coup. Trop bon pour gâcher ça.

Je piquai une bouchée du mien. — C'est vraiment le cas. Je

portai la bouchée à mes lèvres, m'arrêtant en le voyant me regarder. — Tu comptes me faire m'étouffer ?

Il secoua la tête. — Je n'oserais pas. Je voulais juste te regarder déguster ça.

Les mots semblaient assez innocents, mais son ton était imprégné de désir et de tentation. Les deux me faisaient me tortiller sur ma chaise et me demander quand nous pourrions payer l'addition et filer d'ici.

Daniel savoura chacun des desserts, gémissant et les louant à chaque bouchée. Il finit tout, puis se lamenta de se sentir si rassasié.

Tina a apporté l'addition, et Daniel a insisté pour régler pour nous deux, même si c'était moi qui avais gâché sa première tentative de dîner.

—C'est le prix à payer pour profiter de la compagnie d'une belle femme, dit Daniel, me faisant rougir.

Lorsque nous avons quitté le restaurant, le sac à emporter de Daniel', alourdi par quelques extras, nous avons repris le chemin de l'appartement. L'air nocturne était doux et frais, juste assez pour me rappeler que j'étais en fait à un rendez-vous avec un homme qu'aucune de mes amies n'avait jamais fréquenté. Un homme que personne que je connaissais n'avait fréquenté. Un homme qui n'était ni interdit ni destiné à rester.

Daniel était là pour trois mois. Je le savais parce que c'était moi qui l'avais voulu. Il était temporaire.

Mais, tout comme ma bouche laissait parfois filer des mots sans que mon cerveau les approuve, elle était prête à faire d'autres choses sans son autorisation.

Daniel ouvrit la porte de l'immeuble et la maintint pour que je passe devant lui. Il faisait tourner ses clés autour de son doigt, comme à la fin d'un rendez-vous où l'on gagne du temps. Nous sommes restés au pied des escaliers : lui prêt à monter, moi non.

—Merci d'être venue dîner avec moi, dit-il. —Et merci de me torturer avec ces desserts dont je n'arrive pas à m'en passer.

—Merci de m'avoir invitée, Daniel. La prochaine fois, c'est moi qui paie.

—On' verra bien.

Il fit un pas vers moi et je saisis l'occasion. Je levai la tête et pinçai les lèvres. Je fermai les yeux juste avant que mes lèvres ne rencontrent les siennes.

—Oh, dit-il.

Mes lèvres atterrirent sur sa mâchoire, qu'il avait tournée de côté lorsqu'il m'avait vue arriver, prête pour un baiser.

Un baiser qu'il ne voulait visiblement pas.

—Je… euh…

—Merde. Je… je repris mon souffle et fis un grand pas en arrière, loin de cet homme qui n'avait fait que se montrer gentil et ne cherchait pas à me draguer. Je n'arrivais pas à le regarder. —Passe une bonne soirée.

—Sofia, commença-t-il.

Mais je n'ai pas attendu d'entendre ce qu'il allait dire. Je me suis retournée et j'ai filé jusqu'à ma porte, remerciant le ciel que ma clé se glisse dans la serrure sans la moindre résistance.

J'ai claqué la porte derrière moi et je m'y suis adossée, fermant les yeux et faisant comme si je ne venais'pas d'embrasser par surprise un homme qui n'avait aucune envie que je l'embrasse.

—Où étais-tu ? aboya mon père.

Putain de super soirée.

TREY

Je me suis affalé sur mon canapé et j'ai fixé le mur. C'était tellement plus simple de rencontrer des femmes quand on savait tous les deux dans quoi on s'embarquait. Quand il y avait un accord, même s'il n'était pas écrit noir sur blanc.

En tant que guitariste solo de Broken Record, je pouvais avoir n'importe quelle femme. Elles se jetaient toutes sur nous. Je ne passais jamais une nuit seul, sauf si je l'avais décidé.

Mais avec Sofia…

J'avais envie de l'embrasser. De l'inviter dans mon appartement. De la faire hurler mon nom et me supplier d'en avoir encore.

Mais tout ça n'était que mensonge. Je n'étais pas celui qu'elle pensait. Je n'étais pas Daniel, le type de passage pour l'été. J'étais Trey Ryan. Une rock-star en quête d'un nouveau titre. Un titre que je venais chercher auprès de son père.

Je ne m'attendais pas à ce qu'il soit réellement en ville. Qu'il rapplique comme ça. J'avais prévu d'obtenir son adresse grâce à un peu de séduction et à quelques airs de gentil garçon.

Et puis je l'ai rencontrée.

Je connaissais beaucoup de monde dans l'industrie musicale. Personne ne ressemblait à Sofia. Impitoyable, sans scrupule et manipulateur seraient les premiers mots que j'emploierais pour décrire quiconque gravite dans ce milieu. Sofia n'avait rien de tout ça. Elle était douce, gentille et généreuse.

La baiser et disparaître serait la pire erreur de ma vie. Je n'en étais pas capable.

Ce qui signifiait que je ne pouvais pas l'embrasser.

Elle savait que j'allais partir, mais elle ignorait tout le reste. Elle ne se doutait pas qu'il n'y avait aucune chance que je reste. J'en avais déjà croisé plus d'une qui pensait pouvoir me faire changer d'avis, se voyait celle qui me persuaderait d'abandonner la vie que je m'étais construite. Aucune n'y était parvenue, et aucune n'y parviendrait.

Sofia comprise.

Un homme meilleur s'excuserait auprès d'elle. Il expliquerait la situation. Il chercherait à se racheter.

J'appréciais Sofia. J'aimais passer du temps avec elle. Et je savais que je pouvais obtenir ce dont j'avais besoin.

Il me suffisait de laisser la nuit porter conseil et de comprendre vraiment ce que j'étais en train de faire. J'en étais capable. Je pouvais obtenir la mise en relation dont j'avais besoin, décrocher une chanson et retourner à ma vie, très loin de Sofia Frank et des curieux de L'anse MacKellar.

BIEN TROP TÔT, mon téléphone a sonné. J'avais oublié de le passer en mode silencieux quand je m'étais écroulé, et j'ai immédiatement regretté cet oubli lorsque la sonnerie stridente de la maison de disques m'a poussé à me jeter dessus pour couper le vacarme.

—Ouais ? ai-je aboyé dans le combiné. J'étais tout sauf ravi et je tenais à ce que le connard qui m'appelait si tôt le comprenne.

—Vous avez déjà un morceau ?

J'ai fermé les yeux. La voix à l'autre bout ? Un type à qui ça ferait une belle jambe de me réveiller ou de m'énerver. Robert Miller était le cadre responsable de notre contrat. Lorsqu'il appelait, les choses bougeaient. Et si ce n'était pas le cas, l'appel suivant venait d'un avocat pour rompre ledit contrat.

—Pas encore, monsieur.

—Vous savez où se trouve Jensen Carmack ?

—Oui, je sais où il est.

—C'est pour ça que vous y êtes allé. Quand repartez-vous ?

—En réalité, il est en ville, monsieur.

—Carmack est à… (Des papiers bruissaient à travers le combiné.) — L'anse MacKellar, New York ?

—Oui, monsieur. Il est ici pour rendre visite à sa fille. Dans le même immeuble que moi.

—Eh bien, je dois reconnaître que je suis impressionné. Quand vous avez sorti cette idée, j'étais persuadé que c'était du grand n'importe quoi.

—Ça a joué en ma faveur, monsieur.

—Maintenant qu'il est là, cela devrait être encore plus facile de terminer un morceau. Vous avez déjà commencé quelque chose avec lui ?

Je soupirai. —Non, monsieur. Techniquement, je n'ai pas encore fait sa connaissance.

—Alors allez frapper à cette foutue porte. Présentez-vous. Il est un has-been. Vous devez montrer vos muscles et lui prouver que vous êtes la prochaine sensation ; s'il veut avoir une chance d'enregistrer d'autres morceaux, il'aidera.

J'acquiesçai, même s'il ne pouvai't pas me voir. —Oui, monsieur.

—Trouvez-moi quelque chose, Trey. Rapidement.

J'ouvris la bouche pour répondre, mais il'avait déjà raccroché au nez.

—Merde, soufflai-je.

La dernière chose que je voulais, c'était frapper à la porte de Sofia et me présenter à son père. Mais c'était pour cela que j'étais là.

Il aurait été plus simple de découvrir où il se trouvait et de filer loin d'ici. La laisser en dehors de tout ça une fois son emplacement connu. Le fait qu'il soit en ville, qu'il vive avec elle, compliquait les choses.

Ça compliquait tout.

Il n'y avait qu'une personne capable de m'aider. Une seule qui comprenait la situation. Je fis défiler mes contacts jusqu'à trouver le numéro de Seth et j'appuyai sur l'écran. Il était tôt pour lui, mais je m'en fichais. Il fallait que nous parlions.

—C'est quoi ce bordel, mec ? Il'est en plein milieu de la nuit, putain.

—Robert Miller vient de m'appeler, lui dis-je.

—Wow. Sérieusement ? Seth paraissait nettement plus éveillé après cette nouvelle.

— Ouais. Il veut le morceau. Tout de suite.

— Alors, file-lui un morceau.

— J'en ai pas. Pas encore.

— Tu ne sais pas où est Carmack, hein ? Je savais que sa fille n'en saurait rien. Ils n'ont pas vraiment de liens.

— Il habite chez elle pour l'instant.

Seth ricana. — Tu te fous de moi, hein ? Carmack est dans ce trou paumé où t'es allé ?

— Il vit deux étages sous le mien.

— Bordel, va lui parler. Dis-lui que tu veux bosser sur un morceau avec lui. Dis-lui n'importe quoi. Encore mieux, maintenant t'as plus besoin de te taper sa fille pour qu'il te fasse entrer.

L'image de Sofia dans mon lit traversa mon esprit. À quoi ressemblerait-elle quand elle jouirait ? Que dirait-elle ? Serait-elle silencieuse ou bruyante ? Parlerait-elle crûment ? Voudrait-elle que je le fasse aussi ?

— Hé ! Seth me hurla dans l'oreille.

— Quoi ?

— Elle est devenue canon ? Je ne l'ai rencontrée que quelques fois, et elle était toujours un peu trop ronde pour moi. Elle est canon maintenant ? C'est pour ça que tu penses quand même à te'la faire ?

— Je n'ai pas l'intention de la baiser.

— Bien sûr que si. Je ne te juge pas, mec. Tout ce qu'il faut pour mener la mission à bien.

Seth n'avait pas tort. L'entendre le dire a remis en place une partie de moi qui s'était embrouillée depuis que j'avais rencontré Sofia. C'était du business. Nous avions un contrat à honorer. Seth n'était pas auteur-compositeur, mais il était l'image de Broken Record. Il était le chanteur principal. C'est lui qui m'avait fait entrer dans le milieu. C'est lui qui faisait bouger les choses pour moi.

—Écoute, je sais ce que ça représente pour toi d'écrire nos morceaux. Je comprends. Mais si tu es complètement paumé et que tu n'écris rien, c'est ce que tu dois faire. Miller n'est pas réputé pour accorder une seconde chance. Si on n'a rien rapidement, on va enregistrer tout ce qu'il voudra qu'on enregistre.

—Je sais, grognai-je. —Je sais. Il faut que je le fasse. Il faut que je me rapproche d'elle, que je rencontre Carmack et que ça marche.

—Tu crois qu'il se souvient de toi ?

Nous'ne nous étions rencontrés qu'une seule fois. J'étais à un concert avec Seth et son frère. Le frère de Seth nous avait présentés, mais ça avait été bref. Ce n'est qu'ensuite, quand Seth et moi avons monté Broken Record et que j'ai découvert que Jensen Carmack écrivait la plupart des chansons que son groupe chantait, que j'ai été impressionné. Cela m'a donné envie d'écrire mes propres morceaux.

La musique a toujours fait partie de ma vie. Je l'adorais. Quand nous étions petits, mon père dirigeait la musique à l'église. Il a abandonné, mais moi, j'étais déjà tombé amoureux de la musique. Elle était en moi, faisait partie de moi, autant que tout ce que j'avais jamais aimé.

—J'en doute, répondis-je enfin à la question de Seth.

—Tu vas lui dire qui tu es ?

—Je crois que ce sera mieux si je le fais. Mais sa fille va être furieuse.

—Elle s'en remettra. C'est toujours comme ça. Signe-lui deux ou trois trucs et elle ira bien.

—Son père est célèbre. Tu crois vraiment que quelques autographes vont l'impressionner ?

—Peut-être si tu lui signes les seins.

Seth éclata de rire comme si c'était la meilleure blague qu'il ait jamais faite. Il était vulgaire, mais c'était mon meilleur ami. Depuis vingt ans, il était le seul à être là pour moi. La vulgarité faisait partie du lot, et je pouvais vivre avec.

Je ricanai avec lui, sachant que Sofia ne trouverait pas la blague aussi drôle et me demandant à quel point sa peau devait être douce. Peut-être que je pourrais lui signer quelque chose.

Je secouai la tête. Me rapprocher de Sofia devait rester indépendant du fait de la mettre dans mon lit. Il était évident qu'elle ne dirait pas non, mais je n'avais aucune envie de laisser derrière moi une ribambelle de cœurs brisés. Ça n'avait jamais été mon genre.

—Faut que tu te détendes, dit Seth tandis que son rire s'éteignait. — Et tu as besoin de baiser aussi. Tu devrais peut-être te la faire, histoire de te calmer. Ou trouve quelqu'un d'autre. Mais, bordel, l'abstinence te rend grognon.

—Va te faire foutre.

—Ouais, ouais. Ce n'est pas moi qui me réveille ce matin avec ma propre main autour de ma queue. J'ai déjà des lèvres sur la bite et mes doigts dans une chatte. Et toi, tu as quoi ?

—Putain de merde, mec. J'avais pas besoin de savoir ça.

—Alors fallait pas me réveiller.

Des gémissements étouffés d'une femme traversèrent le téléphone et j'avalai ma réplique. —Je te laisse.

—Tiens-moi au courant. Dis-moi si je dois monter là-haut pour me sacrifier pour l'équipe.

—Tout roule, mec. Profite de ta matinée.

—C'est déjà le cas. À plus, mec.

Je raccrochai, la queue dure et parfaitement inutile sans personne pour m'aider. Je ne me souvenais même plus de la dernière fois où j'avais dû me branler, mais Seth n'avait pas tort. Je ne survivrais pas trois mois sans un minimum d'action. J'étais déjà en train de devenir un connard bougon.

Je repoussai les draps et traversai la chambre nu jusqu'à la salle de bains. L'eau de la douche était brûlante et ma main serrée autour de ma queue valait mieux que rien.

Surtout quand je faisais apparaître l'image de Sofia et l'éclat qui illuminait ses yeux lorsqu'elle riait.

J'ai giclé sur le carrelage de la douche, puis j'ai terminé ma toilette et je me suis habillé.

Le bâtiment grouillait d'activité quand j'ai passé la porte de mon appartement. Les voisins se précipitaient vers le travail, l'école ou tout autre endroit où ils passaient leurs journées. J'ai verrouillé ma porte et je les ai suivis dans les escaliers, avant de prendre la direction du centre-ville et de Cracked.

Blake travaillait encore ; elle m'a fait signe et a désigné une table. En m'approchant, j'ai compris qu'elle montrait Ian et leur fils, Maddox.

— Hé, mec. Tu veux venir récupérer ce bateau aujourd'hui ? demanda Ian.

J'ai hoché la tête. — Oui, bien sûr. Après le petit-déj ?

— Ça marche. Blake arrive tout de suite. Un café ?

J'ai de nouveau hoché la tête.

Ian a retourné l'une des tasses posées sur la table et m'a servi un grand café. J'ai laissé de côté la crème et le sucre et j'en ai bu une première gorgée, noir. Corsé, brûlant, il était parfait pour un matin commencé bien trop tôt.

— Ça va ? demanda Ian. Le bébé installé sur ses genoux agrippait ses doigts et en mâchouillait un. Ian semblait parfaitement heureux de sa vie de petite ville.

— Tout roule. Tu as toujours vécu ici ?

Ian acquiesça. — Ouais. Mes parents vivent toujours en ville. Ma sœur et sa famille aussi. Je ne m'imagine pas vivre ailleurs. Il sourit quand Blake passa près de nous. — Tu repars où après ça ?

—LA, dis-je sans réfléchir.

Ian siffla. — La classe. Qu'est-ce que tu fais là-bas ?

— Je bosse dans la musique. Entre deux projets pour le moment, mais j'espère que quelque chose va se présenter, répondis-je, en espérant ne pas trop en dire.

— J'espère que ça marchera. C'est bien de faire quelque chose qu'on aime.

— Quelque chose que j'aime ?

Ian haussa les épaules. —Bien sûr. Pourquoi travailler dans un secteur aussi exigeant si tu ne l'aimes pas ? J'ai commencé à travailler le bois au lycée. J'adorais sentir chaque pièce sous mes doigts. Les bateaux sont venus plus tard, mais j'ai toujours su que je ferais quelque chose dans ce domaine. Blake est une artiste. Elle travaille ici parce qu'elle aime parler aux gens et voir tout le monde en ville, mais sa passion, c'est son art.

—Je ne savais pas.

—La vie ici est différente d'ailleurs. Elle est plus lente, alors on a plus de chances de découvrir ce qui nous rend heureux. Trop de gens arrivent des grandes villes et sont malheureux. Ils ont passé toute leur vie à faire un boulot qu'ils détestaient, pour finalement se rendre compte qu'il existe une autre façon de vivre. Une autre façon d'être.

—C'est vrai, acquiesçai-je.

—Je crois que nous avons tous quelque chose qui nous effraie. Pour la plupart des gens, c'est le travail : ils ont peur d'abandonner la sécurité que leur offre leur emploi, même s'ils détestent ce qu'ils font. Pour moi, c'était de tenter ma chance en amour, de dire à Blake que je la voulais.

—Mais tout s'est bien passé, dis-je.

Ian acquiesça tandis que Blake s'approchait de nous. — Oui. Je suis un homme chanceux.

—De quoi parlez-vous tous les deux ici ? demanda Blake.

—J'expliquais juste à Daniel combien je t'aime, répondit Ian.

Blake se pencha pour l'embrasser. Maddox attrapa le collier qu'elle portait et Blake rit avant d'embrasser le bébé. Elle dégagea doucement ses doigts de son collier et passa un bras autour des épaules d'Ian.

—Qu'est-ce que je te sers pour le petit-déjeuner, Daniel ?

—Un café, pour commencer. Et pourquoi pas une omelette ?

—Qu'est-ce que tu veux dedans ?

—Des champignons, des oignons, des poivrons et du cheddar.

—Je vais l'ajouter tout de suite. Il se peut que la leur sorte avant, mais je demanderai à Earl de l'accélérer.

—Pas de souci, mais merci.

Blake s'éloigna, me laissant de nouveau avec Ian et Maddox. —Il a quel âge ?

—Il aura deux ans en novembre, juste avant la naissance de notre deuxième. Ian rayonnait de fierté et d'excitation en partageant la nouvelle.

—Félicitations. Je n'en savais rien.

Ian acquiesça. —Merci. On vient seulement de l'annoncer. Elle n'arrête pas de dire que ça se voit et que tout le monde est au courant, mais personne ne s'en doutait. Ou alors ils ont été assez gentils pour ne rien dire.

—J'apprends que c'est comme ça ici. Les gens sont plutôt sympas.

Ian ricana. —La plupart du temps, oui. Mais il y a eu quelques situations où les braves gens de L'anse MacKellar n'ont pas été très accueillants avec les nouveaux venus.

Mes sourcils se haussèrent ; je me demandais s'il parlait de moi pour quelque chose dont je n'avais pas connaissance.

—Pas toi, dit Ian. —Là, c'était un mari infidèle, sa maîtresse qui a débarqué en ville et qui est restée. Tout s'est arrangé à la fin, mais ça n'a pas été facile pour elle.

—Ce coin cache quelques secrets, dis-je tandis que Blake posait des assiettes devant Ian et moi.

—Tu lui parles de Finley et Trent ?

—Qui ?

Blake renifla. —Apparemment pas.

—Je lui parlais de Valentina, Dawson et Haley, expliqua Ian.

—Je crois qu'il y a une Haley dans mon immeuble, dis-je.

—C'est la petite amie, dit Ian. —Son ex, et elle n'avait aucune idée de ce dans quoi elle s'était retrouvée.

—Waouh. Alors, qui sont Finley et Trent ?

—Finley, c'est ma sœur, dit Ian, —et Trent est son mari, mais leur histoire non plus n'a pas commencé sous les meilleurs auspices. Viens à l'O'Kelley's jeudi soir et on te racontera tout.

—Mais ne crois pas tout ce qu'on raconte, taquina Blake.

Je ris avec eux.

—Vous avez encore besoin de quelque chose ?

—Tout va bien, ma belle, dit Ian.

—C'est parfait, lui dis-je.

Elle fit un clin d'œil à Ian, puis alla aider d'autres clients.

Le regard d'Ian la suivit jusqu'à ce que Maddox pousse un soupir d'agacement.

—Toujours en train de te mettre entre ma femme et moi, lança Ian en riant. —Tu as quelqu'un à LA ?

Je secouai la tête. —Non. Le mot était sincère, mais rien dans ma vie n'était simple. Surtout ces derniers temps.

—T'es sûr ? On dirait pas.

Je secouai de nouveau la tête. Je n'allais pas déballer toute mon histoire à un type que je connaissais à peine. Je n'avais pas l'impression qu'il cherchait des ragots, mais j'avais appris à la dure qu'on ne pouvait pas faire confiance à tout le monde. Bon sang, la plupart du temps, on ne pouvait faire confiance à personne.

—Ouais, je suis célibataire.

—Parfait. Du coup, si tu te mets avec Sofia, ça ne posera aucun problème.

—Qui a dit que j'allais me mettre avec Sofia ?

Ian haussa un sourcil. —Vous étiez en rencard hier soir et tu l'as raccompagnée. Je fais juste le calcul : ici, ça va vite, surtout quand il s'agit de quelqu'un comme Sofia, que tout le monde apprécie. Je veux simplement m'assurer que tu seras correct avec elle.

Je repensai au moment où elle avait essayé de m'embrasser et où j'avais esquivé. Si Ian connaissait toute l'histoire, il ne m'adresserait même pas la parole.

—Je ferai de mon mieux.

Ian acquiesça. —Ça me va.

'ai passé la journée sur l'eau. Ian m'a donné un cours rapide sur le bateau, avec des consignes supplémentaires pour savoir où naviguer afin d'éviter de me faire faucher par une péniche ou tout autre grand navire.

C'était paisible. C'était magnifique. C'était d'un ennui mortel.

Je n'avais pas l'habitude d'avoir autant de temps libre. J'avais envie de faire quelque chose. De jouer, d'écrire, de traîner avec mon groupe. J'avais envie de me perdre dans les bras d'une femme ou de me défouler dans un club.

Mais je n'avais rien de tout ça. J'avais une petite ville assoupie au bord du fleuve Saint-Laurent, avec une crique encerclée de maisons et des gens qui se connaissaient tous.

Et je traînais des pieds.

Ce n'était pas toute la vérité. J'étais terrifié. Et si je travaillais avec Jensen sans qu'aucune chanson n'en sorte ? Et s'il refusait de collaborer ? Et si mes chances de réussir étaient déjà fichues ? Si c'était la fin ? Si j'étais déjà un has-been à trente-sept ans ?

Je n'étais pas sûr d'être prêt à affronter tout ça. Oui, on pourrait jouer des morceaux écrits par d'autres. On pourrait les adapter à notre sauce. Mais quand Seth et moi avons lancé Broken Record, on a décidé qu'on ferait tout nous-mêmes : écrire nos propres titres, prendre nos propres décisions, faire ce qu'on voulait avec le groupe.

En cours de route, nous n'avons laissé tomber bon nombre de ces promesses originelles. Nous avons signé avec un label qui a pris le contrôle de tellement d'aspects. Mais la musique restait la nôtre. La musique était pure. Elle était originale. Personne n'avait jamais entendu nos morceaux avant nous parce qu'ils étaient les nôtres. Mais maintenant…

Je n'avais pas d'autre option. Je n'y étais pas prêt. Pas encore.

Mais cela signifiait que je devais prendre un risque. Que je devais demander à Sofia de me présenter à son père pour lui proposer de travailler avec moi. Et refuser d'entendre un non.

J'ai ramené le bateau à Ian et je l'ai remercié pour ce moment de détente. Il a souri comme quelqu'un qui sait que son savoir-faire est exceptionnel. C'était un bateau magnifique. Le genre de plaisir auquel je me serais laissé aller si j'avais été du coin. Mais je n'étais pas du coin. Je n'étais jamais destiné à le devenir. Je repartirais dès que j'aurais une chanson et retrouvé l'étincelle.

De retour dans l'appartement que j'appelais chez moi, j'ai regardé mon téléphone, étonné d'y trouver un message de Parle-moi de façon ringarde.

PARLE-MOI DE FAÇON RINGARDE

Comment savoir si tu interprètes correctement les signaux d'un mec ?

J'y ai réfléchi une minute puis j'ai commencé à taper.

GIOIOSO

Les mecs, c'est galère. Leurs signaux sont incompréhensibles. La seule façon de savoir, c'est de demander.

PARLE-MOI DE FAÇON RINGARDE

Eh bien, ça n'aide pas.

GIOIOSO

Désolé. C'est la vérité.

PARLE-MOI DE FAÇON RINGARDE

Y a-t-il un moment où les mecs ne sont pas nuls et ne sont pas déroutants ?

GIOIOSO

J'aimerais bien.

PARLE-MOI DE FAÇON RINGARDE

Pourquoi les hommes font-ils ça ?

GIOIOSO

Encore une fois, les mecs sont nuls. Honnêtement, je ne pense pas que beaucoup le fassent exprès pour nous embrouiller. On est tout aussi paumés.

PARLE-MOI DE FAÇON RINGARDE

J'ai du mal à le croire. Les hommes sont toujours aux commandes.

GIOIOSO

Pas autant que tu le crois. Quand il s'agit des femmes, je n'ai jamais l'impression d'être aux commandes.

PARLE-MOI DE FAÇON RINGARDE

J'ai eu un rencard l'autre soir, et je pensais avoir tous les signes qu'il était intéressé, mais au final… rien. Il n'a pas proposé un autre rendez-vous, n'a pas essayé de m'embrasser, rien du tout. Les rencontres, c'est vraiment la galère.

GIOIOSO

Peut-être qu'il essayait juste d'être respectueux.

PARLE-MOI DE FAÇON RINGARDE

Peut-être, mais ce n'était pas l'impression que ça donnait. Je crois qu'il n'était tout simplement pas intéressé. Désolée de t'avoir embêté avec ça.

GIOIOSO

Ça ne me dérange pas. Si jamais on décide de se voir, je saurai éviter les signaux contradictoires et m'assurer d'être clair sur ce que je pense.

PARLE-MOI DE FAÇON RINGARDE

Eh bien, merci. Maintenant, si tu pouvais transmettre ce message au reste de la gent masculine, je t'en serais reconnaissante.

GIOIOSO

Je sors mon TÉLÉPHONE D'HOMME maintenant. J'envoie une alerte.

PARLE-MOI DE FAÇON RINGARDE

MDR ! Les femmes du monde entier apprécient ton aide. Pour ma part, j'apprécie le fou rire : j'en avais besoin.

GIOIOSO

Journée difficile ?

PARLE-MOI DE FAÇON RINGARDE

Ma journée s'est bien passée. Je suis encore un peu chamboulée par mon rendez-vous. Je sais que je ne devrais pas laisser ce genre de choses m'atteindre, mais j'ai l'impression d'avoir tout mal interprété.

GIOIOSO

Les mecs sont nuls.

PARLE-MOI DE FAÇON RINGARDE

Oui, c'est clair. J'imagine que les femmes ne valent pas beaucoup mieux la plupart du temps, pour être honnête.

GIOIOSO

Je ne sors pas beaucoup avec des gens. Je suppose que je ne suis pas le meilleur parti pour quelque chose à long terme.

PARLE-MOI DE FAÇON RINGARDE

Quelle est la plus longue relation que tu aies eue ?

GIOIOSO

Quelques mois. Je bouge tout le temps.

PARLE-MOI DE FAÇON RINGARDE

Ce n'est pas simple. Difficile d'apprendre à connaître quelqu'un si tu n'es là que pour un court moment.

GIOIOSO

Ouais. Mais j'aime ma vie. Je ne vais pas me plaindre.

PARLE-MOI DE FAÇON RINGARDE

Je comprends tout à fait. Je suis casanière. J'adore être chez moi, entourée de mes affaires. Je n'imagine pas déménager plus d'une fois tous les dix ans environ, mais je sais que la plupart des gens ne sont pas comme moi.

GIOIOSO

Rien que d'y penser, ça me donne des frissons.

PARLE-MOI DE FAÇON RINGARDE

MDR. Enfin, nos différences, c'est ce qui rend la vie intéressante. Si on était tous pareils, ce serait vraiment barbant. Et ce serait très calme si tout le monde me ressemblait.

GIOIOSO

Le silence, ce n'est pas toujours mauvais. Ce n'est pas ma préférence. J'en ai eu plus que ma part ces derniers temps. Un peu de bruit me ferait du bien, là tout de suite.

PARLE-MOI DE FAÇON RINGARDE

Pas moi. Je suis affalée sur mon canapé, mon verre de vin à la main et un film à l'écran. Je suis bien.

GIOIOSO

Quel film est-ce que tu regardes ?

PARLE-MOI DE FAÇON RINGARDE

Walk The Line

GIOIOSO

Sérieusement ? J'adore ce film.

PARLE-MOI DE FAÇON RINGARDE

C'est un bon cru. Je ne peux pas me plaindre. Je craque toujours pour une belle histoire d'amour.

GIOIOSO

Moi, j'aime surtout la musique.

PARLE-MOI DE FAÇON RINGARDE

Ça aussi, c'est bien.

GIOIOSO

Alors, j'ai une question.

PARLE-MOI DE FAÇON RINGARDE

D'accord.

GIOIOSO

Comment un gars devrait-il s'excuser s'il a l'impression d'avoir fait une boulette ?

PARLE-MOI DE FAÇON RINGARDE

À quel point est-ce qu'il a déconné ? Il l'a trompée ? Aucune excuse : qu'il s'en aille. Il a oublié son anniversaire ? Un cadeau s'impose, sans hésiter.

GIOIOSO

Et s'il lui a envoyé des signaux contradictoires ?

PARLE-MOI DE FAÇON RINGARDE

Argh ! Sérieusement ? Ne me dis pas que tu as fait ça à une femme.

GIOIOSO

D'accord, je ne te le dirai pas.

PARLE-MOI DE FAÇON RINGARDE

C'est vraiment pas cool.

GIOIOSO

Est-ce rattrapable ?

PARLE-MOI DE FAÇON RINGARDE

Ça dépend de la raison.

GIOIOSO

Elle mérite mieux que moi.

PARLE-MOI DE FAÇON RINGARDE

Tu pourrais toujours essayer de le lui dire.

GIOIOSO

Tu croirais ton rencard s'il te disait ça ?

PARLE-MOI DE FAÇON RINGARDE

Euh…

GIOIOSO

C'est exactement ce que je redoutais.

PARLE-MOI DE FAÇON RINGARDE

> Je crois que j'aurais l'impression que c'est
> une échappatoire : qu'il dit ça juste pour
> obtenir une seconde chance sans me
> montrer qu'il l'a méritée, sans me convaincre
> qu'il vaut la peine que je risque à nouveau
> mon temps et mon cœur pour lui.

GIOIOSO

> Eh merde. Je ne peux pas dire le contraire.

Elle est restée silencieuse pendant une minute. J'ai laissé ses mots résonner en moi. La dernière chose que je voulais, c'était que Sofia pense que je ne valais pas le risque, mais c'était pourtant vrai. Je n'étais pas à la hauteur du risque. J'étais un pari pourri, un type minable, parce que j'étais prêt à apprendre à la connaître uniquement pour me rapprocher de son père.

PARLE-MOI DE FAÇON RINGARDE

> Désolée, mais je dois filer. J'espère que tu
> sauras quoi lui dire.

GIOIOSO

> Merci. Je vais essayer.

J'ai fermé l'appli au moment même où un coup sourd a retenti dans le couloir. J'étais déjà debout avant d'avoir pu y penser à deux fois. Tel un voyeur, j'ai regardé par le judas et vu Sofia entrer dans l'appartement d'en face.

La porte s'est refermée derrière elle. À quel point ce serait bizarre que je sorte « par hasard » quand elle quittera l'appart ?

J'ai secoué la tête. Carrément bizarre. Je ne pouv'ais pas faire ça.

Mais j'en avais envie.

J'AI PASSÉ les deux jours suivants à essayer de percer l'emploi du temps de Sofia's. Si je la croisais par hasard, je pourrais essayer de lui parler, mais je n'avais pas réussi à déceler la moindre routine.

Et aller frapper à sa porte n'était pas une bonne idée.

J'ai testé plusieurs restaurants du coin et, un jour, je me suis retrouvé chez Cove Bakery. La propriétaire m'a convaincu d'emporter un petit-déjeuner supplémentaire pour pouvoir me régaler pendant quelques jours. C'était la meilleure décision que j'avais prise de toute la semaine. Et la plus chanceuse.

Je rentrais dans l'immeuble quand j'ai aperçu Sofia. Elle se trouvait devant sa porte. Elle l'a verrouillée puis s'est tournée vers moi. Son regard s'est durci en me voyant, mais il s'est aussitôt adouci lorsqu'elle a remarqué la boîte rose dans mes mains.

— Tu es allée chez Cove Bakery ? demanda-t-elle d'une voix douce, pleine d'admiration.

— Oui. Harriett m'a convaincu d'en rapporter quelques-uns de plus. Je soulevai la boîte pour que Sofia voie tout ce que j'avais ramené. Il y en avait bien plus que je n'aurais pu finir en plusieurs jours, et j'étais heureux de partager. —Sers-toi si tu veux.

Elle secoua la tête et se détourna, comme si accepter une pâtisserie de ma part aurait franchi une limite.

— S'il te plaît, Sofia. Je veux aussi m'excuser pour l'autre soir.

— Tu n'as rien à te faire pardonner.

—Si, justement. Je me rapprochai d'elle, réduisant la distance afin qu'elle ne puisse pas s'échapper. Je savais que c'était un sale coup, mais j'ai compris, à l'instant où elle a inspiré brusquement, qu'elle ressentait la même attirance que j'avais éprouvée depuis notre rencontre. — J'ai eu terrible-ment envie de t'embrasser. Mais je ne suis ici que pour trois mois. Je serais un con si je ne t'en parlais pas avant que quoi que ce soit n'arrive.

— Je sais depuis combien de temps tu es ici, répondit-elle doucement.

— Parfait. Mais ça te va de t'engager avec quelqu'un qui ne reste que trois mois ?

Elle fit un pas en arrière et leva les yeux vers moi. Son regard s'éclaircit et elle plissa les paupières. — C'est vraiment pour ça que tu ne m'as pas embrassée ?

—Crois-moi, Sofia, rien ne me faisait plus envie que de t'embrasser cette nuit-là. Mais j'ai déjà eu trop de femmes dans mon passé qui ont été blessées parce que je n'avais pas été clair. Je ne veux pas que ça t'arrive.

—Et si ça me va que tu partes dans trois mois ? Et ensuite ? Tu me proposes une aventure d'été ?

Je pris une inspiration et la regardai. Elle était belle et innocente, mais ce n'était pas une enfant. Elle était assez grande pour comprendre ce dont nous parlions. Elle ne se laisserait pas berner ni manipuler. Elle savait.

Pour l'essentiel. Elle savait que je n'étais là que pour trois mois. Elle savait que j'allais partir. Mais elle ne savait pas que je voulais approcher son père. Elle ne savait pas que j'étais en couverture de magazines. Elle ne savait pas que les chansons que j'écrirais plus tard pourraient parler d'elle.

Je voulais que ce qu'elle savait et ce qu'elle ignorait restent séparés. L'un ne devait pas influencer l'autre. Nous pouvions avoir une aventure d'été, je pouvais rencontrer son père et relancer ma carrière, et tout irait bien.

—Je ne suis pas certain que j'emploierais ces mots, mais oui. Tu me plais. J'ai apprécié dîner avec toi. J'ai envie de passer plus de temps avec toi. Mais je ne suis pas un type fait pour l'éternité. Je ne le serai jamais.

—Jamais ? demanda-t-elle. Il y avait dans ses yeux de la

tristesse, pas de la déception. Elle n'espérait pas être celle qui me ferait changer d'avis. Elle avait pitié de moi.

Ce fut un coup de poing dans le ventre.

—Je ne me suis jamais imaginé avec une famille. Marié, des enfants, rangé. Ce n'est pas la vie dont je rêve. J'ai déjà la vie que je veux.

—Une vie où tu es toujours sur la route et jamais que de passage.

J'ai hoché la tête.

—Je n'aimerais pas que tu me demandes de changer, alors ce n'est pas juste de penser que je puisse te changer.

J'ai inspiré brusquement. Je n'avais jamais rencontré une femme qui voyait cette vérité. Elles voulaient toujours me changer. Faire de moi quelqu'un que je ne suis pas. Transformer la rockstar en mari de banlieue.

Savoir qu'elle ne cherchait pas seulement ça, mais qu'elle ne cherchait pas à me changer, était à la fois rafraîchissant et triste.

Ce n'était pas que je voulais changer. J'aimais ma vie.

Et elle aimait sa vie.

Il n'y avait aucune raison pour que ce soit une mauvaise chose.

—Alors ? demandai-je en lui offrant mon sourire le plus charmeur.

—Mon père loge chez moi, donc il faudra qu'on aille chez toi.

—C'est un oui ?

Elle hocha la tête. —Oui, mais d'abord, j'ai besoin d'un de ces brownies, d'un croissant et d'une quiche.

J'ai rouvert la boîte et j'ai souri pendant qu'elle choisissait ses gourmandises. Elle a gémi en croquant dans le brownie, et mon sexe s'est durci au son de ce gémissement.

—Si j'avais su qu'il me suffisait d'acheter des brownies pour te faire gémir, je l'aurais fait le jour où j'ai emménagé.

Ses yeux s'ouvrirent tout grands. Elle leva les yeux vers moi, à la fois surprise et amusée. —Les brownies peuvent faire des miracles.

—Je m'en souviendrai.

—Parfait. Elle enfourna le dernier morceau de brownie, coinça le croissant entre ses lèvres et leva la mini-quiche comme pour trinquer. —Merci, marmonna-t-elle avant de monter les marches devant moi.

—J'aurais pu te porter ça.

Elle secoua la tête, ses hanches ondulant juste devant mon visage. J'avais envie de tendre la main pour saisir une fesse, en sentir le poids dans ma paume, mais là je franchirais clairement la ligne.

—J'ai l'habitude de manger sur le pouce. Je ne peux pas entrer dans un autre appartement avec de la nourriture dans les mains.

Elle avait déjà terminé le croissant et attaquait la mini-quiche.

—Je suis content d'avoir pu partager le petit-déjeuner avec toi. Un jour, on pourrait peut-être le faire dans mon appart.

—Peut-être, répondit-elle. —À condition que tu promettes d'apporter d'autres brownies.

—J'achèterai tout le stock tous les jours, grognai-je.

Elle éclata de rire, puis quitta l'escalier pour se diriger vers un appartement du deuxième étage. —Je te crois vraiment capable de le faire.

—Je le ferai sans hésiter. Si tu es prête à me donner une autre chance et si tu acceptes que les choses doivent être ainsi, je ferai n'importe quoi.

Elle arqua un sourcil. —N'importe quoi ?

L'éclat dans ses yeux m'inquiéta un peu. —Euh... peut-être ?

—Soit c'est n'importe quoi, soit ça ne l'est pas.

—Très bien. Tout ce que tu voudras.

Elle hocha lentement la tête. —C'est vraiment bon à savoir.

Elle commença à s'éloigner, mais je n'étais pas prêt à mettre fin à notre conversation. —Tu ne vas pas me dire à quoi tu penses ?

—Peut-être un jour. Le dîner ?

—Ce soir ?

Elle secoua la tête. —Demain. À sept heures. Je te rejoins devant l'immeuble.

—J'y serai.

—Mets quelque chose de confortable.

—Pourquoi ?

Elle esquissa un sourire en coin. —Tu verras.

Puis elle disparut, descendant le couloir pour frapper à la porte d'un appartement.

Je secouai la tête et montai l'escalier avec ma boîte de douceurs. Je la posai sur le comptoir, sachant que je la dévorerais toute entière si je la gardais près de moi. Je pris ma guitare et m'assis au bord du canapé.

Un sourire étira mes lèvres tandis que je repensais au balancement des hanches de Sofia lorsqu'elle montait les marches. Mes doigts glissèrent sur les cordes, sans émettre un son, se souvenant pourtant de la sensation de la musique qui me traversait.

Elle était là. Comme un souvenir. À peine hors de ma portée, mais toujours présente. Je sentais sa puissance, son appel. Elle n'était pas partie. Pour la première fois depuis des mois, je savais qu'elle n'était pas partie.

Simplement endormi. En veille.

Près d'un an à attendre que ça revienne, à me demander si j'allais un jour me sentir de nouveau moi-même, et tout a changé grâce à une femme.

Une femme qui n'avait rien à me réclamer.

Elle était la seule personne qui ne m'avait jamais rien demandé. Qui ne m'avait jamais réclamé quoi que ce soit. Tout le monde voulait quelque chose. Une chanson, une tournée, une apparition.

Une pension alimentaire.

Pas Sofia. Elle n'avait aucun plan caché. Aucune exigence.

Comment aurais-je pu résister à ça ?

9

SOFIA

J'étais habillée et prête pour notre rendez-vous. Je n'étais pas certaine que Daniel serait partant, mais j'avais un plan, et je me suis dit que c'était un bon test. Et une excellente façon de lui faire regretter tous ses signaux contradictoires.

—J'y vais pour la soirée. Mon père était dans le salon quand je suis sortie de ma chambre. —Ne m'attends pas.

—Où vas-tu ?

—Je t'ai dit que je faisais du bénévolat au Centre communautaire ; j'aide une fois par mois à remettre les lieux en état.

—Ah, oui. Et c'est ce soir ?

—Oui.

—On n'a presque pas passé de temps ensemble.

—Papa, je t'ai dit que je travaillerais. Je peux prendre un peu de temps libre, mais chaque fois que je te le demande—

—Non, non. J'e ne te demanderais jamais de prendre un jour de congé. J'e trouverai bien de quoi m'occuper. Il reste quelque chose à manger ? Un truc pour le dîner ?

J'ai ravalé mon soupir. Il vivait chez moi depuis une

semaine entière et j'avais découvert qu'il était encore plus inutile que je ne le croyais. Il ne savait pas cuisiner et parvenait à peine à réchauffer un plat tout seul. Le premier jour où il a utilisé le micro-ondes, il a laissé une fourchette sur l'assiette. Heureusement, je l'ai vue avant qu'il ne lance le minuteur, mais il s'est vexé contre moi.

Il ne m'avait toujours pas dit pourquoi il était là ni combien de temps il comptait rester. Je n'allais pas survivre à l'été. C'est pour ça que Daniel faisait une si bonne distraction.

—Il y'a de la nourriture dans le frigo que tu peux réchauffer. Pas de métal dans le micro-ondes.

—Je'ne suis pas idiot, Sofia, grogna-t-il.

Je pinçai les lèvres. Cet homme avait soixante-six ans et il n'avait même pas conscience qu'on ne pouva'it pas mettre de métal dans un micro-ondes. Il était cultivé, mais il manquait parfois cruellement de bon sens.

—Je sais, Papa. Je voulais juste te le rappeler.

—C'est arrivé une seule fois et il ne s'est même rien passé.

—Je sais, Papa. Mais je dois y aller.

—Alors, je me suis donné tout ce mal pour venir te voir et tu ne veux même pas passer la soirée avec moi ?

—J'ai pris cet engagement il y a longtemps. Et si on passait la soirée de demain ensemble ?

Il fit la moue, tordit les lèvres et fronça les sourcils. —Très bien.

Je hochai la tête. —Parfait. Réfléchis à ce que tu veux faire, Papa. Quoi que tu décides, demain soir est pour nous.

—Je n'ai pas vraiment d'idée sur ce qu'on peut faire dans cette bourgade minuscule, mais j'essaierai.

—Merci, Papa. J'essaierai d'être discrète en rentrant pour ne pas te réveiller. Passe une bonne nuit.

Il me fit un geste vague de la main, agacé que je parte. C'était son attitude constante depuis son arrivée. Il quittait à peine l'appartement, prétendant qu'il serait pris d'assaut par les fans s'il sortait. Son assistante, une étudiante revenue de la fac pour l'été afin de gagner un peu d'argent, lui apportait à manger, faisait les courses et s'occupait de l'appartement. Erika était plutôt sympa, mais je voyais parfois l'épuisement dans ses yeux : la peur qu'elle n'arrive pas à accomplir tout ce qu'on lui demandait et qu'elle finisse par perdre ce job qu'elle pensait sans doute facile et confortable pour l'été.

Je ne pouvais pas continuer à la payer s'il se rétractait. Il ne s'était plaint d'elle que quelques fois, généralement le soir quand je sortais et qu'il s'ennuyait.

Mais je ne pouvais pas cesser de vivre ma vie. Il n'avait jamais cessé de vivre la sienne pour moi, et je n'étais pas prête à arrêter de vivre la mienne pour lui.

Daniel m'attendait devant le bâtiment quand je suis sortie. Il s'est tourné vers moi en souriant dès qu'il m'a vue. Son regard se posa sur mon sac à outils et ses sourcils se froncèrent. —Est-ce que je dois m'inquiéter ? Tu vas me découper en petits morceaux et te débarrasser de mon corps ?

—Tu as fait quelque chose qui mérite un tel traitement ?

—Pas à ma connaissance, mais la nuit est encore jeune.

Je ris, appréciant la facilité de notre échange. Sebastian, qui était comme un frère pour moi, était l'un des seuls hommes avec qui j'avais la même complicité, et je n'avais jamais ressenti la moindre attirance pour lui.

Avec Daniel, c'était une toute autre histoire.

—Alors, c'est quoi l'histoire avec les outils ? demanda Daniel tandis que je me tournais pour descendre la rue vers l'endroit où j'avais garé ma voiture. Il se mit à marcher à mes côtés.

On va donner un coup de main au centre communau-taire : petites réparations et remise en état pour les enfants.

Beaucoup l'utilisent régulièrement, et une fois par mois il y a une soirée organisée où tous ceux qui sont disponibles—bricoleurs ou simplement volontaires—viennent faire ce qu'ils peuvent.

Il leva les mains. —Je ne suis pas vraiment bricoleur. Je ne l'ai jamais été.

—Ce n'est pas grave. Il y aura toujours quelque chose que tu pourras faire. Il y a toujours de petits projets pour les enfants qui viennent avec leurs parents ou pour les gens qui veulent aider mais n'ont pas les compétences.

Il avait l'air anxieux, comme s'il allait être malade. —Euh, je ne suis pas sûr d'être vraiment doué pour ça.

Je m'arrêtai juste avant d'atteindre mon véhicule utilitaire sport et lui fis face. —Tu n'es pas obligé de venir. J'avais déjà prévu ça, et je me disais que ça pourrait être sympa de faire quelque chose tous les deux. Mais si tu'ne le sens pas, on pourra se voir une autre fois.

Il me fixa du regard. Il savait que c'était un test. Il savait que j'attendais de voir ce qu'il ferait. S'il partait, je n'étais pas sûre de le revoir. Pas pour un rencard. C'était lui qui avait esquivé mon baiser et m'avait fait me sentir idiote. J'avais besoin de savoir que je pouvais lui faire confiance pour qu'il ne recommence pas.'

—Tu es certaine qu'il y aura des trucs qui ne demandent pas de compétences ?

J'hochai la tête. —Il y en a toujours.

—D'accord. Je'ferai de mon mieux. Mais n'en attends pas trop.

Je retins un sourire. Il avait réussi la première épreuve. Ce n'était pas vraiment voulu comme un test, mais il acceptait de sortir de sa zone de confort, d'essayer quelque chose de nouveau et d'aider une communauté dont il n'était pas membre.

Je fis un signe vers mon véhicule utilitaire sport,

contournai l'arrière pour y glisser mon sac, puis m'installai derrière le volant.

—J'espère que je ne te décev'rai pas, dit-il.

—Je'suis sûre que non.' Le centre communautaire cherche toujours des coups de main. Une amie à moi y fait du bénévolat chaque semaine, elle aide les enfants à réaliser des travaux manuels. La mère de son mari dirige l'endroit, en fait.' Beaucoup d'enfants du coin y viennent, que ce soit pour l'accueil après l'école, les entraînements ou les matchs.' C'est un super endroit pour que les plus jeunes restent actifs et s'amusent.

—On avait un endroit comme ça là où j'ai grandi. Mon frère et moi y allions quand nous étions à l'école primaire.

—Je ne savais pas que tu avais un frère.

Il acquiesça. —Il est… il est mort quand j'étais au lycée.

—Oh, Daniel, je'suis tellement désolée. Je ne peux'pas imaginer perdre un frère ou une sœur quand tu étais si jeune. J'ai perdu ma mère à quatorze ans. C'est différent, pourtant.

—Je pense que, quoi qu'il arrive, il est difficile de se remettre d'une telle perte.

J'ai hoché la tête. Je pourrais dire que je ne me suis toujours pas remis de la disparition de ma m'ère. La perdre de cette manière, voir la seule personne qui avait toujours été là pour moi s'évanouir en un clin d'œil, c'était dévastateur. Et puis, il y avait mon père, un maillon brisé de mon histoire : quelqu'un qui n'avait pas été là pendant si longtemps et qui, durant des années, avait douté d'être vraiment mon père… Nouer une relation avec lui n'a pas été facile, même après tout ce temps.

—On dit que le temps guérit toutes les blessures, mais je crois que certaines ne cicatrisent jamais complètement.

—C'est aussi mon expérience.

Nous avons échangé un sourire triste dans le silence du véhicule. Les personnes qui connaissent le deuil sont liées d'une façon que les autres ignorent ; et nous venions de découvrir un nouveau lien.

Des voix à l'extérieur du véhicule me ramenèrent au présent, et j'ouvris la portière pour rejoindre les autres venus aider aux réparations. Je saisis mon sac à l'arrière et entrai avec Daniel.

—Daniel !» hurla presque aussitôt une voix lorsque nous franchîmes le seuil.

Il fit un signe à James.—Je devrais aller lui dire bonjour.

J'ai hoché la tête.—Sa mère tient l'endroit. C'est de lui que je t'ai parlé.

—Ah, bon à savoir, merci.

Il s'éloigna, et je partis à la recherche d'Amelia, pour finalement la trouver avec Sebastian.

—Salut !" dis-je, surprise et ravie de voir Sebastian. Depuis qu'il s'était mis avec Zoey, l'amour de sa vie, ils étaient très occupés. Zoey avait déjà deux enfants et était tombée enceinte d'un troisième peu après son retour en ville. Sebastian était un père formidable. Il aimait sa famille et n'avait jamais été aussi heureux à mes yeux.

—Salut ! Sebastian me serra chaleureusement contre lui. —Comment tu vas ?

—Je vais bien. Et toi ? Comment vont Zoey et les enfants ?

—Tout le monde va bien. Les enfants sont prêts pour l'été, mais je crois que Zoey préférerait qu'ils restent à l'école un peu plus longtemps. Elle cherche déjà des activités qu'ils pourront faire tous ensemble.

—Je suis certain qu'il y aura des possibilités ici, dis-je en faisant entrer Amelia dans la conversation.

—C'est exactement ce que je disais à Sebastian. Les grands auront plus d'options, mais le petit pourra quand même sortir quelques matinées. Offre de temps en temps une pause à ta femme.

Sebastian acquiesça. —Elle en aura bien besoin. L'été est chargé pour moi. Je serai là autant que possible, mais la plupart du temps, ce sera pour Zoey.

—Je suis sûre qu'il y aura d'autres parents dans la même situation. C'est peut-être l'occasion pour nous de lancer un nouveau programme. Le nouveau camp d'été ouvre cette année, mais je sais que Zoey ne veut pas qu'ils y aillent chaque semaine.

Sebastian hocha la tête tandis qu'Amelia parlait. —Elle n'a besoin que de quelques jours par semaine.

Amelia réfléchit une seconde. —Je vais peut-être contacter Natalie pour voir ce que nous pouvons organiser. Voir s'il existe une solution pour que nous travaillions ensemble et aidions les parents de la ville.

—Ce serait génial, dit Sebastian.

—Bon, de quoi as-tu besoin aujourd'hui pour que tout soit prêt tout de suite ? demandai-je à Amelia.

—La liste est sur le mur, répondit-elle en riant. —Il y a quelques tâches sur lesquelles je pourrais vous demander de travailler ensemble. Vous avoir tous les deux ici est un énorme coup de pouce. Si ça ne vous 'dérange pas.

—Pas du tout, dis-je en souriant à Sebastian.

—Hum.

J'ai sursauté, la voix juste derrière moi. Je me suis retournée et j'ai découvert Daniel par-dessus mon épaule. —Oh. Salut.

—Salut, dit-il d'un ton un peu glacé. Il tendit la main à Sebastian. —Moi, c'est Daniel.

—Enchanté. Gavin m'a dit que tu venais d'arriver en ville. Moi, c'est Sebastian.

—Enchanté, grogna Daniel. —Tu connais Gavin ?

J'ai levé les yeux au ciel. Je n'avais aucune envie d'assister à des démonstrations de possession ou de jalousie ; j'en avais déjà assez vu en grandissant.

—Gavin' est mon beau-frère.

Daniel observa Sebastian de plus près, remarqua l'alliance à sa main gauche, puis secoua la tête. —Désolé, mec. J'ai été idiot.

—Pas de souci. Sofia'est une femme formidable. Je ne te blâme pas d'être un peu protecteur.

—Je suis juste là, les gars. J'ai poussé un profond soupir.

—C'est vrai qu'elle est formidable. Et j'ai déjà un avertissement, alors je ferais mieux d'éviter de la mettre en rogne, avoua Daniel.

Sebastian éclata de rire. —Je vois le topo. Ma femme a, elle aussi, un sacré tempérament.

—Hé ! m'écriai-je.

Les deux hommes se retournèrent vers moi, les sourcils levés et un sourire identique aux lèvres.

J'ai poussé un soupir et me suis détournée, traversant la salle de sport d'un pas lourd jusqu'au panneau où toutes les tâches étaient affichées.

Amelia m'a suivie en ricanant derrière moi. —C'était qui, ça ?

— Daniel. Il va habiter dans mon immeuble pendant quelques mois.

— Et vous sortez ensemble ?

— Non. Oui. Plus ou moins, je suppose. On est sortis la semaine dernière, mais il tenait à ce que je sache qu'il repartirait. Il n'est là que pour trois mois.

— Il est mignon. Il fait quoi dans la vie ?

J'y ai réfléchi et je me suis rendu compte que je ne le lui avais jamais demandé. —En fait, je n'en sais rien.

— Quoi qu'il fasse, il t'apprécie. Il te regarde depuis qu'on est arrivées, et il fusillait Sebastian du regard dès que tu es allée l'enlacer.

— Il parlait avec James. Je suis étonnée que James ne lui ait pas dit qui était Sebastian.

— Tu connais mon fils ? demanda Amelia, un brin taquine.

— Ha ! C'est vrai. James a dû se régaler de voir Daniel s'énerver.

— Exactement.

J'ai secoué la tête. —Je ne suis pas venue ici pour me prendre la tête avec les mecs ; je suis venue pour bosser. Tu veux que je fasse quoi ?

— Tu es sûre que ça te va de bosser avec Sebastian ? Daniel ne va pas se fâcher ?

— Daniel n'est pas là pour toujours. Et Sebastian est heureusement marié. Je n'ai aucune raison de me préoccuper des sentiments de Daniel. Qu'il puisse exister entre nous, ce sera temporaire.

— D'accord. Si t'es sûre, alors j'vais vous demander à vous deux de remplacer quelques lames du plancher. C'n'est pas gênant quand vous portez des chaussures, mais si les enfants tombent, ils s'en tireront avec des échardes.

— Ce ne serait pas bien, acquiesçai-je.

— Non. Laisse-moi te montrer.

Je suivis Amelia jusqu'aux endroits du plancher où il était abîmé. Cela pouvait dater d'un dégât des eaux ancien, ou bien de quelque chose de plus récent, mais quoi qu'il en soit, les lames devaient être retirées.

— Tu as des pièces de rechange ?

Amelia acquiesça.

Je rapportai les pièces et, quand je revins, Sebastian se tenait au-dessus d'une des parties rugueuses du plancher. D'un coup de pied, il fit sauter un petit éclat de bois.

— C'est ça qu'on fait ? demanda Sebastian.

Amelia acquiesça. — Si t'en as envie.

— Ça me va.

— Merci à vous deux. Je vous en suis vraiment reconnaissante. Si vous avez besoin d'autre chose, dites-le-moi et je vous'enverrai quelqu'un pour faire le larbin.

Sebastian et moi échangeâmes un regard et secouâmes la tête. — Ça devrait aller.

— Parfait. Merci, les gars. Amelia nous serra les mains et s'éloigna, nous laissant à notre tâche.

Sebastian et moi travaillions ensemble sans effort. Il retirait un morceau, et j'ajustais une nouvelle planche dans l'ouverture. Nous remplacions les sections du plancher une à une. Nous en avions fait environ la moitié lorsque Sebastian s'arrêta, regarda autour de lui, puis leva les yeux vers moi.

—Alors, c'est quoi le truc entre toi et Daniel ?

—Il n'y a pas de truc, lâchai-je. J'adorais Sebastian et je le considérais comme l'un de mes amis les plus proches. Mais je n'aimais pas qu'on me questionne sur des choses que je ne comprenais pas moi-même tout à fait.

Sebastian laissa échapper un petit rire. —Tu te souviens de ce que tu m'as dit quand ça a commencé avec Zoey ?

Je secouai la tête. Nous avions eu beaucoup de conversations à propos de Zoey ; je n'étais pas certaine de celle à laquelle il faisait référence.

—Tu as débarqué chez moi un soir. Tu m'as fait avouer qu'on était ensemble, mais qu'on ne le disait à personne. J'étais encore persuadé que la relation entre Zoey et moi était temporaire. Je n'étais pas prêt à envisager qu'elle reste. Tu as dit que je faisais une erreur.

—Daniel est différent, répondis-je.

—Je sais que tu le crois. Mais j'ai vu la façon dont il te regardait. Je crois qu'il a failli essayer de me briser la main ; il serrait vraiment fort. Il se dit peut-être qu'il est provisoire, mais il n'agit pas du tout comme si, entre vous deux, c'était provisoire.

Je soupirai. Je n'osais pas aller jusque-là. Nous ne nous étions même pas encore embrassés. Nous n'avions eu qu'un seul rendez-vous. Penser à quelque chose qui dépasserait trois mois, ce n'était pas dans mes projets.

Ce n'était pas quelque chose que j'allais admettre, de toute façon.

—Je sais maintenant pourquoi tu t'es tellement fâché contre moi ce soir-là, dis-je.

Sebastian rit. Mais il n'insista pas ; il savait qu'il ne fallait pas.

Nous travaillâmes encore quelques minutes. Je me redressai et le regardai. —Ça fait longtemps que je n'ai pas fréquenté quelqu'un.

—Et ça veut dire que tu ne peux pas avoir d'espoir ?

J'ai laissé échapper un rire. —Ça veut dire que je ne sais pas comment avoir de l'espoir. Et toi, tu en avais ?

Il laissa échapper un petit rire. —Tu sais bien que je n'ai jamais eu. Toi et moi… nous l'avons toujours su nous voir vraiment. Je sais ce que tu ressens en ce moment.

—Tu crois ?

Il hocha la tête. —Tu as peur parce que tu veux croire que c'est possible, mais tu n'imagines pas que ça le soit. C'est le pire paradoxe de l'univers. Parce que c'est ton cœur.

—Mon cœur s'est brisé il y a longtemps. Je ne suis pas sûre d'avoir jamais su comment le réparer.

—Ta mère ? demanda-t-il.

Je secouai la tête. —Elle n'en a été que le début.

—Tu lui fais confiance ?

J'inspirai profondément. —C'est toujours la question, n'est-ce pas ?

Il sourit. Il avait compris. Il savait ce que je disais et ce que je n'osais pas dire. Il y était déjà passé. Il l'avait vécu. Il comprenait.

Il tendit la main, glissa ses doigts derrière ma nuque et me rapprocha. Nos fronts se touchèrent. Nous partageâmes le même air pendant une minute.

Tout le reste s'effaça. Il ne restait plus que mon ami et moi, partageant cet instant.

Et je savais qu'il serait toujours là pour moi. Si ça ne marchait pas entre Daniel et moi, j'aurais quand même Sebastian, Piper, Haley et tous mes autres amis.

Peut-être que je pouvais me permettre de prendre un risque. Parier sur Daniel. Sur mon cœur. Sur l'amour.

—Tu veux aller manger un morceau ? demanda Daniel tandis que nous sortions après avoir nettoyé le centre communautaire.

—Ouais, ça me va.

—Parfait. Bien sûr, c'est à toi de décider où on va.

Je pouffai. —Que dirais-tu de tacos ?

—L'un des meilleurs plats jamais inventés.

Je ris. —Exactement ce que je pensais. Tu es déjà allé chez Just Tacos ?

Il laissa échapper un grognement. —Je crois qu'ils connaissent déjà ma commande, à force de m'y voir.

—Pareil. Mais ça en vaut la peine.

—Je suis d'accord.

Je quittai le parking en même temps que tous ceux qui avaient aidé à remettre en état la salle de sport et les autres parties du centre communautaire. J'étais satisfaite du travail que Sebastian et moi avions accompli. Nous avions remplacé toutes les sections de parquet qui se soulevaient et noté quelques autres qu'il faudrait bientôt changer. Amelia avait largement de quoi faire, et Sebastian et moi sommes convenus de revenir le mois prochain pour prendre de l'avance sur les prochaines zones.

—On dirait que toi et Sebastian êtes proches, remarqua Daniel quand j'eus pris la route vers la ville.

—Oui. Il est comme un frère pour moi.

—On ne dirait pas, marmonna Daniel.

—Qu'est-ce que tu as dit ? demandai-je, même si je l'avais bien entendu.

Il poussa un soupir. —Je n'ai jamais vu quelqu'un d'aussi affectueux avec un frère ou une sœur. Ni avec qui que ce soit d'autre qui ne soit pas son ou sa partenaire.

J'ai secoué la tête, cherchant comment expliquer ma relation avec Sebastian. Puis j'ai décidé que je n'avais pas à le faire. C'était ma relation. Et si Daniel n'acceptait pas cela, il n'avait qu'à s'en aller.

—Tu n'as pas besoin de comprendre. Et tu n'as pas à nous juger. Sa femme est une amie à moi, et Seb et moi sommes proches depuis des années. Je l'aime comme un frère, et il ressent la même chose pour moi. Ce n'est pas différent de ce que je ressens pour Piper, Gavin, Knox ou Haley. Tu n'es là que pour trois mois. Je ne vais pas changer des relations que j'entretiens depuis des années parce que ça te met mal à l'aise.

Il garda le silence tout le trajet jusqu'à Just Tacos. J'ai failli rentrer directement à notre immeuble, mais j'avais faim. S'il ne voulait pas manger avec moi, il pouvait s'installer à une autre table, mais je n'allais pas sauter le dîner simplement parce qu'il n'avait pas d'amis comme moi.

—Tu as raison, dit-il avant que j'ouvre ma portière. —Si c'était une femme, je n'y réfléchirais pas à deux fois, mais c'est étroit d'esprit et mal. J'étais jaloux, et c'est nul. Je n'ai pas l'habitude de ressentir ça.

Je le fusillai du regard. —Tu dois passer outre. Sebastian est un bon ami. Beaucoup de gens dans cette ville sont des amis proches.

—Et je n'ai aucun droit de te dire comment te comporter avec eux. Je m'excuse d'avoir essayé. Il attrapa ma main, la serrant fermement dans la sienne.

—Merci. Un souffle court me serra la gorge. Il me regarda avec une intensité que je voyais rarement dirigée vers moi.

—Sofia, murmura-t-il. Il se pencha vers moi. Il s'arrêta à mi-chemin, me laissant décider si je voulais l'embrasser.

Je l'ai fait. Bien plus que je ne voulais l'admettre. Je me penchai en avant, les yeux grands ouverts. Je m'arrêtai à quelques centimètres de lui. Je n'allais pas être celle qui s'avancerait de nouveau pour l'embrasser. Pas après l'échec cuisant de la dernière fois.

Il leva la main et effleura ma nuque. Du bout des doigts, il chatouilla les mèches fines qui ne s'étaient pas coincées dans ma queue de cheval. Il recourba les doigts, m'attirant vers lui en exerçant une légère pression sur l'arrière de mon cou.

Je me penchai encore, mettant à l'épreuve la confiance que je lui accordais de nouveau. Il me rejoignit à mi-chemin, ses lèvres douces se posant sur les miennes. J'aspirai une bouffée d'air, un mélange de stupeur, de joie et de soulagement me saisissant.

Ses lèvres glissèrent contre les miennes, ne s'éloignant que pour revenir aussitôt. Sa langue effleura les miennes, me faisant soupirer de contentement.

Il s'insinua doucement entre mes lèvres, sans la moindre résistance de ma part. Je glissai ma langue contre la sienne, gémissant doucement sous sa caresse hésitante. Ses doigts se crispèrent sur ma nuque et il m'attira plus près en se réajustant sur son siège.

—Sofia, soupira-t-il.

—Ouais ?

—J'en avais envie depuis le jour où nous nous sommes rencontrés.

Je ris. —J'en doute. J'ai dormi pendant notre première rencontre.

Son visage était tout près ; nos lèvres se frôlaient encore lorsque nous parlions. Ses yeux ouverts scrutaient les miens. —Quand je t'ai vue sur le trottoir, je t'ai trouvée sublime.

Je reniflai d'un air moqueur et me reculai. —J'suis contente de mon apparence, mais surtout parce que j'suis bien seule. Je n'ai pas besoin d'une relation pour avoir l'impression que j'me débrouille. C'est ma mère qui me l'a appris.

Il resta silencieux un instant. La chaleur de sa main sur ma nuque, la douceur de ses lèvres sur les miennes me manquaient déjà. Mais c'était moi qui m'étais écartée.

—J'ai toujours recherché l'approbation des autres. Ça passe en partie par le fait d'être avec quelqu'un. Je ne m'en sors pas bien dans les relations ; je finis toujours par tout gâcher.

—C'est peut-être parce que tu invites une femme à sortir, puis que tu refuses de l'embrasser parce que tu te dis qu'elle a oublié que tu n'es ici que pour trois mois.

Son sourire s'étira d'un seul côté, plein d'autodérision. — Par exemple, hein ?

—Ouais, juste un exemple au hasard de ce qui aurait pu arriver.

Il gloussa. —Un jour, peut-être, je finirai par comprendre les femmes.

—J'en doute. Nous, les femmes, sommes déconcertantes et frustrantes, tout comme les hommes.

—Ça, c'est sûr.

Nous avons ri ensemble, puis nous sommes descendus de mon véhicule utilitaire sport. Daniel a de nouveau insisté pour payer notre repas, même si j'avais dit que c'était mon tour. Il a balayé mon objection d'un geste et a donné assez d'argent pour couvrir notre commande ainsi que celle de la famille derrière nous dans la file.

—C'était vraiment gentil de ta part, ai-je chuchoté lorsque nous nous sommes assis.

Il haussa les épaules. —C'est bien de redonner un peu. Les familles sont toujours une bonne cible, parce que la plupart galèrent. Même lorsqu'elles ne le font pas, leur vie est plus compliquée que la mienne.

—C'est vraiment généreux de ta part.

—Merci. Alors, comment as-tu commencé à t'impliquer au Centre communautaire ?

Je pris une gorgée d'eau et tentai de me rappeler la première fois où j'y étais allée. —Ça remonte. La femme de James, Trinity, a commencé à y travailler quand elle s'est installée en ville. Je ne la connaissais pas, mais je connaissais un peu James. Piper a commencé à fréquenter ce groupe et m'y a entraînée.

—On dirait que tu n'en avais pas envie.

J'ai secoué la tête. —Pas vraiment. Les grands groupes, ce n'est pas mon truc. Je suis plus à l'aise quand j'ai seulement quelques personnes autour de moi. Piper était serveuse chez O'Kelley's. Elle est très sympathique et bavarde, et elle s'occupait toujours d'eux quand ils venaient. Ils l'ont invitée à sortir avec eux un week-end, et elle n'a pas arrêté d'y retourner. Je m'entends mieux avec eux maintenant, mais au début, j'hésitais à y aller.

—C'est agréable d'avoir des amis avec qui passer du temps.

—Ouais. Beaucoup d'entre elles sont mariées ou sortent avec les gars que tu as rencontrés chez O'Kelley's.

—Comment sais-tu que j'ai rencontré les gars chez O'Kelley's ?

—C'est une petite ville. Et j'ai supposé que c'était soit ça, soit que James t'avait arrêté, mais j'ai pensé qu'il n'appellerait probablement pas quelqu'un qu'il a arrêté de l'autre côté de la pièce.

Daniel rit. —Bon raisonnement déductif.

—Je trouvais aussi.

—Sofia ! appela Maria depuis le comptoir.

—Je m'en occupe, dit Daniel.

Je le regardai s'avancer vers le comptoir. Il dit quelque chose à Maria. Elle lui sourit et éclata de rire à ce qu'il avait dit. Elle tourna le regard vers moi et me fit signe. Je lui rendis son salut, pouffant quand Daniel se retourna vers moi et que Maria se pâma derrière le comptoir.

—De quoi tu rigoles ? demanda Daniel en posant notre plateau sur la table.

—Rien, mentis-je.

Il pinça les lèvres pour réprimer son sourire et secoua la tête, mais n'insista pas pour que je lui dise.

Nous avons réparti la nourriture, chacun attrapant son taco préféré. J'ai déballé le premier et croqué dedans, gémissant en même temps que Daniel.

Nos regards se sont croisés et nous avons pouffé de rire.

—Tellement bon, dit-il.

J'ai hoché la tête. —Toujours. Bon choix.

—C'est toi qui l'as choisi.

J'ai souri. Certains hommes s'en attribueraient le mérite, mais Daniel était prêt à reconnaître que c'était mon idée. Une chose à laquelle je n'avais pas pensé avant qu'il ne le dise.

Nous avons englouti nos tacos, dévorant tout et récupérant les miettes avec des chips. Daniel m'a demandé des nouvelles du centre communautaire et des enfants qu'ils y aident, puis a parlé d'y retourner le mois prochain.

—Je ne sais pas si j'ai vraiment été utile, mais c'était amusant. Je n'ai pas souvent l'occasion de faire ce genre de choses.

—Qu'est-ce que tu fais exactement ? ai-je demandé, réalisant que je n'en savais pas beaucoup sur sa vie.

—Je travaille dans l'industrie de la musique.

Je me suis figée. Quelles étaient les chances ? Mon père était là pour l'été et Daniel aussi. Le connaissait-il ? Avait-il découvert que mon père allait rester chez moi et décidé de venir ? Avait-il une raison d'être ici ?

—Vraiment ? ai-je demandé. — Peu de gens, dans le coin, ont quoi que ce soit à voir avec l'industrie musicale.

Il a ri. —Je sais. C'est rafraîchissant.

—Tu disais que tu étais ici pour quoi déjà ?

—J'avais besoin de faire une pause. Quelques mois loin de l'environnement toxique dans lequel je baigne sans arrêt.

—C'est sûr, marmonnai-je.

—Qu'est-ce que tu as dit ?

—Rien. J'ai entendu dire que ce n'est pas très positif. Que fais-tu dans le milieu ?

—Rien pour l'instant. Je suis un peu entre deux projets, dit-il en baissant les yeux sur son emballage et en ramassant un minuscule morceau de fromage râpé. Il le mit dans sa bouche, puis me sourit. —Tu es prête à y aller ?

Le changement de sujet me fit me demander s'il cachait quelque chose. Je n'avais jamais ressenti de malaise venant de lui ni eu l'impression qu'il cherchait à approcher mon père, mais je'avais déjà été dupée auparavant.

Nous avons jeté les déchets et posé le plateau sur la poubelle. Daniel me tint la porte et me suivit jusqu'au véhicule utilitaire sport. Je mis le moteur en marche puis marquai une pause.

—Je connaissais quelqu'un dans l'industrie musicale, avouai-je. —Nous sommes sortis ensemble quelque temps.

Son visage trahit son étonnement, même s'il se reprit rapidement.

—J'ai une profonde aversion pour tous ceux qui en font partie.

—Même moi ?

—Je ne te connais pas assez pour le dire.

— Waouh. Il s'adossa à son siège, son sourire s'effaçant. — Je ne'connais pas beaucoup de femmes qui ressentent ça. La plupart veulent finir dans mon lit en espérant que je puisse changer leur vie. Et pas seulement pendant que nous'sommes au lit.

Je'ai vu ça plus de fois que je ne peux le compter. Des femmes prêtes à coucher avec une rock star et, à défaut, à se rabattre sur un tech son ou un roadie, tant qu'elles pouvaient entrer dans un endroit interdit au grand public.

—Je m'étais juré de ne plus jamais fréquenter quelqu'un du milieu de la musique.

—Je ne m'y attendais pas.

Je pris une inspiration. Quand je prenais une décision, je ne revenais jamais en arrière. Jamais. Mais je n'avais encore jamais pris deux décisions qui se contredisaient. J'avais choisi de me rapprocher de Daniel avant de savoir ce qu'il faisait. Peut-être était-ce idiot de ne pas poser plus de questions avant de décider que j'étais prête à passer les prochains mois avec lui, mais peut-être que le plus idiot était d'avoir décidé de ne plus fréquenter personne du milieu musical juste à cause de Nate.

Il y avait des types pourris dans tous les milieux. Des hommes prêts à tout pour gravir les échelons. Des hommes qui voyaient les femmes comme des pions, des possessions à manipuler et à utiliser à leur guise.

Si Daniel était comme ça, peu importe son travail, je n'aurais aucune envie d'être avec lui. Mais je ne pensais pas que ce soit son cas. Je ne pouvais pas dire que je lui faisais totalement confiance, mais il m'attirait. Et cela faisait longtemps que je ne m'étais pas sentie attirée par un homme, quel qu'il soit. Les rendez-vous galants étaient un exercice frustrant, comme tous les exercices, et je n'y prenais plus aucun plaisir depuis des années.

Mais j'aimais passer du temps avec Daniel. Et ce baiser ?

Je frissonnais encore dans des endroits qui n'avaient pas frissonné depuis longtemps.

Je n'avais aucune bonne raison de me priver de lui. Il pourrait bouleverser ma vie, mais je ne cherchais que le genre de bouleversement qui se passe au lit, pas dans le monde réel. Je n'avais aucune envie de remettre un pied dans l'industrie musicale. Et quand Daniel partirait dans trois mois, je lui ferais signe avec le sourire en le regardant retourner à cette vie.

Avant de pouvoir revenir sur ma décision, je me penchai au-dessus de la console centrale et attrapai sa chemise. Son air stupéfait suffisait à me dire qu'il ne s'attendait pas à ce que je change d'avis, mais la manière dont il agrippa ma hanche et tenta de me tirer par-dessus la console m'indiqua qu'il approuvait totalement ce que j'étais en train de faire.

Nos bouches se trouvèrent, les langues en éclaireuses, les lèvres quasiment secondaires. Il avait un léger goût de tacos, mais j'étais certaine que moi aussi. Je voulais seulement le sentir, me prouver que j'avais pris la bonne décision.

Et les gémissements et soupirs qui m'échappaient confirmaient que c'était bien le cas.

—Chez toi, soufflai-je en me reculant. Je passai la vitesse et tournai vers notre immeuble.

Sa main a embrasé ma cuisse à travers mon jean. Je voulais qu'il la fasse monter plus haut, mais je savais que ce serait une très mauvaise idée. Ses doigts se sont crispés sur ma cuisse, puis ils l'ont relâchée avant de lisser la peau qu'il venait de presser.

Je me suis garée à un pâté de maisons de notre immeuble, en gémissant en constatant que toutes les places proches étaient prises. J'ai coupé le moteur et j'ai voulu descendre, mais il m'en a empêchée.

—Encore un, murmura-t-il en m'attirant pour un autre baiser.

Sa main glissa jusqu'à ma nuque, me tirant contre lui et me retenant là où il me voulait tandis qu'il me dévorait les lèvres. Sa langue s'enfonça dans ma bouche, me taquinant et me goûtant. Sa main me maintenait immobile, même si je n'avais aucune intention de reculer.

J'ai laissé mes mains vagabonder, avide de sentir la fermeté de son corps sous mes doigts. Il y avait bien trop longtemps que je m'étais sentie capable de lâcher prise. Le sexe était un exutoire, mais il était si rare pour moi que j'avais oublié à quel point il pouvait me captiver de tant de façons. Que le frottement de sa barbe'de fin de journée pouvait déclencher des frissons d'anticipation dans tout mon corps. Que son souffle sur ma joue puisse faire courir en moi un murmure d'excitation. Que la dureté de ses muscles et ses grognements sourds me rendent folle de désir, prête à lui arracher ses vêtements et à coller son corps au mien.

—À l'intérieur, implorai-je, sans la moindre honte, avide d'en avoir plus. Ma décision était prise, et il me laissait la prendre sans influencer mes choix. Je n'allais pas revenir dessus, et maintenant que nous étions au pied du mur, j'étais plus que prête à lâcher prise et à profiter du reste de ma nuit.

Nous nous sommes séparés à contrecœur, puis nous nous sommes penchés de nouveau pour un autre baiser avant de sortir enfin du véhicule. Il m'attendit sur le trottoir, attrapa ma main et me pressa de rejoindre l'immeuble tandis que les dernières lueurs de la nuit s'éteignaient.

La porte de l'immeuble semblait soudain avoir la serrure'la plus capricieuse du monde, et je fis tomber mes clés trois fois avant de réussir à déverrouiller et à nous laisser entrer. Cela n'avait rien à voir avec les baisers qu'il déposait dans mon cou, ni avec la manière dont ses mains s'étalaient largement sur mon ventre pour taquiner le haut de mon jean. C'était forcément la porte.

À l'intérieur, nous nous sommes arrêtés dans le hall d'entrée, mais je me suis éloignée avant de me perdre complètement. Je ne'voulais pas que les voisins me voient en train d'embrasser quelqu'un de l'immeuble. J'ai traîné Daniel dans l'escalier et je lui ai soufflé de rester silencieux quand nous sommes arrivés devant sa porte.

—Personne n'va s'en soucier, me rassura-t-il.

—Mme Watson, elle, s'en souciera forcément, répondis-je en désignant l'appartement d'en face.

—Elle m'apprécie. Tout' va bien.

—Elle t'apprécie ? m'écriai-je. Madame Watson n'aimait personne.

—Ouais. Je l'ai aidée à porter ses courses un jour. On a discuté.

—Ça ne veut pas dire qu'elle t'apprécie.

Il haussa les épaules, glissa la clé dans la serrure, tourna pour débloquer le pêne dormant, puis nous fit enfin entrer dans son appartement. —Ça ne veut pas dire qu'elle ne m'apprécie pas.

J'allais répliquer, mais il referma la porte et me plaqua aussitôt contre elle. Ses clés tombèrent au sol et son corps tout entier se moulait au mien, y compris cette longue, épaisse et dure protubérance que je n'avais qu'une hâte : saisir de mes mains.

Oui, les deux.

11

TREY

Mon cerveau me disait de ralentir, mais mon corps lui ordonnait de s'asseoir et de se taire. Bon sang, cette femme. Elle n'avait aucun plan caché. Aucun désir supplémentaire de décrocher le prochain type au-dessus. Elle me voulait, moi.

Je ne pouvais'pas me souvenir de la dernière fois qu'une femme m'avait voulu pour ce que j'étais. Honnêtement, je n'étais' même pas certain que cela soit déjà arrivé. La première femme avec qui j'avais couché était celle que le frère de Seth' m'avait présentée. Il disait qu'elle prendrait bien soin de moi. C'était une groupie, mais elle préférait les plus jeunes. Elle fut mon cadeau d'anniversaire pour mes dix-huit ans de la part de Seth, qui'avait soufflé ses bougies quelques mois avant moi et savait que Valérie serait un très beau cadeau.

Elle le fut : elle ne rit même pas quand je jouis contre sa jambe la première fois, avant même de la pénétrer, puis me laissa réessayer et encaissa le coup quand je ne tins que deux minutes. Elle m'expliqua comment lui donner du plaisir, puis me laissa tenter à nouveau. Cette fois-là, je tins cinq minutes et me sentis comme un roi.

Après Valérie, je me suis jeté à corps perdu, d'abord en profitant de mes contacts hésitants, puis des véritables, puis de ma propre célébrité pour faire venir les femmes dans mon lit. Des culottes volaient sur scène avec des numéros de téléphone inscrits dessus. Des bouts de papier enfoncés dans des poches. Des numéros sur des serviettes. Et puis il y avait les femmes que les managers et les cadres nous amenaient. Celles qui payaient plus cher pour rencontrer le groupe et qui, parfois, avaient le bonus de coucher avec l'un de nous.

Pour chacune d'entre elles, j'étais Trey Ryan. Daniel n'existait pas. Personne ne connaissait le prénom Daniel, mon deuxième prénom, et aucune d'elles ne le connaîtrait jamais. C'était le prénom que je partageais avec mon père et mon frère : une tradition familiale transmise depuis mon arrière-grand-père.

Mais Sofia m'appelait Daniel. Elle murmurait ce prénom tandis que mes mains se refermaient sur ses hanches et enveloppaient son fessier. Je la tirai contre moi, la laissant sentir l'effet qu'elle avait sur moi.

Je la voulais. Plus que je ne l'avais jamais voulu une femme de ma vie. Parce qu'elle était un trophée. Elle n'était pas un cadeau qu'on me tendait. J'avais dû me démener pour la faire entrer dans mon appartement. Je ne pouvais' pas brandir mon statut de rockstar et lui faire baisser sa culotte. Elle l'a fait parce qu'elle me voulait vraiment.

— Chambre, murmura-t-elle, la voix aussi désespérée que le sang qui battait en moi.

Je me forçai à m'éloigner d'elle et tirai sur son haut, le lui ôtant par-dessus la tête. Elle portait la brassière de sport la moins sexy que j'aie jamais vue, et pourtant la vision de ses seins pleins moulés dedans me rendit encore plus dur.

— Je n'avais clairement pas prévu ça, ce soir.

— Moi non plus, mais c'est encore mieux comme ça, non ?

Elle acquiesça. —C'est de bonne guerre. Elle attrapa le bord de ma chemise, un sourire soulevant ses lèvres.

Je levai les bras et l'aidai à me l'enlever.

Elle poussa un petit cri, un son qui alla droit à ma queue. Un rougissement grimpa le long de son cou et, putain, j'étais sur le point de craquer. Cette femme était si honnête, si pure.

—T'es... putain de canon, souffla-t-elle.

Je ris doucement, surpris par ses mots. —Je pourrais en dire autant de toi.

Elle baissa les yeux sur son corps. —Je sais.

Je ris tandis qu'elle balançait les hanches, laissant son ventre onduler. Elle était magnifique. Je ne pouvais' pas voir ses os sous sa peau. Je ne pouvais' pas compter ses côtes. Ses clavicules ne' ressortaient pas. Elle n'avait rien à voir avec la plupart des femmes avec qui j'avais couché. Elle était mille fois mieux.

Nous nous sommes de nouveau rapprochés, nos mains se posant sur la peau nue, nos bouches soudées. En titubant vers la chambre, je réalisai à mi-chemin que Sofia connaissait mon appart aussi bien que moi, peut-être même mieux.

Nous avons poussé la porte et allumé la lumière. Sofia s'écarta de moi, mais je secouai la tête.

— Je veux te voir. J'ai besoin de te voir.

Elle mordilla sa lèvre mais ne' répliqua pas ni ne chercha à éteindre la lumière.

J'ai pris sa main et l'ai conduite jusqu'au lit. Nous nous sommes assis sur le bord, les doigts entrelacés. —Je sais qu'on en a déjà parlé, mais je ne veux pas te faire de mal, Sofia. Tu me plais. Si les choses étaient différentes... Je partirai à la fin de mon bail, et je ne dis pas ça pour te faire de la peine.

—C'est ta façon de te dérober ? Ou tu penses être tellement incroyable qu'il n'y a pas une seule chance que je passe trois mois avec toi et que je ne tombe pas amoureuse de toi' ?

J'ai ri de son constat sans détour. —Tu ne mâches pas tes mots, hein ?

—On'en a déjà parlé. Plus d'une fois. Si tu veux que je m'en aille, je le ferai, sans poser de questions. Mais si on en est arrivés là et que tu te défiles encore, je ne te laisserai pas une troisième chance. Deux, c'est déjà beaucoup pour moi.

—Je'ne me défile pas. Je'tiens à peine le coup en ce moment. Il'me faut tout mon contrôle pour ne pas t'arracher tes vêtements et te regarder me chevaucher.

—Ce n'est pas moi qui ralentis les choses, tu sais.

Je lui ai replacé une mèche derrière l'oreille en souriant. Elle avait raison. J'attendais toujours qu'elle se comporte comme toutes les autres femmes que j'avais connues, mais ce n'était pas le cas. À chaque étape, elle m'avait prouvé qu'elle était différente. C'était moi qui avais du mal avec ça.

Fini les hésitations. Je la voulais. Le fait qu'elle soit aussi la fille de Jensen Carmack n'avait aucune importance. Nous étions deux adultes consentants qui se faisaient du bien ensemble. C'était tout ce qui comptait.

Je me suis glissé plus loin sur le lit, les pieds toujours au sol, et je l'ai attirée vers moi. J'ai posé la main sur sa hanche pour l'encourager à venir s'installer au-dessus de moi.

Elle s'exécuta, mais s'arrêta juste avant de m'embrasser. Son regard chercha le mien, en quête de quelque chose, puis elle se pencha lentement vers moi.

La putain de partie venait de commencer.

Cette femme était une menace pour ma santé mentale. Elle ondulait des hanches en m'embrassant, frottant son corps en jean contre ma queue et faisant supplier ce foutu glouton d'en vouloir encore.

J'étais à deux doigts de devenir complètement dingue dans mon putain de jean quand elle m'a repoussé.

—Si je compte te chevaucher, j'espère que tu as des capotes, parce que j'irai pas jusqu'à mon appart maintenant.

—Salle de bain, soufflai-je.

—Mets-toi à poil. J'reviens tout de suite.

Elle se tourna vers la salle de bain en se débarrassant de sa brassière de sport. Elle la laissa tomber au sol avant de saisir le bouton de son jean, puis disparut dans le petit espace qui reliait la chambre au salon.

Je sortis de ma transe, déboutonnai mon jean et fis glisser la fermeture éclair avant de me lever pour pousser mon jean et mon boxer le long de mes jambes. Je me penchai pour enlever mes chaussettes et envoyai le tout valser d'un coup de pied, au moment où Sofia, entièrement nue, revenait dans ma chambre avec une bande de préservatifs.

—Je me suis dit que c'était plus prudent, dit-elle en en arrachant un et en posant le reste sur la table de nuit.

—Putain, t'es magnifique, murmurai-je.

Son ventre était plein et rond. Ses seins reposaient dessus, les tétons roses fièrement dressés. La toison entre ses cuisses était plus sombre que je ne l'aurais cru, aussi fournie que le reste de son corps. Ce n'était pas une femme qui s'épilait et se lissait pour un homme. C'était une femme au naturel, qui me coupait le souffle et me donnait envie de vénérer ses courbes pour toujours.

Non. Pas pour toujours. Pour trois mois. C'était tout.

—J'suis une valeur sûre, Daniel. T'as pas besoin de me baratiner.

Je secouai la tête. —Pas du tout. Je suis juste honnête.

— Eh bien, merci alors.

— Viens ici, murmurai-je. Je voulais la sentir entièrement collée contre moi : sa chaleur, sa douceur, ses courbes.

C'était encore mieux que ce que je m'étais dit. J'ai laissé mes mains glisser sur son dos, son ventre et sa poitrine. J'ai pincé ses tétons et taquiné son nombril. J'ai empoigné son cul et l'ai tirée contre moi.

Elle gémissait, haletait, grognait. Ses mains erraient autant que les miennes ; ses ongles griffaient ma colonne et ses doigts tordaient mes tétons.

Je n'avais jamais exploré une femme de cette façon. Je n'avais jamais pris le temps de découvrir ce qu'elle aimait. Et jamais aucune n'avait découvert ce que j'aimais. Putain, je ne savais même pas que j'aimais les ongles sur ma colonne ou le souffle qui effleure mon visage.

Une de mes mains s'est faufilée entre nous, écartant doucement ses cuisses. Elle n'a ni protesté ni hésité, ouvrant grand ses cuisses pour que ma main glisse dans sa toison jusqu'à ses lèvres.

Elle a gémi quand j'ai effleuré son clito pour la première fois. J'ai continué, voulant sentir à quel point elle était mouillée. Ses lèvres étaient trempées et son jus coulait, enduisant mes doigts avant que j'en enfonce un en elle.

— T'es tellement foutrement mouillée, grognai-je.

— Ça fait un moment.

— Merci de m'avoir choisie.

Elle grogna. — Je crois que c'est moi qui devrais te remercier, là, tout de suite.

Ses doigts s'enfonçaient dans mes épaules pour se soutenir, mais elle ne fit aucun mouvement vers le lit. J'ai ajouté un deuxième doigt dans son fourreau avant de les faire glisser tous les deux jusqu'à son clito. Un doigt de chaque côté la faisait onduler contre moi tandis qu'elle haletait.

— Oh putain, souffla-t-elle.

— T'es tellement bonne, lui dis-je.

— Mmm hmm. Elle grogna, ses cuisses tremblaient tandis que j'accélérais mes caresses et que son orgasme la submergeait.

Je l'ai maintenue de ma main libre, soutenant son poids

tandis que ses genoux cédaient. Elle planta ses dents dans mon épaule, ses hanches s'écrasant contre mes doigts.

— Oui, oui, oui. Elle gémissait et couinait, ses supplications à peine audibles, étouffées par mon épaule dans sa bouche.

—Encore, Sofia, ordonnai-je en plongeant trois doigts en elle tout en pressant son clitoris de mon pouce. — Encore.

Elle couina mais ne se déroba pas. Ses hanches continuaient de bouger, me suppliant exactement de lui donner ce que je faisais. Sa bouche était ouverte, ses yeux fermés, et elle avait l'air d'être au paradis.

J'étais accro. Putain, j'en voulais davantage. Je pourrais la regarder toute la nuit. Je n'avais même pas besoin de jouir moi-même : la voir perdre la tête me suffisait.

Je n'avais jamais rien vu d'aussi beau.

— Daniel, souffla-t-elle en posant ses lèvres contre mon cou. Elle lécha l'endroit où mon cou et mon épaule se rejoignent.

Mon sexe tressaillit, rejetant l'idée de rester en dehors de l'action.

— Jouis pour moi, Sofia. Je recourbai mes doigts en elle, frottant son point G, et elle cessa de respirer. Ses hanches s'immobilisèrent.

Alors elle explosa. Elle laissa échapper un long gémissement, incapable de se retenir. Son corps fut secoué de spasmes. Ses hanches se pressaient contre ma main, puis se retiraient dès que je touchais son clitoris. Son visage se tordit, comme si elle souffrait. Elle s'agrippa à ma nuque, y pressa de nouveau son visage, ouvrit la bouche et planta ses dents dans le tendon qui rejoint mon épaule.

— Putain, sifflai-je. La douleur déclencha une vague de plaisir et je n'étais pas sûr de tenir jusqu'à être en elle.

— Oui, faisons ça, dit-elle en se reculant et en attrapant un préservatif. — Maintenant.

Elle coinça le préservatif entre ses dents et me poussa sur le lit. Elle me caressa à deux mains, dans des mouvements opposés, faisant rouler mes yeux vers l'arrière.

—Bordel, Sofia. Je… Tu dois arrêter ça.

Elle m'adressa un sourire en coin. La petite peste savait exactement ce qu'elle faisait. Mais je n'étais pas le seul à frôler la folie. Ses mains tremblaient tandis qu'elle déchirait l'emballage du préservatif. Elle se saisit de moi, le déroula lentement puis remonta en me caressant une fois qu'il fut en place.

Mes yeux se révulsèrent et y restèrent, jusqu'à ce que je la sente grimper sur le lit et s'asseoir à califourchon sur moi.

Je la vis écarter largement les cuisses au-dessus de moi. Elle était trempée, pulpeuse, parfaite. J'avais envie de la goûter, de la lécher jusqu'à ce qu'elle jouisse violemment et me supplie d'en avoir plus.

La prochaine fois.

—Guide-toi en moi, souffla-t-elle d'une voix étranglée.

Je tins ma queue d'une main et posai l'autre sur sa cuisse. Elle me regardait tandis que je me regardais glisser en elle. Elle en prit la moitié avant de se relever puis de redescendre, écartant encore ses cuisses pour m'engloutir davantage. Trois mouvements suffirent pour que nos corps se rejoignent.

J'étais déjà beaucoup trop près de la limite. Le simple contact de ce passage étroit me rendait fou. Je voulais la baiser fort, mais si je le faisais, tout serait terminé en quelques secondes.

—Baise-moi, Daniel, chuchota-t-elle.

Mon regard se fixa aussitôt dans le sien, alourdi de désir, suppliant que je la prenne. Je n'avais rien à lui répondre. Aucun refus, aucune objection.

Il n'y avait que ma queue avide et la femme la plus sexy que j'aie jamais eue dans mon lit, tous deux partisans du rapide et sauvage.

Mes mains remontèrent sur ses cuisses. Elle se souleva au même instant, ses muscles se contractant pour me montrer sa force. Je me propulsai en elle lorsqu'elle redescendit et nous gémîmes tous les deux.

Le rythme s'imposa naturellement, le claquement de nos corps humides marquant une cadence à laquelle nous ne pouvions résister. Ses halètements et mes grognements donnaient de la profondeur à la musique que nous composions. Ses cuisses d'acier et son intimité douce collaboraient pour me pomper, m'implorant de l'emmener là où elle devait aller.

—Daniel..., souffla-t-elle.

J'appuyai sur son clitoris et son rythme se synchronisa de nouveau au mien. Ses seins bondissaient, son ventre ondulait, tout son corps se mouvait au diapason de notre baise.

C'était une magnifique mélodie, érotique et passionnée. Mes mains picotaient, ma queue palpitait, et mes couilles me lançaient.

Et puis Sofia jouit.

Elle laissa éclater son orgasme dans un cri, véritable voix de notre mélodie charnelle. Son sexe pulsa et ondula autour de moi. Elle bascula en avant sur ses mains, ses ongles s'enfonçant dans ma poitrine.

Tout cela m'emporta avec elle ; mon orgasme me prit par surprise tandis que j'admirais le spectacle étourdissant offert par Sofia.

— Putain..., gémis-je. L'explosion obscurcit ma vision et fit se crisper mes doigts. Celui posé sur son clitoris la projeta dans un nouvel orgasme, pressurant ma queue tandis que je palpitais en elle.

—Oh ! s'écria-t-elle.

Une seconde plus tard, elle s'affaissa sur moi, totalement vidée.

Une main restait coincée entre nous ; l'autre agrippait sa

cuisse. Ma queue refusait de se ramollir, réclamant un nouveau tour avec elle.

Pour une fois, mon cerveau et ma queue étaient sur la même longueur d'onde.

Une mélodie résonnait dans ma tête. Une que je ne connaissais pas. Je savais que c'était ma muse qui me taquinait à nouveau.

Nos souffles étaient les seuls sons, en dehors de l'air qui jouait dans mon esprit. Je fermai les yeux pour retenir le rythme, mais il m'échappait. Lorsque Sofia se redressa, la chanson avait disparu.

— Waouh, dit Sofia.

Je ris doucement. — Ouais.

— Je ne sais vraiment pas quoi dire. C'était incroyable.

Je secouai la tête et la ramenai contre moi. Avec ma main libérée, je pus la serrer dans mes deux bras. — Il n'y a pas de mots pour ça. Je crois qu'ils n'ont pas encore été inventés.

Elle a ri, son souffle sur ma poitrine tandis qu'elle posait sa tête contre moi.

Elle n'essaya pas de se dégager ni de filer à la salle de bains. Elle resta simplement là, aussi heureuse que moi de prolonger encore un peu cet instant.

L'air me revint, alors que la tête de Sofia reposait sur mon torse. Trop doux pour que je le fredonne, mais bien présent. Pour la première fois depuis des mois, il y avait de la musique dans mon esprit.

—C'est bon de savoir que mon soutien-gorge de sport en coton n'a pas cassé l'ambiance, dit-elle en se redressant et en se levant de sur moi.

Mon sexe se détendit un peu sans pour autant mollir ; j'étais encore à moitié dur, prêt à repartir avec un minimum d'encouragement. Je me redressai et regardai Sofia quitter la pièce.

Je l'entendis aller à la salle de bains ; la porte ouverte

révélait pour moi un nouveau degré d'intimité. La chasse d'eau retentit, puis l'eau du robinet coula. Ensuite, elle revint.

—Il va probablement nous en falloir un autre pour la prochaine fois. Elle désigna mon sexe d'un signe de tête en parlant.

Je baissai les yeux, me demandant ce qu'il avait, avant de comprendre qu'elle parlait d'un nouveau préservatif. —Tu m'as fait peur pendant une seconde, avouai-je.

Elle éclata de rire. —Certainement pas un nouveau sexe ; celui-ci est carrément addictif.

Je me levai, mon corps pratiquement collé au sien. —Et ta chatte l'est tout autant.

Elle eut un léger hoquet devant ce mot cru, mais un lent sourire souleva ses lèvres. —Dans ce cas, je crois qu'il nous faut une minute pour refaire le plein avant de replonger dans notre addiction.

—J'y succomberai autant que tu le voudras, chuchotai-je.

Je l'embrassai avec fougue et glissai ma main entre ses cuisses, ravi de l'entendre gémir et s'ouvrir pour moi. Je glissai un doigt en elle ; elle était toujours trempée.

—Je n'en ai certainement pas fini avec toi pour ce soir.

Elle a esquissé un sourire en coin. —Parfait.

12

SOFIA

Mon réveil a sonné beaucoup trop tôt le lendemain matin. J'avais vraiment l'intention de rentrer chez moi, mais Daniel s'est montré très, très persuasif et m'a convaincue de partager son lit toute la nuit.

—Quelle heure est-il ? demanda-t-il, la voix encore rauque du matin.

Un frisson me parcourut l'échine. Sa main enserra ma taille et me ramena sous les draps chauds, tout contre ce que je préfère au réveil.

Et dire que je n'étais pas du matin.

Il déposa un baiser sur ma joue et taquina un téton bien trop éveillé avant de faire glisser sa main sur mon ventre.

—Il est l'heure pour moi d'y aller, répondis-je sans pour autant bouger d'un pouce hors de son lit.

—Déjà ?

—Il est sept heures. Je commence ma journée à huit heures.

—Bon sang, pourquoi ? On n'est pas samedi ?

Je ris. —C'est le cas, mais j'ai des affaires à vérifier chaque jour de la semaine. Et puis, la plupart des gens doivent travailler pour payer leur loyer. Pas toi.

—Je travaille, grogna-t-il, l'air plus vexé que je ne l'aurais cru.

Je me tournai vers lui et découvris une moue renfrognée mêlée de culpabilité. —Je n'aurais pas dû dire ça. Désolée. J'ai tiré des conclusions parce que tu es ici depuis trois mois. C'était mesquin et déplacé.

Il inspira profondément et chassa visiblement la morosité qui venait de s'installer. —Ça va. C'est juste que... Mes parents ont tendance à me dire la même chose : que je ne travaille pas vraiment, que mon boulot n'a aucune importance.

—C'est vraiment dégueulasse de leur part. La musique apporte de la joie aux gens. Elle rend les gens heureux. Mes problèmes avec l'industrie musicale n'ont rien à voir avec le résultat final. Je connais son importance. Je sais qu'une chanson peut transformer ta journée ou, parfois, ta vie.

Il acquiesça, son regard s'adoucissant au souvenir. —La première fois que j'ai ressenti ça, j'ai pleuré. Mon père était le responsable musical de notre église, donc la musique me baignait en permanence, mais un jour, peu après que mon frère a été diagnostiqué d'un cancer de la gorge, j'ai entendu cette chanson. C'était comme si je n'étais pas seul. Mes parents étaient entièrement tournés vers Michael, et la plupart du temps, j'étais seul. Mais à cet instant-là, je ne l'étais pas.

Je le dévisageai, à la fois choquée, attristée et compréhensive. Il avait mentionné que son frère était mort quand Daniel était au lycée, mais d'un cancer ? —Je suis vraiment désolée, Daniel.

Il haussa les épaules. —Il me manquera toujours. Il avait réussi à vaincre la maladie et se portait bien, mais elle est revenue. La deuxième fois, elle était déjà plus avancée quand il en a parlé à mes parents. Il voulait avoir la possibilité d'être lui-même. Ils l'ont poussé à suivre un traitement, mais ça n'a pas suffi.

—Waouh. Je ne sais pas quoi dire.

Il me serra contre lui. —Ça va. Je ne sais même pas vraiment pourquoi je te raconte tout ça. Je n'avais jamais parlé de Michael.

Je passai mon bras autour de sa taille et me blottis contre lui, oubliant mon réveil, mon retard et tout le reste, sauf ces quelques instants volés avec cet homme.

—J'écris de la musique, chuchotai-je.

—Tu fais quoi ? s'écria-t-il.

—Je ne l'ai jamais dit à personne, mais j'ai composé quelques chansons. En général seulement les paroles, mais j'en ai tenté quelques-unes avec la musique.

—C'est incroyable. Et loin d'être facile.

—J'ai grandi avec la musique, moi aussi. Je connais cette sensation que tu décris. Je l'ai ressentie quand j'étais ado. Elle s'insinue dans tes os et devient une part de toi. J'ai longtemps lutté contre ça, mais la musique est toujours là. Des chansons, des mélodies, la danse… Ça fait partie de moi.—

Daniel hocha la tête. —Moi aussi.— Il resta silencieux une minute, puis il chuchota, —Tu me jouerais l'une de tes chansons ?

J'ai inspiré court et fort. Je n'avais jamais partagé mes chansons avec personne. Je n'avais même jamais envisagé la chose. Piper n'en avait aucune idée, personne ne le savait. Ces chansons n'étaient pour personne d'autre. Elles étaient pour moi.

Mais je me suis entendue dire, —Oui.—

—Merci.—

Daniel se pencha et m'embrassa. C'était doux, à l'image du moment que nous partagions. Aucune précipitation, aucun compte à rebours. Nous étions simplement deux personnes qui disposaient de tout le temps du monde et qui choisissaient de le passer ensemble.

Il se hissa sur moi, son érection glissant entre mes cuisses. Le duvet rêche à la base effleura mon clitoris et me fit trembler. Il bougea, plaçant sa queue entre nous et frottant mon clitoris avec le gland.

—Oh, putain.— gémis-je.

Il frotta mon clitoris, utilisant son sexe pour m'emporter vers un orgasme aussi rapide que foudroyant. Le temps qu'il attrape un préservatif sur la table de nuit et s'enfonce en moi, j'étais à bout de souffle et je le suppliais.

—Tellement bon, chuchotai-je.

—Oui, grogna-t-il d'accord.

Il me pénétra avec force, le temps infini que nous avions semblant soudain se réduire tandis que l'horloge poursuivait sa course. Il resta suspendu au-dessus de moi, ses yeux cherchant les miens ; il changea d'angle et me fit fermer les paupières d'un coup.

—Jouis, Sofia.

—Oui, dis-je en frôlant l'extase. Elle était juste là.

Il me martela, me pourchassant jusqu'au plaisir. J'ouvris les yeux et le regardai, son visage se tordant d'agonie tandis qu'il attendait que je cède.

Je glissai la main entre nous, le dos de ma main effleurant son ventre. Ses yeux s'ouvrirent brusquement. La conscience illumina son regard avant que le désir ne le submerge.

Il se redressa, se hissant sur ses genoux et laissant les draps glisser derrière lui. Son regard se posa sur mes doigts qui caressaient doucement mon clitoris.

—Baise-moi, grogna-t-il en se replongeant en moi tout en fixant ma main. —Putain, Sofia.

Mes doigts accélérèrent, la rudesse sensuelle de sa voix me rapprochant encore du bord. Il gonfla en moi et j'appuyai fermement sur mon clitoris, le frottant assez fort pour m'envoyer valser et l'emporter avec moi.

—Oh, bordel… Mon Dieu, oui. Sofia, grogna-t-il, chaque syllabe plus forte que la précédente.

Je gémis à travers mon orgasme, tremblant sous son intensité.

—Comment ça peut être chaque fois meilleur ? chuchota Daniel en s'écroulant à côté de moi. Il me fit rouler contre lui et glissa son bras autour de ma taille, entrelaçant ses doigts aux miens. Il embrassa mon épaule.

—De quoi se demander jusqu'où ça peut encore aller, le taquinai-je.

—Je suis prêt à sacrifier tout le temps qu'il me reste ici pour le découvrir.

Je ris. —J'en suis sûre. Mais il faut que j'aille bosser. Je suis déjà en retard, et je devrais vraiment rentrer me changer au lieu de passer la journée à sentir que j'ai passé la nuit à faire l'amour comme une déesse.

Il inspira mon cou et lécha juste derrière mon oreille. —Je n'ai pas encore eu le plaisir de te goûter, mais cette partie-là a déjà un goût exquis.

Je me dégageai de lui et bondis hors du lit. —Tu es dangereux. Si je te laisse faire, tu vas finir par me convaincre de passer toute la journée au lit. Et je ne peux pas me le permettre, même si Piper m'adore.

Il ricana et sortit du lit à sa suite. —Dans ce cas, peut-être que je pourrai te convaincre de revenir ce soir. Je peux commander un sacré repas à emporter.

Je sortis de sa chambre pour retourner directement dans la salle de bains, histoire de me donner une minute pour réfléchir sans contempler son corps magnifique. Il était une tentation, un vrai coupe-penseur. J'avais besoin de clarté.

—J'ai dit à mon père que je passerais la soirée avec lui. Je n'ai pas beaucoup vu. Je ne sais toujours pas pourquoi il n'est pas reparti ; j'ignore ce qu'il fait ici.

—Il ne vient pas souvent te voir ?

Je reniflai. —C'est la première fois qu'il me rend visite.

—Waouh. Je pensais que c'était habituel, puisqu'il loge chez toi.

J'actionnai la chasse d'eau et me lavai les mains, puis je retournai dans sa chambre où se trouvaient mes vêtements. —Non. On n'est pas proches.

—Donc tu crois qu'il y a une raison à sa présence ?

J'acquiesçai. —Il doit bien y en avoir une.

—À ton avis, laquelle ? Daniel alla à son tour à la salle de bains puis me retrouva dans la chambre, où j'ajustai mon soutien-gorge et enfilai ma culotte, les yeux de Daniel suivant chacun de mes gestes.

Je haussai les épaules. Je ne m'étais pas vraiment demandé quelle pouvait en être la raison. —Je n'en sais rien. J'essaie de ne pas m'en faire. Il n'est pas parfait, mais c'est la seule famille qui me reste.

—Je comprends, souffla Daniel.

—Tu es proche de tes parents ? J'enfilai mon jean, et Daniel fit de même, renonçant au boxer pour glisser son pantalon sur ses hanches nues.

Il secoua la tête. —Non. Ils ont divorcé après la mort de Michael. Ils étaient trop brisés. Je le comprends, mais c'est difficile. Michael était… il était formidable. C'est lui qui nous tenait encore ensemble à la fin ; sans lui, tout s'est effondré.

—On dirait que tu commences à comprendre.

Il lâcha un petit rire. —Je fais de mon mieux.

—C'est tout ce que nous pouvons faire.

—Très juste. Il me suivit jusqu'à sa porte et me retint avant que je ne l'ouvre. —Quand pourrai-je te revoir ?

J'essayai de réfléchir à mon emploi du temps, mais je

savais qu'il était chargé. —Envoie-moi un message ce soir et je vérifierai.

—Petit problème.

Je haussai un sourcil, la main sur la poignée. —Quoi donc ?

—Je n'ai pas ton numéro.

Quoi ? Sérieusement ? Je repensai à tout cela et compris qu'il avait raison. Nous avions discuté et nous nous étions croisés, mais je ne savais pas comment le joindre sans aller frapper à sa porte. —Tu as raison. Tiens. Je lui tendis mon téléphone pour qu'il y inscrive son numéro.

Il tapa quelque chose, l'effaça, puis le retapa.

—Qu'est-ce que c'était ?

Il secoua la tête. —Rien. Je voulais juste faire le malin, mais j'ai réalisé que tu ne retrouverais peut-être pas mon numéro si j'enregistrais mon nom sous « Meilleur coup de ta vie ».

Je repris mon téléphone avec un sourire en coin. —Tu as raison. J'ai déjà enregistré ce nom pour deux autres mecs.

Il poussa un hoquet et porta une main à sa poitrine. —Tu vas me tuer.

J'ai ri. —Je changerai leurs noms plus tard.

Il a ri avec moi, m'a attirée contre lui et m'a donné un baiser capable de me faire vider mon agenda rien que pour lui. J'ai gémi contre ses lèvres, j'ai passé ma jambe autour de ses hanches et j'ai vraiment envisagé de faire l'école buissonnière pour la journée.

Puis il se recula et ouvrit la porte. —À très vite.

J'ai souri à sa façon de me congédier — et à sa promesse — puis je suis sortie de chez lui.

Le sourire ne me quitta pas jusqu'au rez-de-chaussée, jusqu'à ce que j'ouvre la porte de mon appartement.

—Où étais-tu ? Tu n'es pas rentrée hier soir. J'ai appelé la police ! hurla mon père.

—Tu as fait quoi ?

Mon père faisait les cent pas, le regard noir posé sur moi. —Tu rentres toujours. Tu es rationnelle et raisonnable. Tu ne fais jamais rien qui puisse m'inquiéter. Mais là, tu n'es pas rentrée. Où étais-tu ?

Un coup frappé à la porte m'interrompit avant que je puisse parler. Je me retournai et l'ouvris, sachant déjà qui se trouvait de l'autre côté.

—Salut, James, dis-je en ouvrant la porte.

—Tu es rentrée, dit-il en regardant par-dessus mon épaule vers mon père.

Je reculai pour laisser entrer James. —Je suis là. Je viens juste d'arriver. Désolée qu'il t'ait dérangé.

—Aucun problème. Rowan est dehors en train d'examiner ton véhicule utilitaire sport. Tout va bien ? demanda James.

—Non ! Ça ne va pas. Ma fille a passé la nuit dehors. Il aurait pu lui arriver n'importe quoi.

James me détailla et esquissa un sourire en coin. —Tu veux que je reste dans les parages ?

Je l'ai poussé vers la porte, sachant qu'il savait exactement pourquoi j'avais passé la nuit dehors et que je n'avais pas besoin d'un témoin pour la conversation que j'allais avoir avec mon père. —Tout va bien, James. Merci de t'être inquiété. Passe le bonjour à Trinity.

James se laissa pousser dehors. J'ai refermé la porte sur le son de son rire alors qu'il s'éloignait vers la sortie.

Je me suis tournée vers mon père, la colère bouillonnant en moi jusqu'à ce que je voie l'expression sur son visage.

—J'ai cru qu'il t'était arrivé quelque chose, souffla-t-il.

—Je suis désolée, Papa. Je n'ai jamais pensé que tu t'inquiéterais.

—Tu es ma fille. Pourquoi ne m'inquiéterais-je pas ?

J'ai lâché un rire sans joie. Je n'avais pas le temps de m'engager là-dedans avec lui, pas alors que j'étais déjà en retard pour commencer ma journée.

J'ai essayé de passer devant lui, mais il m'a arrêtée. —Je n'ai jamais été un bon père et j'en suis désolé.

Et voilà. La seule chose que j'avais désirée toute ma vie. Des excuses. Ou peut-être un aveu. Quelque chose.

Mais je n'étais plus certaine d'en avoir besoin. Ses mots n'avaient pas l'effet que j'attendais. Ils ne s'étaient pas ancrés en moi pour réparer toutes mes fractures, tous les éclats et fissures avec lesquels je vivais depuis que j'étais assez grande pour comprendre que mon père prétendait que je n'étais pas sa fille.

Je me suis de nouveau tournée vers lui. Il paraissait plus âgé que dans mes souvenirs. Cela faisait des années que nous ne nous étions pas vus, et depuis qu'il était venu s'installer chez moi, je l'évitais : j'évitais la conversation qu'il entamait maintenant alors que je devais partir, que j'allais encore m'éloigner.

—On peut dîner ensemble ce soir comme prévu ? Et parler ?

Il hocha la tête, l'air à la fois soulagé et inquiet.

Je me remis en marche ; j'avais besoin de prendre une douche rapide et de me changer avant de commencer ma journée.

—J'ai beaucoup de regrets, Sofia. Tu as toujours été mon plus grand.

Merde... aïe. Les mots dont toutes les filles rêvent d'entendre de la bouche de leur père. Waouh. Celle-là m'a arraché un nouveau morceau, un morceau dont j'ignorais qu'il était si fragile et pouvait se briser si facilement. —Merci, Papa.' Je ne me suis pas retournée vers lui, ne voulant pas lui montrer les larmes qui me brûlaient les yeux. Je me suis simplement réfugiée dans ma chambre, ôtant ma douleur en même temps que les vêtements que Daniel m'avait retirés moins de douze heures plus tôt.

L'eau était brûlante, mais elle n'apaisa en rien la douleur que je ressentais. Je laissai couler mes larmes ; il fallait qu'elles sortent avant que j'aie à lui faire de nouveau face. Je tendis la main vers mon shampoing et ne trouvai que le vide.

—C'est quoi ce bordel ? J'ouvris grand les yeux et regardai l'étagère où mon shampoing se trouvait d'habitude. Elle était vide. Je savais très bien que je n'avais pas terminé la bouteille la veille, alors putain, qu'est-ce qui se passait ?

Je gémis. Je savais très bien pourquoi. Mon père. Cet homme persuadé que le monde lui appartenait et que tout le reste pouvait aller se faire voir.

Je secouai la tête et pressai une dose de gel douche dans ma paume. Je me lavai les cheveux, grimaçant sous leur texture rêche avant d'ajouter une bonne dose d'après-shampoing. Dieu merci, il n'avait pas volé ça aussi. Je savonnai mon corps, rinçai le tout puis sortis de la douche, croisant les doigts pour qu'il me reste encore une serviette.

Je m'essuyai et enroulai la serviette autour de mes cheveux pendant que je partais chercher des vêtements. Ma colère formait une bonne carapace par-dessus la douleur.

Ma mère me disait qu'elle ne lui en voulait pas de ne pas m'avoir reconnue. Je lui ressemblais, à elle, pas à lui ; ce n'était qu'un coup d'un soir avec une rock-star. Elle était certaine que de nombreuses femmes avaient tenté de le piéger, de le coincer ou de lui soutirer de l'argent en prétendant être enceintes de lui. Le fait qu'elle l'était vraiment n'avait finalement pas beaucoup d'importance.

Mais ce n'était pas facile. Ma mère était la meilleure personne que je connaisse : la plus honnête, la plus droite. C'est elle qui a fait de moi ce que je suis. Elle n'a jamais cessé de se battre pour qu'il me reconnaisse, mais elle n'a jamais rendu l'histoire publique. Elle n'a jamais fait appel aux médias. Elle l'a laissé nier encore et toujours.

Puis, un jour, il demanda un test de paternité. Quand celui-ci prouva qu'il était bien mon père, il lui envoya un chèque. Elle le plaça sur un compte et n'y toucha jamais. Elle ne toucha jamais à son argent. Elle disait que ce n'était pas ça qui comptait pour elle.

Chaque centime de cet argent était là quand elle est morte. Il était là quand je suis entrée à l'université. Il était là quand j'ai décidé que la fac n'était pas pour moi et que j'ai déménagé à L'anse MacKellar. Il était là pour moi toute ma vie.

Et maintenant, l'homme qui m'avait donné cet argent, l'homme qui était mon seul parent encore en vie, l'homme qui avait nié mon existence pendant des années, a dit que j'étais son plus grand regret.

Pour la énième fois, j'aurais voulu pouvoir parler à ma mère. J'aurais voulu pouvoir l'appeler pour lui demander conseil. Mais pour la première fois, j'aurais préféré qu'il soit celui qui est mort à sa place. Tout ce qu'il m'avait jamais donné, c'était de l'argent. Mais l'argent n'avait pas autant d'importance pour moi que de dire à ceux qu'on aime ce qu'on ressent. Et il venait de me révéler ce qu'il pensait vraiment de moi.

Qu'il aille se faire foutre.

13

Je n'ai pas retournée à mon appartement pour déjeuner. Je ne pouvais pas lui faire face. J'avais besoin de souffler ; alors, j'ai descendu la rue jusqu'au Serenity Salon pour voir Haley et Chelsea et déjeuner avec elles.

Quand je suis entrée, Chelsea exhibait quelque chose sur son téléphone. Elles se sont toutes les deux retournées pour voir qui s'était présenté et ont souri en me reconnaissant. C'était tellement bon de savoir que mes amies voulaient de moi, qu'elles ne m'avaient pas cataloguée comme une erreur, un regret.

Tellement bon que j'ai éclaté en sanglots.

—Oh mon Dieu, qu'est-ce qui ne va pas ?

—C'est ton père ?

L'une d'elles a verrouillé la porte, protégeant ma vie privée sans même savoir pourquoi j'en avais besoin. Elles m'ont guidée à l'arrière, loin des regards indiscrets des voisins curieux, et m'ont installée sur le nouveau canapé qu'elles avaient ajouté lorsqu'elles avaient repris l'endroit.

J'ai sangloté tandis qu'elles me fixaient, attendant que les larmes cessent pour que les mots puissent venir. —Je vous aime, les filles.

Elles m'ont toutes les deux serrée dans leurs bras, me donnant exactement ce dont j'avais besoin sans même savoir pourquoi. Ça n'avait aucune importance pour elles. Elles étaient mes amies, elles m'aimaient et elles étaient là pour moi.

—On t'aime aussi, dirent-elles en chœur avant d'éclater de rire en réalisant qu'elles avaient parlé en même temps.

Nous sommes restées toutes les trois ainsi un long moment, moi essayant de calmer cet élan d'émotion qui ne m'e ressemblait pas, et elles me laissaient simplement être moi-même.

J'ai enfin pris une profonde inspiration et me suis redressée. Elles ont retiré leur tête de mes épaules, mais aucune n'a lâché la main qu'elle tenait.

—Ça va ?

J'ai secoué la tête. —Pas vraiment. Mon père... Il a appelé les flics ce matin parce que je ne suis pas rentrée hier soir. Je lui ai dit que je n'avais pas réalisé qu'il s'inquiéterait. Ça l'a vexé, j'imagine. Et puis il m'a dit qu'il regrettait de m'avoir eue.

—Il a dit quoi ? aboya Haley. Son corps se raidit sous l'effet de la fureur. Elle me serra la main plus fort, sa colère se mêlant à la mienne.

Justifiée. Je n'étais pas seule. Et je n'étais pas folle de me sentir comme ça.

—Quel connard, souffla Chelsea. —Je suis vraiment désolée.

Je hochai la tête. —Merci. Je...— j'expirai un long et lent soupir. —Je lui ai demandé si nous pouvions dîner ensemble ce soir et discuter, parce que je me sentais un peu mal de ne pas avoir été très présente depuis qu'il est ici. Il a accepté, puis il m'a dit ça, et je... j'essaie de tenir bon depuis. J'ai pleuré sous la douche, puis je suis partie. Je n'ai pas pu me résoudre à rentrer déjeuner et à lui faire face.

—Je ne t'en veux pas. On a de la nourriture qui arrive, et il y a toujours assez pour que tu manges avec nous, déclara Haley. —Franchement ! Quelle chose dégueulasse à dire.

Je hochai la tête, ma colère s'estompant. J'étais encore en colère, mais la peine prenait le dessus. —Je suis entrée et je vous ai vues, vous avez toutes les deux souri, et ça m'a fait un bien fou. Vous aviez l'air contentes de me voir, et savoir que mon seul parent encore en vie regrette que j'existe... Désolée. Je ne voulais pas débarquer ici et pleurer sur vous.

—Tu n'as jamais à t'excuser d'être toi avec nous. On t'aime, Sofia, dit Chelsea en me serrant contre elle.

—Qu'est-ce que vous regardiez ? J'ai besoin de me changer les idées. Quelque chose d'intéressant ? demandai-je.

—J'achète une maison, annonça Chelsea.

—Tu en as trouvé une ? Félicitations !

Chelsea rayonnait d'excitation. —Merci ! Ce n'est pas encore signé, mais je l'ai visitée hier après-midi et j'en suis tombée amoureuse. Je sais qu'on n'est pas censé se laisser emporter par ses émotions quand on achète une maison, mais c'est exactement ce que je cherchais : quartier tranquille, pas trop loin de mes parents mais assez pour qu'ils ne débarquent pas à toute heure. Trois chambres dont je n'ai pas besoin, mais il y a un jardin clôturé, je pourrai enfin avoir un chien. Je suis vraiment excitée.

—Je peux voir ? demandai-je.

Chelsea sortit son téléphone lorsqu'on frappa à la porte d'entrée.

—J'irai chercher le repas, annonça Haley, me laissant contempler la future maison pleine de promesses de Chelsea'.

Je fis défiler les photos en souriant. —Ça a l'air d'être fait pour toi. Le parquet est superbe. Oh, regarde cette cheminée.

—Je sais. Et tout fonctionne. La terrasse n'est pas

immense, mais le patio est agréable. Ce' sera parfait pour recevoir des gens. Les arbres sont grands et offrent beaucoup d'ombre.

—Il y a un hamac, gémis-je. J'ai toujours rêvé d'un hamac sous un grand arbre pour lire un livre, respirer l'air frais et savourer la chaleur de l'été. Je fermai les yeux et m'imaginai emprunter le hamac de Chelsea quelques jours.

—Tu peux le partager, dit-elle en me donnant un coup d'épaule.

Haley revint de l'arrière avec des sacs de nourriture qui embaumaient la pièce.

—Vous ne plaisantiez pas quand vous disiez qu'il y aurait assez à manger, les taquinai-je.

—Voilà ce qui arrive quand on commande en étant distraites et affamées, plaisanta Haley.

—Contente d'en profiter. Je vous dois combien ? Je me levai avec Chelsea et suivis Haley et les sacs jusqu'à la petite table de salle à manger, bien loin de leur espace de travail.

—Rien du tout, répondit Haley.

—Rien, renchérit Chelsea au même moment.

Nous avons toutes trois ri. —Et si on allait boire un verre au O'Kelley's un de ces soirs ? Il faut vraiment que je sorte de mon appart.

—On dirait que c'est déjà ce que tu as fait hier soir, répliqua Haley.

Mes joues s'empourprèrent. Elles me dévisagèrent avec la même curiosité.

—Pas de commentaire, dis-je.

—Allez, raconte. Tu dois nous dire. Où est-ce que tu as dormi ? demanda Haley. Elle ouvrit un des sacs de nourriture et sortit des barquettes.

—Ou alors, où n'as-tu pas dormi ? Chelsea ouvrit un autre sac.

Nous avons toutes éclaté de rire.

—Un peu des deux, ai-je avoué. J'ai ouvert le troisième sac. Il y avait une tonne de nourriture.

—Oui ! Bien joué, dit Haley. —Daniel ?

J'ai hoché la tête, incapable d'empêcher mon sourire de s'élargir.

—C'est qui, Daniel ? demanda Chelsea. —Oh, attends ! C'est le voisin flippant ? On l'aime bien maintenant ?

Haley acquiesça. —Il est vraiment sympa.

—Comment tu le sais ? ai-je demandé. Enfin, j'ai plutôt exigé. La jalousie m'a peut-être piquée quand j'ai entendu Haley chanter ses louanges. C'était idiot, puisque Haley aimait Knox et n'envisagerait jamais de le tromper, encore moins de rompre avec lui, mais la jalousie n'est pas rationnelle.

—Du calme, dit Haley. —Je l'ai croisé un jour en allant chercher le courrier. Il m'a demandé si j'aimais l'immeuble et L'anse MacKellar.

—Désolée, dis-je, consciente d'avoir été odieuse.

Haley a souri. —Pas de souci. C'est juste rassurant de savoir que tu es là.

—Où ça, moi ? Je ne suis nulle part.

Haley et Chelsea ont échangé un regard et ont éclaté de rire.

Elles ont cessé de m'asticoter à propos de Daniel le temps que nous remplissions nos assiettes. Nous nous sommes toutes assises et avons commencé à manger avant que l'interrogatoire ne reprenne.

—Alors, ça se passe bien avec Daniel ? demanda Haley.

J'ai hoché la tête. —On's'amuse. Il' n'est là que pour quelques mois, alors je' ne m'attache pas, mais il y a une alchimie, tu vois ? J'ai l'impression de pouvoir être moi-même avec lui. Comme je le suis avec vous et avec Piper et Sebastian. Il' ne me juge pas. Ou s'il le fait, je' m'en fiche parce qu'il part bientôt et je' ne le reverrai probablement jamais.

—Et ça' te convient ? demanda Haley doucement.

—Oui. Je' ne cherche pas ce que toi et Knox avez. Je ne le refuserais pas si ça se présentait, mais je' ne le cherche pas. Je sais que je' ne le trouverai pas avec Daniel parce qu'il' ne va pas rester, et moi', je ne suis pas prête à partir.

—Sortir avec quelqu'un dans cette ville n'est pas facile, déclara Chelsea.

J'ai ri en entendant la frustration dans sa voix. —Non, ce n'est pas facile. Tu es sur À la Recherche du Héros Littéraire Parfait ?

Chelsea hocha la tête. —J'ai eu quelques correspondances, mais rien de sérieux. La plupart des mecs à qui je parle là-bas sont immatures et pénibles.

—Tu veux un homme plus âgé, taquina Haley.

Chelsea haussa les épaules. —Je veux un homme qui ne soit pas un gamin. Quelqu'un qui comprenne ce que c'est d'avoir des responsabilités et des objectifs. Autre chose que se demander dans quel bar il ira le week-end prochain.

Nous avons ri avec elle. Chelsea et Haley avaient toutes les deux trente-et-un ans, mais je sentais vraiment qu'elles étaient plus proches de mon âge. Knox avait trente-huit ans, et il n'y a jamais eu le moindre fossé entre lui et Haley, même au début. Quand j'avais leur âge, j'étais comme elles. J'ai toujours eu l'impression d'être décalée, plus âgée que le nombre inscrit sur mon permis.

—Tu as choisi une tranche d'âge ? lui demandai-je.

Chelsea acquiesça. —Oui, mais je crois que je vais devoir la modifier. Je n'ai plus la patience pour les gens de mon âge. Pas les hommes. Pas pour sortir avec eux.

— Peut-être que quelqu'un te surprendra, dit Haley.

Chelsea ricana. — Avec combien de shooters ils peuvent

encaisser en une soirée sans s'écrouler ivres ? Ouais, mon dernier rencard a essayé, lui aussi.

— Non, ce n'est pas vrai, dit Haley, tout aussi horrifiée que moi.

— Disons simplement que je n'ai pas été surprise, et encore moins impressionnée. Surtout quand il a prétendu pouvoir encore me faire vibrer. Il arrivait à peine à prononcer « te faire vibrer» , alors pour le reste, n'en parlons pas.

Haley et moi avons tellement ri que des larmes ont coulé sur nos joues. Chelsea sourit, se joignant à notre éclat de rire.

— Je te jure, j'ai le chic pour les choisir, dit Chelsea.

— Avant Knox, j'aurais pu te donner du fil à retordre, répondit Haley.

— Oui, son palmarès était vraiment mauvais, approuvai-je avec Haley. L'homme qu'elle fréquentait avant Knox était marié, mais il ne l'a dit ni à Haley ni à sa femme jusqu'au jour où Haley s'est présentée chez lui pour lui annoncer qu'elle avait emménagé en ville afin qu'ils puissent être ensemble. La surprise n'a pas été bien reçue.

— N'importe lequel de ces types aurait pu être marié. Je n'ai pas traîné assez longtemps pour le découvrir, ni même pour m'en soucier. Si c'est le cas, je plains leurs femmes… pour bien des raisons, dit Chelsea.

Je mangeai mon déjeuner en réfléchissant à tout ça. — Je n'arrive pas à comprendre pourquoi les gens trompent.

— Pareil, dit Haley. — J'ai encore envie de demander à Dawson pourquoi il a fait ça. À mon avis, il y trouve une forme de victoire dans le fait de faire quelque chose qu'on n'est pas censé faire. Mais c'est vraiment nul.

— Entièrement d'accord. Mais je dois dire que je suis heureuse que tout cela t'ait conduite ici, et que ça ait réuni Valentina et Brantley. Dawson est un crétin, mais tout le monde se porte mieux sans lui, dit Chelsea.

— Sauf ses filles, murmura Haley. — Bianca et Samantha me font de la peine. Elles se sont retrouvées prises entre deux feux.

—On dirait qu'elles s'en sortent bien, commentai-je. La fille aînée de Valentina n'avait déjà commencé à planifier son avenir. Elle devait entrer en terminale à l'automne et c'était une fille brillante. Sa cadette n'avait qu'un an de moins, mais elle était tout aussi brillante et tout aussi tournée vers son avenir. Valentina donnait vraiment l'impression que les deux filles s'épanouissaient avec Brantley, leur nouveau beau-père, et qu'en dehors de la douleur liée à l'absence de leur père, elles étaient heureuses.

—C'est bien. Mais Dawson reste un connard, déclara Chelsea.

Nous avons éclaté de rire, hochant la tête pour approuver son observation.

Nous avons ensuite abordé des sujets plus légers en terminant notre déjeuner. Chelsea promit de me tenir au courant des nouvelles concernant la maison, et je l'aiderais pour toutes les réparations nécessaires et je serais prête à faire la visite technique avec elle. Elle m'en fut reconnaissante.

Je quittai le Serenity Salon le cœur plus léger. Je n'avais pas besoin que mon père se réjouisse de mon existence. Je savais qui j'étais. J'avais des amis qui étaient comme une famille, et ils s'avaient toujours été là pour moi, bien plus que mon père ne l'avait jamais été. J'aurais menti si je disais que je n'attachais pas d'importance à ce qu'il pense, mais je refuse de laisser cela gâcher ma vie. Parce que, au fond, ma vie est plutôt chouette.

J'ai poursuivi ma journée machinalement : j'ai préparé la semaine suivante et avancé sur quelques projets qui traînaient dans le bâtiment. J'ai décidé de replanter tous les massifs extérieurs et pris rendez-vous avec la pépinière afin de choisir de nouvelles plantes qui s'accorderaient avec celles que je comptais conserver. Je n'étais pas censée travailler tout un samedi, mais ce n'était pas comme si j'avais envie de faire autre chose.

Lorsque je n'en pouvais plus retarder l'échéance, je rentrai à mon appartement. Papa était affalé sur mon canapé, les pieds posés sur la table basse, en train de regarder la série que je comptais dévorer le lendemain.

—Cette série est vraiment géniale, dit-il pour me saluer. —J'arrive pas à croire que le petit ami était derrière toute l'histoire.

Ma respiration se bloqua dans ma gorge. Tout mon corps se raidit. J'avais attendu toute la saison pour découvrir la vérité. J'avais soigneusement évité tous les blogs et les spoilers qui pullulaient sur le Net. Et Papa venait de tout gâcher en une seule phrase.

—J'imagine que je n'ai plus besoin de la regarder.

— Oh, tu devrais. C'est fantastique. Tant de rebondissements. Comme celui-là. Il désigna la meilleure amie du personnage principal à l'écran. '— Elle est de mèche avec le petit ami. 'Les deux couchent ensemble et ont tout planifié. C'était son idée à lui, mais elle y a ajouté son grain de sel. Jamais je ne l'aurais vu venir.

Je le dévisageai. Il n'avait aucune idée qu'il venait de tout me gâcher. Ou alors il s'en fichait. Peut-être les deux. — Sérieusement, Papa ? Sérieusement ?

— Quoi ? demanda-t-il, son regard allant de moi à l'écran où la série continuait de passer.

—Laisse tomber, soufflai-je. Je passai devant lui pour rejoindre ma chambre, mais je fis demi-tour une fois à l'intérieur. J'avais besoin de shampooing. — Où est mon shampooing ?

Il jeta un coup d'œil par-dessus son épaule. — Je te l'ai emprunté.

— Et tu ne t'es pas dit que j'en aurais encore besoin ?

— Je me suis dit que tu en rachèterais.

— Si j'avais su qu'il m'en manquait, j'en aurais racheté, mais j'ignorais que mon shampooing n'était plus dans ma douche. J'en ai besoin.

— Punaise, d'accord. Désolé. Je ne pensais pas que tu n'étais pas d'accord pour partager.' Il mit la série sur pause et se dirigea vers sa chambre. Sa tête tressaillait comme s'il parlait avec quelqu'un.

Je levai les yeux au ciel. Il se montrait mesquin et méchant. Il prenait mes affaires et, au final, la méchante, c'était moi.

Il revint avec le flacon à la main, laissant de l'eau goutter partout sur le sol. Il me le tendit. — Tiens.

— Merci, dis-je en laissant couler tout mon sarcasme. J'avais dépassé le stade où je tentais de le ménager. Il ne'voulait pas de moi, alors pourquoi me rendrais-je folle à essayer d'être gentille avec lui ?

Je rejoignis ma chambre en claquant la porte un peu plus fort que nécessaire. Je posai le shampooing sur le plan de travail de la salle de bains et jetai mes vêtements dans le panier. Je pris une douche rapide puis enfilai quelque chose de confortable. Le dîner n'avait pas besoin d'être sophistiqué, surtout s'il allait encore me dire à quel point je suis une déception.

L'émission venait tout juste de se terminer quand je suis revenue dans le salon. —Waouh, c'était vraiment bien. Je n'arrive pas à croire que tu n'ais pas encore regardé cette série. Quand j'ai vu tous ces épisodes, j'ai pensé que tu les avais déjà vus, puis j'ai vu qu'ils étaient nouveaux'.

—J'attendais que toute la saison soit disponible pour tout regarder d'un coup.

—Ça valait le coup. Bien joué. Tu'vas adorer le passage où—

—Arrête ! criai-je.

—Oh. Qu'est'ce qui ne va pas ?

—Je gardais cette série pour plus tard, Papa. Tu m'en as déjà gâché une bonne partie. S'il te plaît, ne m'en'dis pas plus. Je ne'veux pas connaître tous les meilleurs passages. Je' préférerais la regarder et l'apprécier moi-même.

Il leva les mains comme si je le menaçais. —Désolé. Je n'avais pas réalisé que tu étais si susceptible à ce sujet.

Je pris une grande inspiration, comptai jusqu'à dix, puis expirai. J'avais encore envie de l'étrangler, alors je recommençai.

—Qu'est-ce que tu fais ?

—Je'essaie de me convaincre que tu ne'sais pas faire mieux et que, si tu te comportes comme un crétin, c'est parce que personne ne te l'a jamais dit.

—Ce n'était pas très gentil.

—Pas plus que de me dire que tu regrettes de m'avoir eue ! lâchai-je.

—Quoi ? Quand est-ce que j'ai dit ça ?

—Ce matin, Papa. Quand tu as dit que j'étais ton plus grand regret.

Il inspira, puis poussa un long soupir. Ses épaules s'affaissèrent. —Ce n'était pas ce que je voulais dire, Sofia.

—Alors, qu'est-ce que tu voulais dire ? Tu regrettes de ne m'avoir jamais reconnue ? Tu aurais préféré me laisser partir en famille d'accueil quand Maman est morte ?

—Non ! Non. Rien de tout ça, Sofia. Ce que je voulais dire, c'est que ne pas avoir fait partie de ta vie dès le début est mon plus grand regret. De ne pas en avoir fait plus pour créer un lien avec toi. Il expira un souffle tremblant. —Je sais que je n'ai jamais été un bon parent. Ta mère, si. Elle était incroyable. Je ne la connaissais pas vraiment, mais, toutes les quelques semaines, elle me contactait pour me dire comment tu allais. Elle m'envoyait sans cesse des nouvelles et des photos et faisait tout pour que je reste en contact, alors que moi, je ne le faisais pas. Elle voulait que j'aie l'impression de te connaître.

—Elle ne m'en a jamais parlé, soufflai-je.

— Je sais. Elle savait que je ne valais pas grand-chose. Elle savait que la meilleure chose que je pouvais faire pour toi, c'était de t'envoyer de l'argent. Quand elle... quand elle est morte, j'étais terrorisé. Je n'avais aucune idée de ce que je devais faire de toi. On était en pleine tournée, alors j'ai dû t'emmener, mais je ne te connaissais pas. Peu importait le nombre de messages qu'elle me faisait passer, je restais un étranger pour toi.

—Je ne voulais pas que tu le sois, admis-je.

Il esquissa un triste sourire. —Moi non plus. Mais j'avais l'impression qu'il était trop tard. J'ai essayé. Ça ne se voyait peut-être pas, mais j'ai essayé. Quand Nate a rejoint la tournée... Tout ça, c'était ma faute. Je lui ai demandé de veiller sur toi. Il était plus proche de ton âge et je me suis dit que ce serait bien pour toi d'avoir quelqu'un de ton âge à qui parler.

—Tu nous as arrangé le coup ? demandai-je.

Papa a secoué la tête. —Non. Pas comme ça. Je n'ai jamais encouragé autre chose que de l'amitié entre vous. Je ne pensais pas qu'il... que tout se passerait ainsi.

J'ai fermé les yeux et les souvenirs sont revenus. J'ai détesté mon père lorsqu'il a choisi Nate plutôt que moi, lorsqu'il a décidé que le groupe et la tournée étaient plus importants.

—Tu l'as quand même choisi, chuchotai-je. —Tu as quand même pris le parti de Nate.

Papa a secoué la tête. —Je n'ai pas pris le parti de Nate. Il avait un contrat. Un contrat sur lequel je n'avais aucun pouvoir. Je ne pouvais pas le faire virer de la tournée. Il ne travaillait pas pour nous.

Je lâchai un rire amer. —Tu aurais pu faire quelque chose.

—J'ai essayé, a-t-il admis. —Quand tu es partie, je ne connaissais pas l'ampleur de toute la situation. Je ne savais pas que tu étais impliquée depuis aussi longtemps. J'ai essayé de le faire arrêter, mais comme vous n'aviez qu'un an d'écart, personne n'a voulu porter plainte. Ce n'était pas illégal que vous soyez ensemble.

—Tu as fait quoi ?

—Je voulais que tu reviennes sur la tournée. Je voulais t'avoir près de moi. Si j'avais été plus attentif ou un meilleur père, tu ne te serais peut-être pas engagée avec lui. Je sais que tout était de ma faute, mais je te promets que je n'avais pas su qu'il ferait ce qu'il a fait.

—C'est bon, Papa. C'était il y a longtemps.

—C'est toujours un connard.

Je pouffai. —Piper a dit la même chose quand je lui en ai parlé.

—J'ai toujours su qu'elle me plairait.

Je ris. —Tu ne l'as même pas encore rencontrée.

—Eh bien, on devrait peut-être y remédier. Je devrais rencontrer certains de tes amis, voir la vie que tu mènes ici, m'assurer que ma fille préférée est bien traitée.

—Je suis ta seule fille', dis-je en levant les yeux au ciel.

Il haussa les épaules. —Pour autant que nous le sachions.

Je ricanai, parce que c'était vrai. —Et si on allait dîner chez O'Kelley's le week-end prochain ? Je'en parlerai à tous mes amis pour qu'ils nous y retrouvent vendredi soir.

Papa acquiesça. —Ça me va.

—Moi aussi.

14

*P*résenter mon père célèbre à mes amis de cette petite ville avait de quoi me faire paniquer. Qu'est-ce qui m'avait pris ? J'avais déménagé à L'anse MacKellar pour une bonne raison : je savais que personne ne se soucierait de l'identité de mon père. Mais cela ne signifiait pas pour autant que je voulais qu'ils le sachent.

Mais il était trop tard pour faire marche arrière. Je devais faire confiance à mes amis : ils ne s'en soucier'aient pas. Ils comprendraient que je suis toujours la même personne que j'ai toujours été. Mais j'ignorais qui d'autre serait chez O'Kelley' un vendredi soir, et ça pouvait mal tourner.

— Tu es prête ? cria mon père à travers la porte de ma chambre. Il s'était métamorphosé depuis notre discussion une semaine plus tôt : plus heureux, plus bavard… et, d'une certaine façon, bien plus casse-pieds.

Il se préparait à redevenir Jensen Carmack plutôt que mon père.

— J'arrive tout de suite ! répondis-je. Je n'avais plus rien à faire, mais j'étais nerveuse. Je n'aimais pas Jensen Carmack, la rockstar. J'aimais mon père, mais la version rockstar de lui était plutôt un con.

Et c'est moi qui avais invité ce type-là.

— Ça va bien se passer, me dis-je dans le miroir. J'espérais avoir raison. Je sortis de ma chambre, prête pour la soirée.

— C'est comme ça que tu t'habilles ? demanda mon père en ricanant en détaillant ma tenue.

Je baissai les yeux sur les vêtements que j'avais choisis : un short en jean usé, confortable, presque aussi doux qu'un pyjama. Un tee-shirt rose presque trop petit, mais je n'avais pas encore réussi à m'en séparer. Il était ample, donc personne ne pouvait deviner qu'il me serrait un peu. J'avais ajouté de petites créoles et une touche de gloss, puis relevé mes cheveux en un chignon, la seule coiffure capable de retenir les mèches courtes qui encadraient mon visage.

— Qu'est-ce qu'elle a, ma tenue ? demandai-je, me demandant si j'avais perdu un bouton, déchiré une couture ou quelque chose du genre. Je n'arrivais pas à voir ni à sentir quoi que ce soit d'anormal.

Mon père arborait un look de rockeur. Il portait un jean noir et ses chaussures de scène préférées, celles qu'il disait assez confortables pour passer des heures debout mais assez stylées pour qu'il ne risquerait pas de se faire critiquer par les médias pour son apparence. Il avait ajouté une chemise noire boutonnée, ornée de boutons argentés et de surpiqûres bleu électrique. Il l'avait laissée hors du pantalon et avait retroussé les manches pour exhiber les tatouages de ses avant-bras. Ses cheveux étaient coiffés vers l'arrière, mettant bien en évidence cette ligne capillaire qui refusait de reculer et dont il était si fier.

On aurait dit qu'il s'apprêtait à monter sur scène. On aurait dit que j'allais au boulot.

Mais je savais qu'il serait la personne la mieux habillée chez O'Kelley's, et de loin. Même Trent — sans doute le seul que je connaisse à avoir plus d'argent que mon père — se pointerait en jean et tee-shirt, relax pour une soirée.

Pas Jensen Carmack.

Il me scrutait d'un regard qui cherchait un moyen de me dire de me changer sans avoir à le dire.

—Allons-y, Papa. L'endroit est décontracté, et je n'ai pas l'intention de me changer.

Il a soufflé et m'a suivie dehors.

J'ai choisi de prendre la voiture, sachant qu'il ne tolérerait pas de marcher jusqu'au bar. Dans son univers, seuls les gens cool conduisaient. Le fait que je n'étais pas cool — et que je ne m'en étais jamais souciée — n'était qu'un sujet de plus sur lequel nous ne serions jamais d'accord.

Se garer devant chez O'Kelley's un vendredi soir, même tôt, relevait de l'impossible. J'ai dépassé le bar et tourné dans une rue transversale à la recherche d'une place.

Lorsque j'ai ralenti, mon père a pris la parole. —Tu vas te garer ici ?

—C'était l'idée, ai-je répondu en mettant mon clignotant pour faire un créneau.

Tu n'peux pas simplement me déposer devant ?

Je lui ai lancé un regard noir. —Vraiment ? Tu vas laisser ta fille préférée marcher toute seule ? Tu n'as même pas la moindre idée d'avec qui je traîne.

—Je m'en occuperai.

Un coup de klaxon derrière moi m'indiqua que quelqu'un d'autre voulait la place si je ne la prenais pas. Je soupirai et m'éloignai, sachant que j'aurais affaire à un casse-pieds encore plus insupportable si je le faisais marcher.

J'ai fait le tour du pâté de maisons et allumé mes warnings quand je suis arrivée devant l'O'Kelley's de nouveau. Papa a ouvert la porte et m'a adressé un *merci, chérie* avant de sautiller sur le trottoir et de lancer un grand sourire au couple qui arrivait.

Je levai les yeux au ciel et repartis, trouvant finalement une place un peu plus loin dans la rue. J'arrivai sur le trottoir juste au moment où Trinity et James sortaient de leur immeuble.

—Salut !—Comment tu vas ? Où est ton p'pa ?

—Ça va. Je la pris dans mes bras, me rappelant que c'étaient les miens. J'enlaçai James, puis fis un signe de tête vers l'O'Kelley's.—Je l'ai déposé devant.

—Il t'a laissée faire ça ? Pourquoi il n'a pas marché avec toi ?

Je haussai les épaules. —C'est une ville sûre. Je ne m'inquiète pas.

—Peut-être, mais c'est quand même un coup de salaud, répondit Trinity. Elle passa ses bras sous les nôtres, à James et moi, puis se dirigea vers l'O'Kelley's.

—Il est excentrique. Il n'y pense pas à ce genre d'autres choses.

—Comme ne pas exiger que la police se lance immédiatement à la recherche de sa fille parce qu'il est riche et célèbre et que quelqu'un aurait pu t'enlever pour l'atteindre, dit James en se penchant devant Trinity pour lever un sourcil dans ma direction.

Elle eut un hoquet de surprise et j'abaissai la tête.

—Il a dit ça ? demandai-je.

—Ouais. Ça m'est égal. Il y a plein de riches dans le coin. On n'achète pas une île sur le fleuve sans avoir pas mal d'argent à claquer. Mais c'est vraiment un rockeur célèbre ? James ne jugeait pas, à ce que je pouvais voir. Il était simplement curieux.

Je hochai la tête. —Il était le chanteur principal de Four on the Floor.

—Waouh. C'est plutôt cool. Je n'avais aucune idée, dit Trinity. Elle se raidit.

Je ris sans joie. —Personne ne le savait. Pas même Piper avant que mon père décide de passer.

—Attends, sérieux ? Tu n'as jamais dit à personne que ton père était célèbre ?

Je secouai la tête. —Tu te souviens quand Trent a commencé à traîner avec nous ? Ou quand on a découvert qui il était ? Ou Nico ? Les gens peuvent devenir étranges quand l'argent est en jeu.

—C'est vrai, mais c'est nous. Aucun de nous ne s'en soucie, dit Trinity.

J'acquiesçai. —Je sais. Je n'ai pas eu beaucoup de contacts avec mon père. Au début, je ne voulais pas que personne ne le sache. Je n'avais pas une super relation avec lui et j'avais besoin de prendre mes distances avec son mode de vie. Quand j'ai commencé à rencontrer du monde en ville, ce n'était plus un problème puisque nous n'étions pas proches, mon père et moi. Puis, quand je me suis rapprochée de tout le monde ici, même si je ne lui avais toujours pas beaucoup parlé, ça m'a semblé bizarre de dire : alors, hé, mon père est célèbre.—

Trinity et James rirent avec moi.

—Je comprends, dit James. —Je n'ai pas raconté mon passé à grand-monde. C'est l'opposé du tien sur le plan financier, mais j'ai caché cette partie à tous ceux qui ne la connaissaient pas déjà.—

—C'est exactement ce que j'ai fait. Sauf que, moi, j'ai déménagé dans une ville où personne ne savait rien, avouai-je.

Ils rirent avec moi. James s'avança pour ouvrir la porte de l'O'Kelley's à Trinity et à moi. Je le remerciai en entrant, scrutant l'intérieur à la recherche de mon père.

Un éclat de rires monta d'une table et je l'aperçus au milieu du brouhaha. Je regardai les personnes assises avec lui sans en reconnaître aucune.

—C'est lui ? Avec qui est-il ? demanda Trinity.

—Ses fans inconditionnels, répondis-je d'un ton sarcastique. C'était du Jensen tout craché : il ne se donnait même pas la peine de retrouver mes amis. Il s'est juste installé avec le premier groupe qui voulait l'écouter parler.

—Ne t'occupe pas de lui pour l'instant. Allez, viens. Ian et Ramses prennent des verres. Je vois Blake, Finley et les autres, dit Trinity en m'éloignant du petit numéro de mon père. — Tu as invité Daniel ?

J'acquiesçai. —Je me suis dit que c'était une sortie de groupe, rien d'important. S'il vient, tant mieux, sinon…

—Il est là. Il discute avec James.

J'ai inspiré profondément. Je ne savais pas si je me sentais soulagée ou paniquée à l'idée que Daniel assiste au grand numéro de mon père, mais il était trop tard pour faire marche arrière.

—C'est qui le fanfaron dans le coin ? demanda Rowan en désignant d'un signe de tête la table où mon père était assis.

James donna une tape derrière la tête de Rowan. Trinity tenta de lui lancer un regard noir.

Rowan se tourna vers James. —Aïe ! C'est quoi ton problème ?

James hocha la tête en ma direction. Rowan se retourna et articula «Oh». Il pinça les lèvres avant de les étirer en un sourire. —Désolé, Sofia.

—Ça va. Tu n'as pas tort. C'est un vrai fanfaron. Mais on ne choisit pas ses parents.

—Ça, c'est sûr, répondit Rowan en hochant la tête, compréhensif.

—Il lui faut un verre, déclara Trinity au groupe.

On versa dans un verre le contenu d'une carafe remplie d'un liquide rouge et fruité avant de me le fourrer dans la main. J'en bus une bonne gorgée, laissant l'alcool envahir mon cerveau avant de me rappeler que j'étais venue en voiture.

—Merde, dis-je en reposant le verre.

—Qu'est-ce qu'il y a ? demanda Blake.

—J'ai conduit, lui expliquai-je.

Blake balaya l'air de la main. —On te raccompagnera. Il y aura plein de gens sobres ici ; aucune raison que tu en fasses partie.

Je ris doucement et la remerciai, puis je repris mon verre.

Ils inspirèrent tous en même temps, et je compris que mon père arrivait.

— Sofia ! Je pensais que c'était ton groupe d'amis ! déclara mon père, sa voix couvrant le brouhaha de la foule.

Je secouai la tête. —Non. Je regardai la table qu'il venait de quitter. Que des hommes d'au moins quinze ans de moins que moi. Aucun que je connaissais.

— Tu aurais dû me le dire. Il déploya tout son charme à l'attention de ma bande d'amis. — Ravi de vous rencontrer ! C'est un plaisir ! Je m'appelle Jensen, Jensen Carmack, le père de Sofia'. Comment allez-vous ?

Papa fit le tour de la table, se présentant à chacun. Il prit une minute avec chacun d'eux, ou avec chaque couple quand il était évident qu'ils étaient ensemble. Lorsqu'il revint vers moi, tout le monde souriait et le regardait comme la rockstar qu'il était.

Il avait un don. Chacun de mes amis se sentait spécial après une minute passée avec lui. Il ne bâclait jamais ses présentations : il disait bonjour et posait une question à leur sujet. Plus impressionnant encore, je savais qu'il se souvenait de tout ce qu'ils lui avaient raconté.

Je ne savais pas comment il s'y prenait, mais le voir à l'œuvre me bluffait toujours. De toute évidence, je n'étais pas la seule.

— Les boissons ! annoncèrent Ian et Ramsey en nous

rejoignant et en déposant chacun deux pichets sur la table. — Hudson' apporte le reste.

Ian se tourna vers mon père et lui tendit la main pour la serrer. — Monsieur Carmack, ravi de vous rencontrer. Je suis Ian Jameson. Il posa la main sur l'épaule de Blake. — Sa moins bonne moitié.

Mon père éclata de rire à la plaisanterie d'Ian. — Je crois que nous devrions tous nous sentir ainsi, Ian. Blake est une femme magnifique et j'ai entendu dire que vous attendiez un deuxième bébé. Félicitations.

—Merci, monsieur.

—Pas de ça. Appelle-moi Jensen.

—Je le ferai, répondit Ian.

Mon père se tourna vers Ramsey, qui parlait à sa femme, Melody. —Et vous devez être l'autre moitié de Melody ?

—En effet. Ramsey Holland. Ravi de vous rencontrer.

—De même. J'espère pouvoir rencontrer Amber pendant que je suis ici. Elle a l'air d'un sacré numéro, dit Papa.

Ramsey rit, déjà visiblement conquis par mon père. — C'est exactement ça. Et elle est aussi belle que sa mère.

—La mienne, c'est pareil, dit Papa en croisant mon regard et en m'adressant un vrai sourire. —Il n'y a rien de comparable au fait d'être père. Même si je suis sûr que Sofia pourrait vous dire que j'ai encore du chemin à faire.

Je secouai la tête, sans vouloir laver mon linge sale en public. De toute façon, tout cela n'avait plus vraiment d'importance. Le passé était derrière nous, et j'avais le sentiment que mon père faisait des efforts.

—Je crois que nous avons tous des choses à prouver, dit Ramsey. —Aucun parent n'est parfait, mais les meilleurs continuent simplement d'essayer de faire de leur mieux.

—Bien dit, lui répondit Papa. —Je comprends pourquoi vous êtes un membre si respecté de la communauté. Et pourquoi vous avez autant de succès.

—Merci, répondit Ramsey, visiblement à la fois surpris et touché par les paroles de mon père.

C'était l'effet Jensen. Je n'ai clairement pas hérité de ce gène-là.

Mon père a rassemblé tout le monde, les invitant à s'asseoir. Il s'est levé quand Hudson nous a rejoints et a pris une minute pour lui parler. Même Hudson, pourtant dur à cuire, est reparti avec un sourire et un hochement de tête dans ma direction.

Tout le monde riait à l'une de ses histoires quand mon téléphone a vibré dans ma poche. Je l'ai sorti, souriant en voyant le nom de Daniel s'afficher.

J'ai levé les yeux et je l'ai trouvé en train de me regarder. Il m'a adressé un sourire.

Je lui ai rendu son sourire, puis j'ai baissé les yeux pour déverrouiller mon téléphone.

DANIEL

Ton père est un sacré numéro.

> Ouais, il adore raconter des histoires.

Il y en a sur toi que je devrais lui demander de raconter ?

> Non. Je n'ai passé que quelques années avec lui en grandissant. Ce n'étaient pas de très bonnes années.

Désolé.

> Il y a longtemps

C'est de lui que tu tiens tes talents d'auteur-compositeur ?

> Comment sais-tu que j'ai du talent ? Mes chansons pourraient être horribles.

> J'imagine mal que quoi que tu fasses soit horrible. Surtout si tu y mets ne serait-ce qu'une infime partie de toi.

> Merci

> Tu pourrais peut-être me faire écouter l'une de tes chansons ce week-end.

> Je pourrais sans doute me laisser convaincre.

> Et si je mordillais cette lèvre que tu n'arrêtes pas de mordiller ?

J'ai inspiré brusquement, attirant l'attention de mon père. Il a tourné la tête vers moi. —Ça va ?

J'ai hoché la tête. —Tout va bien. J'ai fourré mon téléphone dans ma poche et j'ai essayé de me reconcentrer sur mon père, mais mon regard revenait sans cesse vers Daniel.

Quand j'ai cessé de résister, j'ai surpris Daniel en train de me regarder. Un sourire lui a éclairé les joues.

Ses yeux se sont écarquillés, et je me suis rendu compte que j'avais pincé ma lèvre entre mes dents. J'ai ri sans un bruit, et il a secoué la tête.

J'ai ramené mon attention sur l'histoire que racontait mon père. Il parlait d'une tournée qu'il avait faite il y a quelques années. Ce n'était pas une histoire que je connaissais, alors j'ai écouté en sirotant ma boisson rouge.

—Il n'est pas si mal, murmura Piper à mon oreille.

J'ai acquiescé. —De temps en temps.

Elle a pouffé puis a posé sa tête sur mon épaule. —Je suis contente que tu l'aies présenté à tout le monde. Il n'est vraiment à l'aise avec les gens.

—Dommage que je n'aie pas hérité de ce talent.

—On t'aime comme tu es. Je n'aurais pas pensé que toi et moi aurions accroché si tu avais été comme lui.

—Merci, ai-je chuchoté. Je comprenais parfaitement ce qu'elle voulait dire. Les liens comptaient. Trouver ma tribu.

Et j'avais enfin trouvé les miens. Piper, Haley, Sebastian et Chelsea. Je regardai autour de la table et je sus que toutes les personnes assises là, ainsi que celles qui n'avaient pas pu venir, étaient les miennes. Elles étaient celles que j'avais choisies, qui m'avaient choisi aussi.

Il n'est pas toujours facile de s'en rendre compte, mais j'avais une sacrée veine de les avoir. Ils n'étaient pas assis là pour écouter Jensen Carmack ; ils étaient là pour écouter mon père.

Et ça faisait une différence. Une sacrée différence. Et je le sentais.

Et qu'est-ce que ça faisait du bien.

15

TREY

Voir Sofia rougir quand elle a vu mon texto était encore mieux que je ne l'avais imaginé. Lorsqu'elle a pincé sa lèvre entre ses dents, j'aurais juré qu'elle le faisait exprès pour me provoquer, mais l'expression sur son visage valait de l'or.

J'étais dans de beaux draps.

Et pas le genre d'ennuis auxquels je m'attendais plus ou moins lorsqu'elle m'a invité à rencontrer son père avec le reste de ses amis. J'étais certain qu'il me reconnaîtrait et qu'il ferait voler en éclats ma couverture et mes chances avec Sofia.

Mais Jensen m'a serré la main, a accepté le nom que je lui ai donné et a joué le jeu. Il m'a demandé si j'aimais L'anse MacKellar quand James a précisé que j'étais en ville pour l'été. Je pense que James essayait de m'aider. À sa façon. Ce qui signifiait qu'il se moquait de moi tout en me donnant un coup de main.

C'est donc ça, l'amitié ?

C'était l'impression que ça donnait. Surtout quand James a fait la même chose avec Rowan, puis encore avec Hudson quand il est venu remplir les pichets.

Avec Seth, il n'y avait jamais de temps pour se détendre. Les moments creux consistaient à trouver une fille et à coucher avec elle jusqu'à être assez épuisé pour dormir quelques jours. On ne traînait pas à boire des bières sauf s'il y avait au moins une douzaine de personnes autour et une bonne raison de se retrouver.

Être avec Sofia et sa bande me rappelait la vie avant que Michael ne tombe malade : les soirées cinéma en famille, les événements scolaires, l'église. Toutes ces choses ont disparu quand nous avons commencé à passer tout notre temps dans les hôpitaux, les cliniques et les collectes de fonds.

Le seul moment où je me sentais moi-même après que Michael soit tombé malade, c'était quand nous chantions ensemble. Dans sa chambre d'hôpital, rien que tous les deux. Maman et Papa pleuraient s'ils nous surprenaient, mais quand nous étions seuls, Michael et moi chantions. Le sourire sur son visage me faisait croire qu'il irait mieux, que la vie redeviendrait normale.

Mais ça n'a jamais été le cas.

— Tu vas bien ? demanda Sofia.

Je ne l'avais pas vue se lever ni s'approcher de moi. J'ai plaqué un sourire sur mon visage et hoché la tête. — Ouais. Ton père est un sacré numéro.

Elle se tourna vers lui. Il régalait tout le monde avec l'une de ses nombreuses anecdotes de vie sur la route. Je n'étais pas aussi captivé que les autres puisque je vivais déjà cette vie-là, mais j'appréciais sa façon de raconter. C'était la même chose que lorsqu'il composait une chanson : une pause au bon moment, un crescendo pour happer le public, puis un pont qui liait le tout et faisait se balancer la foule comme si elle voyageait avec lui. C'était magnifique à regarder.

Mais rien n'était aussi beau que la femme à mes côtés.

— Il sait raconter une histoire et se faire aimer, déclara-t-elle après un instant.

J'ai hoché la tête, sentant qu'elle taisait quelque chose. Quelque chose d'important qu'elle n'était pas prête à reconnaître, ou à me reconnaître.

— Tu fixais le vide. Je voulais juste m'assurer que tout allait bien.

— Viens chez moi ce soir, murmurai-je. C'était un élan. Un désir désespéré que je ne pouvais réprimer. Je voulais la toucher, la serrer contre moi et l'embrasser, sentir son corps enlacé au mien comme les autres couples autour de nous. Je voulais la faire mienne.

Mais elle n'était pas à moi. Je partirais une fois que j'aurais obtenu ce que je voulais, ce dont j'avais besoin. Je ne la reverrais jamais. Elle me détesterait.

— D'accord, souffla-t-elle. —Mais seulement quand il sera au lit.

J'ai hoché la tête comme si je comprenais son besoin de filer en douce de chez elle pour que son père ignore qu'elle allait ailleurs. Ça m'était égal. Elle avait dit oui. C'était tout ce que je voulais.

Sofia se dirigea vers les toilettes, et Piper ainsi que Haley la suivirent rapidement. Knox et Gavin m'adressèrent chacun un clin d'œil. Jensen, plongé dans une autre histoire, ne remarqua rien.

Peut-être que Sofia avait raison de vouloir s'éclipser.

Au bout de quelques heures, certains couples avec enfants commencèrent à partir. Sofia mentionna qu'il leur faudrait quelqu'un pour les ramener à son appartement.

— On te ramène, l'assura Blake avant que je puisse dire un mot. —Maddox est chez ma mère pour la nuit, alors on peut t'emmener. Aucun souci.

—Absolument, répondit Ian en levant son verre d'eau. Il

avait troqué la bière contre de l'eau après sa première consommation, tout comme moi.

—Tu pourras me parler un peu plus des bateaux que tu construis, dit Jensen à Ian. —Je n'ai jamais possédé de bateau, mais c'est peut-être quelque chose que je devrais envisager maintenant que je suis à la retraite.

—T'es à la retraite ? s'écria Sofia.

Jensen haussa les épaules. —Je ne pars plus en tournée. J'écris encore un peu de musique par-ci par-là, mais même ces contrats se sont presque taris. Je ne suis plus qu'une vieille rockstar qui revit ses heures de gloire.

—Mais t'es sûr que tout va bien ? Je veux dire, t'es pas malade ?

Jensen secoua la tête. —Tout va bien. J'essaie simplement de comprendre la prochaine étape de ma vie.

—Vous voulez qu'on y aille ? demanda Blake, comprenant que la légèreté et le plaisir de la soirée s'étaient envolés.

—Oui, je crois que c'est mieux, répondit Sofia d'une voix douce.

Tout le monde sortit du O'Kelley's, échangeant accolades et poignées de main sur le trottoir avant de rejoindre leurs véhicules et leurs maisons. J'envisageai de rentrer avec Ian et Jensen, ou avec Sofia et Blake, mais je me sentais déjà comme la cinquième roue du carrosse au milieu du groupe.

Je laissai vagabonder mes pensées en parcourant les quelques pâtés de maisons qui me séparaient de l'immeuble. La question de Sofia' me fit penser que la visite de Jensen' n'était peut-être pas aussi innocente qu'il voulait le lui faire croire. Il se passait quelque chose. Mais j'étais aussi dans le flou qu'elle.

L'immeuble était silencieux lorsque je suis entré. J'ai fait en sorte de ne pas faire de bruit en montant les escaliers puis en ouvrant ma porte. Je l'ai refermée à clé derrière moi avant de déposer mes clés sur la table, près de l'entrée.

Je suis allé jusqu'au frigo pour prendre une bière ; j'ai dévissé le bouchon et j'en ai bu une longue gorgée. J'ai sorti mon téléphone et j'ai commencé à chercher.

Aucun article en ligne ne mentionnait Jensen Carmack au cours des derniers mois. Rien n'avait fuité à propos d'un diagnostic mystérieux ou d'une visite secrète chez un médecin.

Sur un coup de tête, j'ai recherché Carson Beck, le guitariste principal de Four on the Floor. Lui et Jensen étaient un peu comme Seth et moi. Tous les deux, avec Ricardo Waters et Andrew Oscar, avaient fondé Four on the Floor. D'après ce que j'avais entendu, le nom du groupe jouait sur le fait que leurs noms contenaient tous le mot *car* et sur le premier véhicule avec lequel ils avaient tourné à leurs débuts. Je supposais qu'on ajoutait à cela le cliché bien mérité voulant que la plupart des rockeurs se réveillent par terre. Quoi qu'il en soit, le nom est resté lorsqu'un promoteur l'a entendu et l'a trouvé accrocheur, parfait pour le marketing.

Les résultats pour Carson Beck s'affichèrent au moment même où l'on frappait doucement à ma porte. Je verrouillai mon téléphone, le posai sur la table avec mes clés et ouvris la porte.

Sofia se tordait les mains, la lèvre coincée entre les dents, l'air inquiet. — Salut, murmura-t-elle.

Je reculai pour la laisser entrer et refermai la porte derrière elle. — Ça va ?

Elle haussa les épaules et se dirigea vers le canapé. Elle rabattit ses pieds sous elle et s'assit, minuscule, effrayée.

—Qu'est-ce qui se passe ? Ton père ?

Elle acquiesça. — Sa visite m'a toujours paru étrange. Comme s'il s'était passé quelque chose.

—Vraiment ?

—J'en sais rien ! lâcha-t-elle. — Désolée. C'est juste que… Il n'est pas parfait, mais c'est tout ce qui me reste comme famille. Nous n'avons jamais été proches. Il n'est jamais venu me voir, où que j'aie vécu.

—Et tu penses que s'il est ici maintenant, c'est qu'il y a autre chose que l'affection paternelle ?

Elle renifla. —Il n'a jamais manifesté la moindre affection pour moi. Quand j'étais petite… Elle inspira profondément et contempla ses mains. —Il n'était pas dans ma vie pendant longtemps. Lorsqu'il a enfin… tenté d'apprendre à me connaître, c'était surtout au moyen de cartes qu'il m'envoyait et d'autres cadeaux. Il ne venait pas me voir. Il m'a invitée plusieurs fois à le suivre en tournée, mais ma mère ne l'a jamais permis.

—Je ne peux pas dire que je lui en veuille. Ses histoires étaient… intéressantes.

Elle rit et secoua la tête. —Le rêve de tout homme, pas vrai ? La liberté et plein de femmes consentantes.

—Peut-être pas celui de tous les hommes, dis-je, en me disant que rester assis sur le canapé avec elle était sacrément agréable à cet instant.

Elle rougit. —Bref, j'ai toujours voulu me rapprocher de lui. Au bout d'un moment, j'ai arrêté d'essayer.

—Et maintenant, c'est lui qui essaie.

Elle hocha lentement la tête, essayant de comprendre pourquoi son père cherchait à la contacter.

C'était dur, mais je comprenais ce qu'elle ressentait. Je n'avais pas parlé à mes parents depuis des mois ; aucun des deux ne savait où j'étais ni ce que je faisais au quotidien. Quand Michael est mort, notre famille entière a implosé, me laissant sans parents en plus d'avoir perdu mon frère. Mes parents étaient tellement engloutis dans leur chagrin qu'ils semblaient m'avoir oublié.

De temps en temps, l'un d'eux me contactait, mais j'avais toujours l'impression que c'était par obligation plutôt que par envie de prendre de mes nouvelles. Si l'un d'eux débarquait en faisant comme si tout allait bien, j'aurais, moi aussi, du mal à l'accepter.

—Je sais que tu n'as pas signé pour ça, dit Sofia. —Je devrais peut-être partir.

Je lui saisis la main avant qu'elle ne se lève. —Tu n'es pas obligée de partir.

—Je ne suis pas certaine d'être une bonne compagnie ce soir.

—Alors peut-être qu'on est simplement là. Peut-être que c'est moi l'unique compagnie qu'il te faut ce soir.

Elle me scruta, essayant de percer mes véritables intentions.

J'aurais aimé le savoir, parce que passer la soirée, peut-être la nuit, avec une femme qui n'était pas intéressée par le sexe signifiait autrefois la fin de la nuit pour Trey Ryan. Pas de questions, pas de réflexion. Si Trey Ryan se trouvait en présence d'une femme, cela voulait dire que nous allions coucher ensemble.

En tant que Daniel, je n'arrivais pas à adopter avec Sofia cette attitude distante de connard. Je voulais l'écouter parler. Je voulais m'asseoir sur le canapé et regarder un film avec elle. Je voulais lui tenir la main et l'aider à se sentir mieux.

C'était une sensation étrange. Mais agréable.

—Tu es sûr ? demanda-t-elle, à la fois pleine d'espoir et anxieuse.

—Absolument. Et si on n'mettait un film ? Comédie ou drame ?

—Comédie. J'ai eu ma dose de drames pour quelque temps.

—Ça marche.

Nous nous sommes installés sur le canapé, un film à l'écran. J'ai essayé d'être sage et de garder mes mains pour moi. Je me suis concentré sur le film, et j'ai dû m'en sortir pas trop mal puisque Sofia s'est endormie.

J'ai regardé le reste du film seul, souriant quand sa tête a glissé sur mon épaule et qu'elle a commencé à ronfler doucement. J'ai délicatement posé sa tête sur mes cuisses et j'ai passé mes doigts dans ses cheveux, qu'elle'avait défaits du chignon qui les retenait quand nous étions sortis.

Elle semblait paisible et magnifique. Ses cils reposaient sur ses joues rebondies. Sa hanche se soulevait légèrement du canapé. Ses jambes étaient glissées sous une couverture, que, j'en étais certain, elle'avait choisie lorsqu'elle avait aménagé l'appartement pour moi.

J'ai laissé un autre film démarrer et je me suis senti sombrer. Lorsqu'il s'est terminé, je devais réveiller Sofia et la laisser décider si elle souhaitait passer la nuit ici ou rentrer chez elle. Juste un film de plus.

Une vive douleur me réveilla en sursaut. Il me fallut une seconde pour comprendre où j'étais. Je baissai les yeux vers mes cuisses et trouvai Sofia qui me regardait. Sa main était sous mon tee-shirt et ses ongles s'enfonçaient dans mon téton.

— On dirait que tu aimes aussi quand on s'amuse avec tes tétons, murmura-t-elle. Sa voix était rauque et douce, comme si elle craignait de parler trop fort alors qu'elle était déjà excitée.

— C'est une invitation ? ai-je demandé en glissant la main vers l'ourlet de son tee-shirt.

Elle se déplaça pour me laisser lui remonter le tee-shirt et hocha la tête.

Je relevai son tee-shirt et abaissai son soutien-gorge, offrant ses seins à l'air frais de la climatisation. Elle inspira brusquement quand mes doigts effleurèrent son mamelon.

— Je veux aspirer tout ton dioxyde de carbone, chuchotai-je.

Ses lèvres se retroussèrent dans un sourire. —Comme un arbre ? Ou comme un vampire ? Un arbre vampire ?

Mes joues s'enflammèrent. Je pouvais accuser mon état à moitié éveillé et complètement dur, mais la vérité, c'est que je n'avais jamais été très doué pour parler aux femmes. Je n'en avais jamais eu besoin. Elles se fichaient de ce que je pouvais dire tant que je les baisais.

— Les deux ? dis-je, sans savoir si c'était la bonne réponse.

Elle gloussa et se tourna pour se mettre à genoux. Elle s'avança à quatre pattes jusqu'à moi sur le canapé et m'enjamba de ses cuisses généreuses. —Les vampires sont plutôt sexy, et je suis clairement pour sauver la planète.

Je saisis son cul à pleines mains et pressai son corps contre le mien. —Je pense que tu devrais m'empêcher de dire d'autres conneries et me laisser te baiser jusqu'à ce qu'on soit tous les deux incapables de parler.

— Ça, ce n'était certainement pas stupide, souffla-t-elle.

Je plongeai ma main dans ses cheveux et attirai sa bouche vers la mienne. Elle m'accueillit les lèvres entrouvertes, sa langue cherchant la mienne.

Je gémis et me jetai sur elle. Les langues s'enlacèrent, les mains cherchaient la moindre parcelle de peau nue. Nos souffles se précipitaient en halètements fiévreux.

Elle roula des hanches et se frotta contre mon érection. Mes yeux se révulsèrent et je l'encourageai à recommencer.

— Putain, sifflai-je en détachant mes lèvres des siennes.

—Oui, gémit-elle en réponse.

—Capote, grognai-je.

—Maintenant. Elle se leva et laissa tomber son short et sa culotte sur le sol.

J'en restai un instant sonné, fasciné par cette femme parfaite, à moitié nue devant moi.

—Capote, Daniel, dit-elle dans un rire.

Je sortis de ma torpeur et soulevai les hanches. Mon portefeuille se trouvait dans la poche arrière de mon jean et j'y avais glissé une capote plus tôt, simplement par pur espoir aveugle.

À cet instant, j'adorais ce con optimiste.

Sofia me prit la capote des mains et m'aida à enlever mon jean et mon boxer. Elle se mit à genoux devant moi, repoussant la table basse pour avoir de la place.

Je la regardai ouvrir la capote, puis passer de l'objet à ma queue, à quelques centimètres de son visage.

Elle leva vers moi un sourire diabolique. Je n'eus pas le temps de protester qu'elle se pencha déjà pour m'engloutir jusqu'au fond de la gorge.

—Putain... Nom de Dieu, Sofia... Merde.

Elle se retira juste assez pour croiser mon regard, puis lécha ma verge et m'avala de nouveau tout entier.

—Putain d'enfer.

Elle ricana ; ce son me transperça les couilles et me fit me cambrer contre elle. Elle gémit, et, putain, je faillis perdre le contrôle.

—Sofia, je'suis à cinq secondes de jouir dans ta gorge. Même si ça me plairait, j'ai vraiment envie de te baiser jusqu'à ce que tu jouisses la première. Alors, ça te dit de venir t'asseoir sur ma queue pendant que je joue avec ton clito ?

Elle frissonna et acquiesça en me relâchant. —Ne me laisse plus jamais dire que tu n'es pas doué avec les mots.

—T'aimes quand je parle crûment ?

Elle haussa les épaules. —Apparemment, oui.

Je pris le préservatif de sa main, sachant que je le gaspillerais si je la laissais me l'enfiler. Elle resta suspendue au-dessus de moi, attendant — pas vraiment patiente — que je le mette en place. Dès que ce fut fait, elle s'abaissa sur moi.

—C'est tellement bon, murmura-t-elle.

—Pareil, soufflai-je, la sensation de son fourreau serré encore meilleure que celle de sa bouche.

—T'es à deux doigts ?

—Je m'accroche du bout des ongles, avouai-je.

Elle gloussa, puis se souleva avant de redescendre. —Mieux ?

J'ébauchai un rire étouffé et secouai la tête. —C'est un défi ? Qui fera jouir l'autre en premier ?

Elle arqua un sourcil et sourit. —J'adore l'idée.

Je me cambrai pour la pénétrer à son va-et-vient suivant, et son air sûr d'elle se fissura.

—Ça aussi, j'aime, souffla-t-elle.

Je relevai son tee-shirt pour dévoiler de nouveau ses seins. Ses tétons dépassaient toujours de son soutien-gorge. J'en happai un entre mes lèvres, le mordillant tandis qu'elle me chevauchait.

Son rythme vacilla et je souris autour de son téton. Je laissai son soutien-gorge soutenir son sein et glissai ma main entre ses cuisses, trouvant son bouton gonflé. Un seul effleurement, et elle poussa un cri.

—Je ne crois pas que ce soit un défi très équitable.

—Moi, je trouve que c'est le meilleur qui soit, répondis-je sans lâcher son téton.

Elle continua, refusant de perdre ne serait-ce qu'une seconde de plaisir. Je l'accompagnais, doigts, langue et queue unis pour lui arracher jusqu'à la dernière goutte de jouissance.

— Daniel, souffla-t-elle.

— Jouis pour moi, Sofia. Tu as gagné. Tout ce que je veux, c'est voir ton magnifique visage quand tu jouis sur ma queue.

Dès que je lui annonçai sa victoire, son sexe se mit à onduler autour de ma queue. Les frissons de son orgasme se propagèrent dans tout son corps, tout lâchant d'un coup et déclenchant la même décharge en moi.

Je la serrai contre moi tandis que je jouissais violemment. Je gémis dans son cou, sachant que je n'étais pas totalement rassasié. Il ne me faudrait pas longtemps avant d'avoir de nouveau envie d'être en elle.

Elle s'assit sur mes genoux et me serra aussi fort que je la serrais. —J'suis désolée. Je n'avais pas l'intention de profiter de toi comme ça.

— Tu peux profiter de moi comme ça quand tu veux. Mais sache que j'y ai participé de mon plein gré. Très volontiers.

Elle se redressa et me regarda. —Tu dormais.

— J'étais parfaitement réveillé pour ça, Sofia. Et je pensais chaque mot. J'accepterai volontiers de perdre la course jusqu'à l'orgasme si cela signifie que je peux te regarder jouir.

Elle rougit et baissa le menton. —Tu me fais me sentir deux fois plus jeune.

— Ce n'est pas ce que je veux, Sofia. Je veux la femme magnifique, sûre d'elle et voluptueuse que tu es aujourd'hui. T'es éblouissante. Et J'ai de la chance de te connaître.

— Pendant quelques mois, dit-elle. —Ensuite, il te faudra trouver une autre femme magnifique, sûre d'elle et voluptueuse pour te chevaucher sur ton canapé.

Ses mots, prononcés sur un ton taquin et ponctués d'un rire, m'ont pourtant touché droit au cœur. Je n'avais aucune envie de trouver une autre femme comme elle. Mais je n'allais pas pouvoir la garder dans ma vie. Elle n'en voulait pas faire partie.

Mais, pour l'instant, elle était à moi. Et je comptais savourer chaque minute passée avec elle.

—Je'vais utiliser ta salle de bain. Ensuite, on pourrait peut-être passer au lit ?

—Partout où tu me veux, ai-je taquiné.

Elle sourit et se pencha pour m'offrir un baiser furtif avant de s'éloigner, son magnifique petit cul nu offert à mon regard.

Cette vue allait me manquer quand je regagnerais mon penthouse surplombant l'eau. Rien ne pouvait rivaliser avec Sofia.

16

SOFIA

Mon réveil a sonné, me tirant d'un sommeil profond dont je n'avais aucune envie d'émerger. Mais si je ne me levais pas, mon père appellerait encore la police, et personne ne voulait revivre ça.

J'ai embrassé Daniel doucement, juste assez pour le réveiller et lui faire savoir que je partais.

—Tu es obligée ? grogna-t-il, adorablement boudeur.

—Je n'ai pas envie que les flics débarquent de nouveau parce que mon père a paniqué. Mais je peux peut-être repasser un peu plus tard ?

Il acquiesça la tête encore posée sur l'oreiller et chercha ma main. Je la lui donnai, il la serra, m'attira pour un autre baiser puis se blottit de nouveau sous la couette. Je crois qu'il dormait déjà quand j'ai quitté sa chambre.

J'ai retrouvé mes vêtements à la lueur de la lampe au-dessus de la cuisinière et de la veilleuse de la hotte dans la salle de bain. J'étais presque certaine que ma culotte était à l'envers, mais elle n'avait qu'à me ramener jusqu'à mon appart.

J'ai verrouillé sa porte et me suis éclipsée, la refermant le plus doucement possible. J'ai jeté un coup d'œil à la porte de Mrs Watson en retenant mon souffle. Elle ne s'est pas ouverte, et j'ai pu m'éclipser sans que personne ne me voie.

Mon appartement était toujours silencieux quand je suis entrée. J'ai lancé la cafetière et suis allée dans ma chambre enfiler un pyjama.

Papa était dans la cuisine quand j'y suis revenue : il remplissait une tasse de café et y versait le reste de mon sirop au caramel. Il a jeté le flacon à la poubelle — pas dans le recyclage — puis a remué son breuvage.

—Bonjour, dit Papa en se tournant vers moi et en m'examinant d'un regard attentif. Je croyais avoir entendu la porte tout à l'heure.

J'ai envisagé de lui mentir une seconde, mais à quoi bon ? J'étais adulte et il n'avait pas son mot à dire sur ma vie. — Oui.

—Tu étais avec Daniel ?

J'ai hoché la tête.

—Vous deux, vous sortez ensemble ?

—Oui. Il n'est là que pour quelques mois, alors c'est vraiment sans prise de tête.

Papa acquiesça pensivement. —Passer la nuit avec lui n'a rien de léger.

Je haussai les épaules. Ça n'avait rien de léger non plus, mais je ne savais pas comment l'expliquer à mon père. Je savais qu'il y avait une date de fin avec Daniel. Je savais qu'il allait retourner à sa vie et que nous ne nous reverrions probablement jamais. J'étais d'accord avec ça. « J'étais » étant ici le mot clé.

Mais je n'allais pas être de ces femmes qui tombent amoureuses et changent les règles. Nous avions tout établi dès le départ. Je savais, quand nous avons commencé à nous voir, qu'il partirait. Je refusais de lui en vouloir de faire exactement ce qu'il m'avait dit qu'il ferait.

—Tu es amoureuse de lui, n'est-ce pas ? demanda Papa.

Je secouai la tête et me servis une tasse de café. —Je ne peux pas. Il s'en va, et je sais qu'il s'en va. Il retourne à sa vie.

—Ça n'empêche pas que tu n'sois amoureuse de lui.

—Tomber amoureuse de lui serait la chose la plus stupide que je puisse faire.

Papa lâcha un petit reniflement moqueur. —Qui t'a jamais dit que l'amour était raisonnable, logique et arrivait au bon moment ?

Je ris avec lui. —Touché.

— Qu'est-ce que tu vas faire ?

Je regardai mon père. Nous n'avions jamais parlé ainsi, de sentiments, d'émotions et des autres personnes de nos vies. — Es-tu déjà tombé amoureux ?

Il parut surpris par la question, mais il ne s'y déroba pas. Une fois le choc passé, il y réfléchit puis hocha la tête. — Quelques fois. Ma vie… Je n'ai jamais laissé de place à l'amour dans ma vie. Ta mère…

— S'il te plaît, ne me mens pas en disant que tu étais amoureux d'elle.

Il secoua la tête et s'assit à la table de mon petit coin repas. — Je n'allais pas le faire. Tu sais que j'étais à peine assez bien pour avoir le droit de prononcer son nom. Elle était bien meilleure que ce que je méritais.

J'acquiesçai et le rejoignis, avec mon café crème sucré plutôt qu'au caramel. Ma mère n'avait jamais dit de mal de mon père, mais je savais aussi qu'elle ne l'avait jamais aimé. Elle était triste qu'il ne me reconnaisse pas quand j'étais petite et, quand il l'a enfin fait, elle lui en a été reconnaissante, mais elle avait construit pour nous une vie qui n'avait pas besoin de lui ni de son argent. Pourtant, il était mon père et elle pensait qu'il était important que j'aie une relation avec lui, alors elle n'a jamais voulu influencer cela.

— J'aurais aimé apprendre à la connaître. D'après ce que

je sais de toi, ta mère était une femme exceptionnelle. Lorsqu'elle est tombée enceinte de toi, je n'étais pas prêt à assumer quoi que ce soit. Il m'a fallu longtemps pour comprendre que j'aurais pu changer qui j'étais, mais à ce moment-là elle était partie, tu étais partie, le groupe avait arrêté de tourner et j'étais seul.

— C'est pour ça que tu es ici ? Parce que tu ne veux pas être seul ?

Il secoua la tête. — Je suis ici parce que j'aurais dû être là pour toi il y a des années. Tu n'as plus besoin de moi maintenant, mais je sais que j'ai commis beaucoup d'erreurs avec toi. Je ne pourrai jamais les réparer, mais peut-être que je peux apprendre à te connaître et éviter de refaire les mêmes erreurs à l'avenir.

— Tu n'es pas malade, mourant ou inscrit à un programme en douze étapes ?

Il a pouffé. —Pas de ça. Il se reprit, et son sourire devint triste. —Mais Andrew est malade. Carson m'a appelé il y a quelques mois pour me l'annoncer.

—Oh, non. Papa, jesuis tellement désolée.

Il hocha la tête. —Merci. Je suis allé le voir. Nous y sommes tous allés. Il n'a probablement pas la force d'arriver à la fin de l'année. On avait parlé de faire une tournée de retrouvailles ou quelque chose comme ça, mais avec Andrew malade... j'suis un connard égoïste.

—Pourquoi ?

—Parce que c'était la première chose qui m'est venue à l'esprit quand Carson m'a appelé : qu'on ne pourrait pas faire la tournée.

—Tu as toujours été un peu...

—Égocentrique ? proposa-t-il.

J'ai haussé les épaules et je n'ai pas protesté.

Il a ri. —Je sais. J'essaie de travailler là-dessus, j'imagine. Je vais voir un thérapeute.

—Non, dis-je en retenant mon rire.

—Je sais, c'est dur à croire. Comme je te l'ai dit, ne pas avoir fait partie de ta vie plus tôt est mon plus grand regret. J'ai beaucoup de choses à régler. Et ce thérapeute a l'habitude de gérer des gens comme moi.

—Des rock-stars narcissiques avec un complexe « Moi d'abord » ? me suis-je moquée.

Il renifla. —Ne te retiens pas avec moi.

J'ai ri avec lui.

—Je suis tombé amoureux d'une femme il y a environ un an. Je croyais enfin que j'allais me marier. Je lui ai même acheté une bague.

—Vraiment ?

Il hocha la tête et but une gorgée de café. Ce n'était plus le showman. C'était un homme au cœur brisé qui prenait un instant pour se ressaisir avant de poursuivre son histoire. — Elle avait déjà été mariée. Elle disait qu'elle m'aimait, mais que trop de choses chez moi lui rappelaient son ex. Qu'elle n'était pas prête à se lancer dans un autre mariage avec un homme qui se préoccupait davantage de lui-même que des autres.

—Je suis désolée, Papa.

Il haussa les épaules, mais la douleur dans ses yeux ne me trompait pas. —Elle n'a pas tort. Quand je devais choisir entre ce qu'elle voulait faire et sortir pour être sous les projecteurs, j'ai toujours choisi les projecteurs. Je ne l'ai jamais placée en premier. Je ne lui ai jamais montré ce que je ressentais pour elle.

—Et maintenant, tu le peux ?

Il secoua la tête. —C'est trop tard. Elle est probablement passée à autre chose.

—Mais tu n'en sais rien.

—Pourquoi voudrait-elle être avec un vieux rockeur sur le déclin ?

—Peut-être que non. Mais elle pourrait vouloir être avec un homme qui l'aime.

Papa se figea à mes mots. Il ouvrit la bouche pour protester, puis la referma. Il leva les yeux vers moi avec le regard le plus vulnérable que je lui avais jamais vu. —Je n'ai rien à lui offrir.

—Laisse-moi te confier un secret, Papa. Les femmes qui rêvent de coucher avec une rockstar ne sont pas les mêmes que celles qui veulent s'installer avec l'homme qu'elles aiment. Toutes les femmes ne cherchent pas à se servir de toi pour gravir les échelons, se mettre en valeur ou passer au mec suivant. Quand j'étais avec Nate, je ne le voyais pas comme Nate Catalan. Je le voyais comme l'homme avec qui j'espérais passer ma vie. J'étais jeune et naïve et je suis sûre que ça n'aurait de toute façon pas fonctionné, mais pour moi, ce n'était qu'un homme. Je pleurais encore maman, et je n'étais pas prête à devenir adulte. Pourtant, je le croyais. Peu m'importait qu'il soit en tournée ou qu'il puisse devenir célèbre. Ce qui comptait, c'était qu'il tienne à moi.

Papa resta silencieux un long moment. Il médita sur mes paroles en terminant son café. Lorsqu'il parla de nouveau, sa voix était plus pleine d'espoir. —Je ne me suis jamais considéré comme digne d'une femme comme Monica. Elle est gentille, attentionnée, elle se donne entièrement aux autres. Elle travaille avec des jeunes défavorisés et rend toujours service à la communauté.

—Elle a l'air adorable.

—C'est vrai. Bien meilleure que moi.

—Elle ne devait pas le penser quand tu l'as rencontrée.

Il laissa échapper un petit rire en se remémorant un souvenir qu'il ne partagea pas. —Non, en effet.

—Alors, qu'est-ce que tu vas faire ?

—Qu'est-ce que tu veux dire ? Il semblait réellement perplexe.

—Comment comptes-tu la reconquérir ?

—Je ne…

—Papa, tu es une rockstar dont l'ami est mourant. Tu vas vraiment me dire que tu ne vas pas courir après la femme que tu aimes, lui avouer ce que tu ressens et la convaincre que tu es sincère ?

Je le vis bomber le torse et retrouver son assurance. —Tu as raison.

—Bien sûr.

—Merci, Sofia. J'apprécie vraiment cette marque de confiance.

—De rien.

—Je dois partir tout de suite ?

J'ai ri. —Non, Papa. Tu pourras partir quand tu seras prêt. Mais avant de partir, tu devrais commencer à penser aux autres, faire un peu plus attention à ce dont les gens de ta vie ont besoin.

—Qu'est-ce que tu veux dire ?

J'ai haussé les sourcils en riant. Il n'en avait pas la moindre idée. —Eh bien, tu as terminé ma crème caramel pour le café et tu ne m'as même pas prévenue afin que je puisse en racheter.

—Désolé. Je… oui, j'aurais dû le faire.

—Pareil pour mon shampoing. Et tu as laissé dans le placard un paquet de chips qui n'était plus que miettes, sans même le refermer, si bien que quand je l'ai pris tout s'est renversé. Et—

—Je pourrais peut-être commencer par une chose à la fois ?

J'ai secoué la tête en riant doucement. —Probablement une bonne idée.

Il m'a souri. —Merci, Sofia. De me laisser rester ici et de me redonner espoir.

—On devrait toujours garder espoir, Papa. Quoi qu'il arrive.

—Je crois que tu as raison.

—Vous revoilà ? demanda Mrs Watson.

Je ne l'avais pas remarquée en montant l'escalier jusqu'à l'appartement de Daniel' après le déjeuner, mais elle se tenait là, dans l'embrasure de sa porte ouverte, à m'observer.

—Bonjour, Madame Watson. Comment allez-vous ?

—Je vous ai vue quitter son appartement ce matin. Avant cela, je pensais que vous répariez les choses, mais ça n'est pas le cas.

—Puis-je faire quelque chose pour vous, Madame Watson ? Je n'e voulais pas être impolie avec cette femme, mais je n'e lui devais aucune explication.

Elle secoua la tête. —C'est un homme bien, Sofia. Il m'aide à porter mes courses et me parle comme à une personne. Il ne juge pas.

J'en restai bouche bée. Daniel disait qu'elle l'aimait bien, mais je ne le croyais pas. Cela faisait du bien de me tromper à propos de cette femme grincheuse qui supportait à peine les autres. —Moi aussi, je l'aime bien.

—C'est agréable de vous voir sourire. J'ai eu peur que vous ne finissiez seule, vieille et aigrie comme moi un jour.

—Je ne suis pas sûre que ce soient les mots que j'emploie-rais pour vous décrire, Madame Watson.

Elle ricana. —C'est pour ça que je vous apprécie, Sofia. Vous êtes gentille. Mais vous savez que ces mots sont vrais. J'ai plus que ma part de regrets. N'laissez pas votre fierté vous empêcher d'aller chercher ce que vous voulez.

Je ne savais pas comment lui répondre et, le temps que je me remette de ma surprise, elle'avait déjà refermé sa porte.

Je pris une minute pour assimiler ses mots. Ils étaient empreints de regrets et de douleur, avec une pointe de recul qui permettait de considérer le passé sous un jour sombre. Nous avons tous ces moments-là, mais regarder en arrière et être tellement frustré au point de s'isoler des autres, c'était un pas que je n'aurais jamais imaginé.

La porte de Daniel s'est ouverte avant même que je ne frappe. Il a paru surpris de me voir là. —Salut. Ça va ?

J'ai acquiescé. —Ouais. Je parlais juste avec Mme Watson.

—Je croyais l'avoir entendue. Elle va bien ?

J'ai de nouveau hoché la tête et je suis entrée. Il a refermé et verrouillé la porte derrière moi. —Elle m'a vue partir ce matin. Elle m'a dit de ne pas laisser mon orgueil m'empêcher d'aller chercher ce que je veux.

—Sérieux ? C'est mystérieux. À moins que tu n'aies eu une conversation profonde dans le couloir à l'instant ?

J'ai secoué la tête. —Non. Elle a dit qu'elle avait des regrets. C'était triste. Comme ces chansons qui parlent de passer à côté de ce qui aurait pu être la meilleure chose de ta vie.

—Ce sont les chansons qui touchent les gens au plus profond d'eux-mêmes. On a tous ce genre de moments.

J'ai hoché la tête. —J'y pense depuis ce matin. —Tu veux entendre ma dernière chanson ?

—Vraiment ? Carrément.

Il m'a suivie jusqu'au canapé. J'étais nerveuse à l'idée de partager ma musique avec quelqu'un, mais s'il y avait bien une personne avec qui le faire, c'était Daniel.

J'ai ouvert la page où j'avais griffonné des mots toute la matinée. Entre mon père qui parlait de Monica et mes pensées incontrôlables concernant le départ de Daniel, une chanson avait commencé à résonner dans ma tête.

Regret Douleur Amour

· · ·

Rien à partager
    Rien à offrir
    Aucune raison de te faire rester

Dès le premier baiser
    Tout a semblé différent
    Électrique, magnétique
    Attraction et répulsion, étincelle et arc
    —Ce n'est pas grand-chose. En fait, ce n'est rien du tout. Mais c'est ce qui est sorti aujourd'hui, dis-je en tendant la main vers le carnet tandis que Daniel examinait mes mots.

Il retira le carnet hors de ma portée et le posa sur la table basse. Il attrapa sa guitare et se mit à jouer.

Il changea de tonalité et recommença. La mélodie était envoûtante, presque obsédante. Elle parcourut tout mon corps et me rendit aussitôt triste.

—Waouh, soufflai-je.

Il leva les yeux vers moi et sourit. —Oui ?

Je me tapai la poitrine. —Ça me touche en plein cœur.

Il hocha la tête. —Pareil pour tes mots. Je les avais déjà entendus dans ma tête, mais je n'ai réussi à y accéder que tout à l'heure, quand j'ai vu ce que tu avais écrit.

—Vraiment ?

Il reporta son attention sur la guitare. —Tu penses que ça ira ensemble ?

—Absolument.

Il étudia de nouveau mon carnet et rejoua les mêmes notes. Il se mit à chanter mes paroles, sa voix douce et veloutée. Ça m'a bouleversée comme jamais.

—Putain, soufflai-je lorsqu'il joua la dernière note.

—C'était bien ?

J'ai dégluti, la gorge serrée. —Je n'ai jamais entendu l'une de mes chansons à voix haute. Personne n'en avait jamais chanté une.

Il posa sa guitare contre le fauteuil d'appoint et se pencha vers moi. —Merde. J'aurais pas dû—

—Non, c'était… incroyable, soufflai-je. —Je… évidemment, mon père est célèbre. J'en parle rarement parce que beaucoup de gens veulent quelque chose de lui ou de moi. Mais on n'est pas proches, parce qu'il a accusé ma mère de mentir quand elle est tombée enceinte de moi. Il disait qu'elle voulait juste son argent.

—Oh, putain, souffla Daniel, blêmissant.

J'ai hoché la tête. —Ouais. Ma mère disait que ce n'était pas ce qu'elle cherchait, mais ça n'a jamais compté. Je ne l'ai rencontré qu'au collège. Il a finalement voulu en avoir le cœur net et a fait un test de paternité. Il a payé une pension alimentaire et tout le reste, mais ma mère n'a jamais touché cet argent. Quand elle est morte, je suis partie sur la route avec mon père. On était pratiquement des étrangers et la situation n'était pas idéale, mais c'était tout ce qu'il me restait.

—Je suis désolé, murmura Daniel.

—Merci. Ça a été difficile. Mais c'est là que je suis tombée amoureuse de la musique. Là que j'ai entendu pour la première fois une chanson qui m'a donné la chair de poule et m'a fait me sentir moins seule. L'un des premiers groupes avait un morceau qui a résonné en moi d'une manière si personnelle que j'ai fini par sortir avec une choriste. Ça a été un vrai désastre et ça n'a pas duré, mais mon amour de la musique, lui, est resté. Depuis, je me suis tenue *loin* de l'industrie musicale, alors entendre l'une de mes chansons était quelque chose que je n'avais jamais imaginé. Jamais. Mais je suis heureuse. C'était encore mieux que tout ce que j'aurais pu espérer.

Daniel inspira profondément. —Je suis désolé pour tout ce que tu as traversé.

Je secouai la tête. —Pas moi. Enfin, j'aimerais que ma mère soit là, mais le reste fait simplement partie de la vie. Tout le monde n'est pas ce qu'il paraît, mais nous portons tous de la douleur, des regrets et des chagrins d'amour. C'est à cela que sert la musique. Elle prend les fragments les plus importants de nos vies et nous relie tous pendant trois minutes. Nous partageons la même chose : la même souffrance ou la même joie. La musique nous unit. Tu me l'as rappelé aujourd'hui. Merci pour ça.

—De rien, chuchota-t-il.

—Tu veux bien la chanter à nouveau ? Peut-être m'aider à en écrire davantage ? Et si tu te sens vraiment d'humeur aventureuse, je peux te montrer quelques-unes de mes autres chansons.

Daniel acquiesça lentement. —Bien sûr, Sofia. Tout ce que tu voudras.

Je souris et me laissai aller contre le dossier tandis qu'il saisissait sa guitare. Il joua son air et chanta mes paroles, et je fermai les yeux, faisant comme si j'assistais à mon propre concert.

C'était magique.

TREY

Je chantais ses paroles, je jouais ma musique, et je détestais que ça sonne juste. Putain, tellement juste. Plus juste que tout ce que j'avais jamais créé.

Cela faisait bien trop longtemps que je n'avais pas ressenti ce frisson d'excitation. Cette certitude profonde que la chanson était bonne. Cette vibration qui me faisait faire confiance au processus et l'apprécier.

Mais tout cela était obscurci par les mensonges qui pesaient sur moi. Pas seulement la raison pour laquelle j'étais là au départ, mais aussi le fait que je n'étais pas différent de son père. Pas meilleur.

J'avais fait la même chose que Jensen. J'avais nié les dires d'une femme qui prétendait que j'étais le père de son enfant à naître. C'était il y a plus d'un an. Nous étions en tournée, et le label s'en est occupé. Sans même m'en parler. Je n'aurais rien su si Seth n'avait pas fait un commentaire à ce sujet. Il pensait que je savais.

Quand j'ai demandé, le label m'a dit que c'était réglé et que je n'entendrais plus jamais parler d'Avery Power. Ils ont dit qu'elle'avait été payée pour qu'elle ferme sa bouche. Ils ne'pensaient même pas que l'enfant était le mien, mais ça n'avait pas d'importance. Ils se sont assurés qu'elle ne'poserait plus de problème.

Mais ça comptait. Je me suis jeté à corps perdu dans la fin de la tournée et j'ai essayé de faire comme s'il n'y avait pas quelque part une femme enceinte d'un bébé qui pourrait être le mien. Je me suis dit qu'elle ne'comptait pas. Qu'elle voulait seulement mon argent, ma célébrité et chaque morceau de moi qu'elle pouvait prendre. Je portais toujours, toujours un préservatif. Mais les préservatifs peuvent lâcher.

Pourtant. Elle mentait. Elle devait mentir.

Je me suis répété la même histoire tant de fois que j'ai fini par y croire. Même quand je l'ai cherchée en ligne et que j'ai étudié les traits du visage du bébé'pour voir s'il me paraissait familier. Je me disais qu'elle mentait.

Jensen s'était sans doute raconté la même histoire. Mais la mère de Sofia'n'était pas en train de mentir. Elle n'était pas après son argent. Elle n'attendait rien de lui.

En entendant l'histoire de Sofia, j'ai compris que c'était pour moi un tournant. Je n'av'ais plus ressenti ce frisson, cette mélodie muette dans ma tête, depuis que j'avais appris pour le bébé.

Depuis que j'ai refusé d'admettre que j'avais tout foiré. Depuis que j'ai laissé quelqu'un d'autre décider de ma vie. Une décision qui faisait de moi le même genre de personne que le père de Sofia' : quelqu'un prêt à abandonner son enfant.

—Alors, tu en penses quoi ? demanda Sofia en tournant son carnet vers moi.

Elle'avait écrit un autre couplet de sa chanson. Tandis que je pensais à la femme qui prétendait que je'avais mise enceinte, Sofia se donnait corps et âme dans une chanson, m'offrant exactement ce qui m'avait fait venir à L'anse MacKellar.

J'ai chassé Avery Power de mes pensées et me suis concentré sur Sofia. J'avais envie de lui demander de qui parlait la chanson, qui elle av'ait dû regarder partir. Mais je n'avais pas le cran, et je n'avais pas le droit. Nous n'étions qu'éphémères, et j'avais déjà dépassé les limites. Même si elle ne s'en doutait pas.

—Et si on inversait ces deux lignes ? proposai-je en désignant celles qui, selon moi, sonneraient mieux ainsi.

Elle articula les mots en silence et acquiesça. —Oui, j'aime bien. Elle griffonna les modifications puis reposa le carnet sur la table. —Je n'ai jamais écrit une chanson avec quelqu'un. Tu comptes la proposer quand tu rentreras à L.A. ? Un jour, j'entendrai ma musique chantée par un parfait inconnu ?

La raison principale de ma présence ici me pesait comme une brique dans l'estomac. Je secouai la tête et forçai un sourire. —Je n'te ferais jamais ça.

Elle a pouffé de rire et m'a donné un léger coup d'épaule. —Je plaisantais. Je sais que tu ne le ferais pas.

Je ris avec elle, espérant que mon rire ne sonne pas aussi creux qu'il me semblait. Elle serait anéantie quand elle découvrirait qui j'étais, et je ne pourrais même pas lui dire que j'étais désolé. La chanson qu'elle écrivait était bonne ; ce serait un succès. Et si je trouvais le courage de la sortir, elle attirerait des hordes de fans vers Broken Record. On décrocherait un nouveau contrat, une nouvelle tournée et on remporterait des récompenses grâce à ce titre. Je le sentais.

Mais je ne pouvais pas le dire. Je ne pouvais pas lui dire ce qui se passait. Si je l'avais fait, elle serait partie. La chanson n'aurait jamais été terminée. Je perdrais tout ce pour quoi j'avais travaillé si dur depuis la mort de Michael. Je ne serais plus rien ni personne.

Je devais continuer.

Nous avons fait une pause juste avant le dîner, et elle a bondi en voyant l'heure. —Jesuis vraiment désolée de te laisser en plan, mais je devais aider Chelsea à faire ses cartons ce soir.

—Elle déménage ?

Sofia acquiesça. —Elleachète une nouvelle maison. Tout va très vite. Elle l'a visitée plus tôt cette semaine et l'inspection est prévue la semaine prochaine ; si tout est en ordre, elle signera dans un mois environ.

—Et ellefait déjà ses cartons ?

Sofia gloussa. —Elleaffirme qu'elle manifeste son succès, dit-elle. Elle est prête à quitter l'appartement où elle vit. La maison est parfaite pour elle et elle craint que quelqu'un d'autre ne se jette dessus et ne la lui prenne, alors elle envoie à l'univers le message que cette maison est faite pour elle.

—Tant mieux pour elle.

Sofia s'arrêta près de la porte et m'embrassa avec fougue. Elle passa ses bras autour de mon cou et m'attira vers elle pour un baiser qui me fit oublier quel connard j'étais et me donna envie d'être un homme meilleur pour elle.

—Salut. Et merci.

—Salut, dis-je en la laissant partir, lui laissant croire que j'étais un type bien.

J'étais un connard.

—Qu'est-ce qui s'est passé entre Sofia et votre frère ? demandai-je une heure plus tard, quand je l'ai appelé. La façon dont elle avait mentionné qu'elle sortait avec un choriste, l'émotion qui transperçait ces quelques mots, me disait qu'il y avait bien plus dans cette histoire que ce que Seth m'avait jamais raconté.

Seth rit. —Que voulez-vous dire ?

—Vous m'avez dit qu'ils étaient sortis ensemble. Qu'est-ce qui s'est passé ?

—Vous savez comment est Nate.

Ce qui voulait dire que Nate s'était envoyé en l'air ailleurs. Adolescent, je trouvais Nate vraiment cool. Je l'admirais et je voulais être comme lui. Mais aujourd'hui ? —Il l'a trompée, dis-je.

Seth poussa un profond soupir. —Est-ce que c'est vraiment tromper si on n'est pas engagé ? Allez, mec, vous savez comment ça se passe. Personne n'est sérieux quand on est en tournée.

—Est-ce qu'elle le savait ?

—Pourquoi vous en préoccupez-vous, bordel ? beugla Seth. —Sa chatte est magique ou quoi ? Cette grosse nana vous tient les couilles et maintenant vous avez oublié d'où vous venez ? C'est moi qui vous ai donné votre carrière. Nate et moi. Sans nous, rien de ce que vous avez n'existerait.

—Aux dernières nouvelles, c'est la musique que j'écris qui nous a propulsés en tête des classements.

—Et comment pensez-vous que nous avons eu notre chance, à la base ? grogna Seth. —Vous pensiez vraiment qu'un pauvre gamin paumé avec un frère mort était suffisamment bon pour décrocher un contrat ? Putain, non. Le label se fout de vous et de votre frère. Tout ce qui les intéresse, c'est de vendre de la musique.

Le rappel de nos débuts me frappa de plein fouet. J'inspirai brutalement. L'homme à l'autre bout du fil n'était plus celui sur qui j'avais compté pendant presque la moitié de ma vie.

Jamais Seth ne m'avait parlé ainsi auparavant. Jamais il n'avait laissé entendre que je devais ma réussite à la chance plutôt qu'à mon talent. Ou que Michael n'avait aucune importance.

—Nate a parlé au label, reprit Seth. —Il a mis notre single

sous le nez des bonnes personnes. Et il ne l'a fait que parce que je suis son frère. Vous auriez pu être n'importe qui.

—Nos chansons, notre musique, balbutiai-je. C'était notre mantra, notre promesse l'un envers l'autre.

—C'est vous qui êtes tellement obstiné à ne chanter que les morceaux que nous écrivons. Moi, ça ne m'a jamais posé problème. Je l'ai dit au label quand je les ai rencontrés. Nate m'avait trouvé une audition avant votre arrivée, mais ils ne voulaient pas du petit frère de Nate. Ils voulaient un groupe. Après que Nate soit parti en solo, je ne leur suffisais plus tout seul. Je leur ai proposé que nous formions un duo. J'ai dit que vous aviez de la musique.

—Vous m'avez vendu.

—Je vous ai tout donné !—Les femmes, la musique, l'argent... Tout ça, c'est grâce à moi. Parce que je l'ai rendu possible. N'allez surtout pas jouer les victimes maintenant. Espèce de connard égoïste.

—Allez vous faire foutre, Seth.

—Non, allez vous faire foutre, Trey. Vous allez dans ce bled pourri, vous trempez votre queue dans cette grosse connasse, et vous pensez être meilleur que moi. Vous n'êtes rien. Vous n'êtes personne. Vous faites une crise existentielle et vous pensez devoir être meilleur ; laissez-moi donc en dehors de tout ça. Je ne vous ai forcé à rien. Je ne vous ai pas dit d'aller là-bas et de vous faufiler dans son univers. Je ne vous ai pas dit de la baiser. Je ne vous ai rien ordonné du tout. C'est vous qui avez refusé d'écouter les morceaux que le label nous a apportés.

—Ce n'est pas nous.

—Non, ce n'est pas vous,—grogna Seth. Mais c'est bon.

—Vous l'avez écoutée ?

—Ouais, je l'ai écoutée. Et je pense en enregistrer une partie.

—Tout seul ?

Seth expira. —Je n'en sais rien. Ce que je sais, c'est que j'en ai fini de jouer les seconds rôles derrière vous. J'en ai assez que le label vous attende avant la sortie de notre prochain album. Je suis meilleur que vous. Je l'ai toujours été. Et je n'ai pas besoin de vous pour le prouver au label ni à qui que ce soit.

Il a raccroché avant que je puisse répondre. Je suis resté à fixer mon téléphone, me demandant ce qui venait de se passer, bordel.

Mon plus vieil ami, la personne sur qui je pensais pouvoir compter, a admis qu'il m'avait à peine supporté ces vingt dernières années, et uniquement à cause de sa carrière.

J'ai de nouveau déverrouillé mon téléphone pour appeler Sofia, mais je n'ai pas pu. Non seulement elle était avec ses amies, mais elle n'avait pas toute l'histoire. Elle n'aurait pas pu.

J'ai fait défiler l'écran jusqu'à la seule autre option qui me restait. C'était triste de constater que la seule autre personne en qui j'avais confiance était quelqu'un que je n'avais jamais rencontré.

GIOIOSO

Je viens d'apprendre que mon amitié la plus ancienne reposait sur un mensonge. Je ne sais plus comment avancer pour l'instant.

PARLE-MOI DE FAÇON RINGARDE

Je suis tellement désolée. Ce n'est jamais facile à apprendre.

GIOIOSO

Oui, je suis sous le choc. Il m'a dit que nous n'étions amis que pour le travail.

PARLE-MOI DE FAÇON RINGARDE

Quel con. Même si c'est vrai, on pourrait penser qu'avec le temps une amitié reposerait sur plus que la simple commodité.

GIOIOSO

Nous nous sommes rencontrés à un moment où ma vie partait un peu en vrille. Mais je lui parlais de tout. Ça me chamboule vraiment.

PARLE-MOI DE FAÇON RINGARDE

Je n'ose qu'imaginer. Comment appelle-t-on une vache pendant un tremblement de terre ?

GIOIOSO

Euh, quoi ?

PARLE-MOI DE FAÇON RINGARDE

Comment appelle-t-on une vache pendant un tremblement de terre ?

J'essaie de te faire oublier ton ami. De te faire rire.

Devine.

GIOIOSO

Euh… du bœuf rebondissant ?

PARLE-MOI DE FAÇON RINGARDE

MDR ! C'est pas mal, mais non. C'est un milk-shake !

J'ai pouffé de rire et secoué la tête.

GIOIOSO

C'était bien. Merci.

PARLE-MOI DE FAÇON RINGARDE

De rien. Ça va ?

GIOIOSO

Non, mais ça ira. Désolé d'avoir interrompu ta soirée.

PARLE-MOI DE FAÇON RINGARDE

Pas de souci. J'aide juste une amie à faire
ses cartons.

J'ai failli laisser tomber mon téléphone. C'était impossible. Parle-moi de façon ringarde était-elle Sofia ?

PARLE-MOI DE FAÇON RINGARDE

Je devrais sans doute y retourner, mais je
prendrai de tes nouvelles demain, si ça te va.

GIOIOSO

Ouais, ça me va. Bon courage pour les
cartons. Et bonne chance à ton amie pour
son déménagement.

PARLE-MOI DE FAÇON RINGARDE

Elle te remercie. Elle visualise sa future
maison, donc aucune idée de la date de son
déménagement pour l'instant, mais elle
espère que ce sera bientôt. Bonne nuit !

Putain. Putain, putain, putain. Soit Parle-moi de façon ringarde était Sofia, soit c'était l'une de ses copines qui aidait aussi son autre amie à faire ses cartons.

Je ne sais pas pourquoi je n'ai pas pensé que c'était possible. Je me suis inscrit sur cette appli débile pour la rencontrer, et quand j'ai commencé à discuter avec cette fille, j'ai oublié que ça faisait partie de mon plan.

Et puis j'ai commencé à tomber amoureux de Sofia.

— Merde ! criai-je dans l'appartement vide. Qu'est-ce que j'allais foutre ? Je ne pouvais pas lui dire qui j'étais. Mais je ne pouvais pas non plus lui en cacher davantage.

Je n'aurais jamais dû commencer tout ça. Je n'aurais jamais dû dire au label que je savais où trouver la fille de Jensen Carmack ou que j'obtiendrais une chanson avant la fin de l'été. Je n'aurais jamais dû faire tout ça.

Dès lundi matin, j'allais mettre les choses au clair avec eux. Et ensuite, j'allais tout avouer à Sofia.

— NON, dit Robert Miller.

Aucune explication, aucun détail, juste non.

— Mais, monsieur—

—J'ai bégayé, putain ? Vous êtes parti là-bas pour bosser, Trey. Vous n'êtes pas allé là-bas pour tomber amoureux ni pour vous découvrir une conscience, ou quel que soit le bordel que vous pensez foutre là-bas. C'est du business. Et j'suis dans le business de la musique. Créer un lien avec les fans. C'était votre idée. Moi, j'étais très bien à vous balancer des morceaux d'autres artistes.

—Je sais, mais…

—Non, vous ne save'z pas, Trey. Vous n'en avez aucune idée. Broken Record est l'un de nos groupes les plus rentables, mais les ventes baissent ces derniers temps. Ces dernières années, vos concerts mettent plus de temps à afficher complet. Vos titres entrent de plus en plus bas dans les classements, ou pas du tout. Nous'ne recevons plus de demandes pour que vous participiez à des événements.

—C'est toujours une question de fric.

—C'est une entreprise, Monsieur Ryan. Pas une œuvre de charité. Donc oui, tout tourne autour de l'argent. Il s'agit de ce qui plaît aux auditeurs, de qui est invité comme juré ou animateur à la télé. Il s'agit de gagner plus pour pouvoir produire encore d'avantage de musique.

Je bouillonnais en silence tandis qu'il haletait au bout du fil.

—Écoutez, si tout à coup vous avez retrouvé une conscience et que vous ne voulez plus récupérer ce morceau de la fille de Carmack, j'enverrai quelqu'un d'autre le faire.

—Non !

—Alors je vous conseille de vous y mettre. Vous avez un contrat avec nous, Monsieur Ryan. Vous avez un travail à accomplir. La manière de le faire vous appartient, mais si vous envisagez ne serait-ce qu'une seconde d'emmener la chanson que vous écrivez avec elle chez un autre label, vous croulerez sous les frais d'avocats et les audiences au tribunal et vous regretterez de ne pas avoir eu les tripes de lui coller le contrat sous le nez pour qu'elle cède les droits de la chanson.

— Je vais faire un test de paternité, déclarai-je, conscient que cela l'empêcherait de raccrocher avant que j'aie pu dire tout ce que j'avais à dire.

—Je vous le déconseille.

— Oui, enfin, je ne pourrais pas vivre avec moi-même en sachant qu'il existe peut-être quelque part un enfant qui partage mon ADN et que j'ai renié.

— Est-ce encore la fille de Carmack qu'elle évoque ?

—Vous êtes au courant ?

Robert Miller poussa un soupir. —La mère a été indemnisée. Nous avons retenu la leçon. Si elle prononce le moindre mot sur la paternité, qu'elle perde sa maison. Laissez tomber, Monsieur Ryan.

— Je ne peux pas. Je ne peux pas rester là à prétendre qu'il n'existe pas, qu'il n'est personne.

—Je vous conseille précisément cela. Oubliez jusqu'à l'existence de cette femme et de ce bébé, et trouvez-moi une chanson.

—Mais…

Il raccrocha brutalement, le combiné rétro résonnant encore dans mon oreille. J'éloignai mon portable et poussai un soupir.

Je n'aurais jamais dû admettre que je travaillais sur

quelque chose avec Sofia, mais il l'avait flairé. Soit ça, soit il avait déjà parlé à Seth. J'inclinais pour la seconde option.

Ce qui signifiait que la chanson de Sofia' allait passer à la radio. Le label l'achèterait, ils la diffuseraient partout et elle comprendrait que c'était moi qui l'avais manipulée.

Je n'avais aucune idée de comment arranger ça. Même si je lui avouais tout, ça n'améliorerait rien. Elle n'en serait pas moins en colère et blessée.

Il devait bien y avoir une issue. Si je pouvais composer une chanson sans elle, si je pouvais la remettre au label, ils'la laisseraient tranquille. Elle'n'en saurait jamais rien.

Mais cela impliquait de retrouver cette étincelle qui ne s'allumait qu'en sa présence.

Même si je savais que j'avais perdu cette étincelle quand j'avais appris la grossesse, cela ne voulait pas dire que je'la retrouverais une fois que je connaîtrais la vérité. Si le bébé était de moi, je devrais verser une pension à la mère. Si l'enfant n'était pas, je pourrais tourner la page. Mais, quoi qu'il en soit, j'avais besoin de réponses.

Plus que *Ne t'en fais pas* et *C'est réglé*.

J'ai entendu quelqu'un dans le couloir devant mon appartement et je me suis faufilé jusqu'à la porte pour jeter un œil. Sofia parlait à Mrs. Watson. Elles ont toutes les deux regardé ma porte, et je me suis baissé.

Parce que, évidemment, c'était parfaitement rationnel.

J'ai de nouveau regardé par le judas et j'ai vu Sofia entrer dans l'appartement de Mrs. Watson.

Je ne pouvais pas lui faire face. Il fallait que je parte, que je réfléchisse à ce que j'allais faire ensuite. Il se passait trop de choses.

J'ai attrapé mes clés, mon portefeuille et mon téléphone, puis je suis sorti de l'appartement. J'ai verrouillé la porte le plus silencieusement possible, puis je me suis précipité vers l'escalier avant que Sofia ne puisse m'intercepter.

18

SOFIA

—Alors, comment ça se passe avec mon voisin ? demanda Mme Watson.

Je me félicitais d'être accroupie sous son évier ; ainsi, elle n'apercevait pas la rougeur qui me brûlait déjà les joues. — Tout va bien.

—C'est bon à entendre. Le dernier locataire de cet appartement était un voisin exécrable : toujours debout à pas d'heure et désagréable. Il me frôlait dans l'escalier et m'a presque renversée un jour en se précipitant dehors.

Je me contentai d'un petit hum d'acquiescement. Je n'avais pas beaucoup côtoyé Wellington, mais Mme Watson n'était pas la première à me dire que c'était un sale type.

—Je crois qu'il a empiré quand sa petite amie est partie. C'était la seule à l'empêcher d'être un parfait crétin. Bien sûr, elle l'a compris et a fini par le quitter.

Marci était partie deux mois avant Wellington, et je savais que ce n'avait rien d'une rupture à l'amiable. Ils avaient tous les deux la vingtaine et travaillaient hors de la ville, mais dans des directions opposées. Ils vivaient à L'anse MacKellar parce que c'était à mi-chemin, mais aucun d'eux ne s'impliquait dans la communauté ni ne se liait aux autres habitants.

—Je n'ai jamais vraiment fait leur connaissance.

—Vous ne perdiez rien. J'espère que, si tout continue de bien se passer entre vous et Daniel, qu'il restera dans les parages : il n'y a vraiment pas beaucoup de gens aussi agréables. La question n'était pas vraiment subtile, mais elle avait le mérite d'être efficace. Bon sang.

—Daniel n'a pas l'intention de rester longtemps, Mme Watson. Il n'est là que pour trois mois.

—Je me suis dit que vous l'amèneriez à changer d'avis.

Je pouffai de rire en me tortillant pour sortir de sous l'évier. Sa bague était dans ma main et le siphon était de nouveau en place. —Vous devriez la laver avant de la remettre, mais au moins elle n'est plus dans la canalisation.

— Et vous éludez ma question, constata-t'elle, bien trop perspicace à mon goût.

Je soupirai. —Je ne voudrais pas le faire changer d'avis, pas plus que je ne voudrais qu'il me fasse changer d'avis à propos de mon envie de rester ici. J'aime cette ville. Je l'ai choisie. Lui, non.

—Il l'a fait, puisqu'il est ici en ce moment. Et s'il est assez riche pour passer trois mois ici sans travailler, alors je pense qu'il peut rester pour de bon.

—Je n'en sais rien, madame Watson. Et ce n'est pas mes affaires.

—Vous couchez avec cet homme. C'est bel et bien votre affaire, n'est-ce pas ?

Je reniflai devant sa réplique impertinente. —Ça ne me donne pas pour autant le droit de connaître tous ses renseignements personnels. Des gens couchent ensemble en sachant bien moins de choses l'un sur l'autre que ce que je sais sur Daniel.

Elle grommela, sachant que j'avais raison.

—Avez-vous besoin que je fasse autre chose, madame Watson ? demandai-je en arborant un sourire de circonstance.

Elle me lança un regard noir et secoua la tête. —Je pense toujours que vous devriez lui demander de rester. Laissez-le choisir au lieu de décider à sa place.

—Il a fait son choix lorsqu'il a signé un bail de trois mois.

Elle bougonna pendant que je rangeais mes affaires et me dirigeais vers la porte. Je marquai une pause juste assez longue pour la regarder en arrière.

—Je sais que vous essayez de m'aider, Mrs. Watson. J'ai entendu votre conseil quand vous m'avez dit de ne pas laisser mon orgueil prendre le dessus. Ce n'est pas de l'orgueil. C'est ma manière de comprendre que tout le monde n'attend pas que sa vie commence. Il est ici comme une parenthèse, pas comme un tournant. Il retournera à sa vie et je lui en voudrais s'il me demandait de changer la mienne pour le suivre. Jamais je ne lui demanderais d'arracher ses racines pour rester ici avec moi, quels que soient mes sentiments pour lui.

Elle acquiesça, semblant comprendre ce que je n'étais pas encore prête à exprimer. Ce que je ne serais peut-être jamais prête à dire.

Je sortis de son appartement et l'entendis verrouiller la porte derrière moi. Je pris une inspiration et fixai la porte de Daniel.

Ce que nous avions était léger et simple. C'était amusant. Je n'avais jamais eu de relation semblable. Ce dont je n'étais pas certaine, c'était de savoir si c'était différent parce que je l'aimais ou parce que je savais que ça ne durerait pas.

Il y avait une forme de liberté dans le provisoire. Je ne me faisais pas de soucis à l'idée de devoir nous disputer pour savoir où passer les fêtes ou quelle serait notre prochaine escapade. Je n'avais pas à me demander si je passais assez de temps avec lui, ou trop, au détriment de mes amis. Nous nous voyions quand nous le pouvions et laissions filer quand nous n'en avions pas la possibilité.

J'ignorais ce qu'il faisait de ses journées, mais récupérer la bague de Mrs Watson' avait pris moins de temps que prévu ; j'avais donc quelques minutes pour voir si Daniel était chez lui. Je traversai le couloir et frappai à sa porte.

Un sourire se dessina sur mes lèvres à l'idée qu'il ouvre la porte, m'attire à l'intérieur et m'embrasse à perdre haleine avant que je ne doive repartir.

Le sourire s'effaça quand la porte demeura close. Je frappai de nouveau, collant l'oreille contre le battant pour tenter d'entendre quelque chose.

L'appartement était silencieux.

Tant pis. J'ai pensé lui envoyer un message pour dire que j'étais passée, mais je n'allais pas le déranger. De toute façon, j'avais du travail. Comme Mrs Watson l'a dit, la plupart d'entre nous ne peuvent pas s'offrir trois mois de congé.

MON TÉLÉPHONE A VIBRÉ au moment où je me suis garée devant la maison que Chelsea espérait acheter. J'ai mis mon véhicule utilitaire sport en position parking et saisi mon téléphone, au cas où Chelsea aurait changé le programme.

DANIEL

Et si on mettait ça ensuite :

Tu disais que je n'y étais pas

Je ne t'aimais pas

J'ai tout choisi sauf toi

J'ai souri à ses mots. Nous avions échangé des textos toute

la semaine au sujet de la chanson sur laquelle nous travaillions. C'était amusant, bien plus que je ne l'aurais imaginé. Daniel était créatif, inspirant, et aimait la musique comme moi : elle faisait partie de lui.

ME

J'adore. Je ressens toute la douleur là-dedans. Ça s'intègre parfaitement.

J'ai attendu sa réponse, mais rien ne laissait penser qu'elle allait arriver. Une portière a claqué près de moi ; j'ai levé les yeux pour voir que Chelsea s'était garée derrière moi.

J'ai rangé mon téléphone et suis sortie pour la rejoindre. Elle était adorable dans un haut rouge qui épousait ses courbes d'une manière à la fois pudique et sensuelle, et un jean qui s'arrêtait aux mollets. Ses longues vagues brunes étaient retenues dans une queue-de-cheval savamment coiffée : il m'aurait fallu trois tutoriels et une heure de retouches pour obtenir un résultat aussi réussi.

—Salut ! lança Chelsea quand elle me vit approcher. —Merci beaucoup de faire ça.

—Contente de pouvoir aider. Qui nous retrouve ici ?

—L'inspecteur bâtiment et les deux agents immobiliers.

—Super. Espérons que ça ira vite. C'est une maison vraiment mignonne.

—Je sais, hein ? Chelsea contempla la petite maison et rayonna d'enthousiasme. Elle n'était pas immense vue de l'avant, mais elle s'étirait pas mal vers l'arrière. Environ 140 m² suffisaient largement à Chelsea ; la maison se trouvait dans un quartier idéal et son prix affiché était vraiment intéressant.

—On peut s'approcher ? lui demandai-je. Nous n'étions que toutes les deux, alors je ne voulais pas m'imposer, mais je voulais examiner de près le bardage en bardeaux de cèdre qui recouvrait toute la maison.

Elle haussa les épaules et remonta l'allée de béton fissurée. —J'aimerais qu'il y ait un garage, mais je pense installer une de ces toiles abris. Plus tard, je pourrais construire un garage pour une voiture juste ici, là où l'allée s'arrête à la clôture, mais je n'aurai probablement pas l'argent pour ça.

—Ça pourrait coûter cher. Mais l'idée n'est pas mauvaise. Tu pourrais aussi placer le garage plus au fond du jardin si tu voulais davantage d'allée et moins de pelouse.

Chelsea secoua la tête. —J'adore le jardin. J'évite d'aller voir les chiens à l'adoption parce que je sais que je vais craquer pour l'un d'eux et qu'il sera adopté avant que je sois prête à le ramener à la maison.

Je ris avec elle. —Oui, il vaut sans doute mieux attendre pour ça. Et c'est logique de mettre le garage ici si tu veux garder le plus de pelouse possible. J'aimerais qu'il y ait un parking couvert à l'immeuble. Se garer dans la rue n'est pas trop gênant la plupart du temps, mais quand il neige, il faut y penser.

Chelsea éclata de rire. —J'ai ma voiture dehors à mon appartement pour l'instant, mais tôt ou tard j'aurai besoin d'un abri. À part ça, tout est parfait pour moi. Mais je suis amoureuse de cette maison et je ne lui vois aucun défaut ; alors tu dois être honnête avec moi si tu penses qu'elle va me ruiner pour une raison ou pour une autre.

Je m'approchai du bardage près de la porte latérale — c'est l'endroit qui, d'après mon expérience, montre le plus vite les traces d'usure. —Jusqu'ici, il semble avoir été très bien entretenu. Je n'ai constaté ni dégâts d'eau ni quoi que ce soit d'inquiétant.

Elle poussa un profond soupir. —Dieu merci. J'avais tellement peur que tu me dises que la maison tombait en ruine.

J'ai laissé échapper un petit rire. —Nous ne sommes pas encore entrées, mais de l'extérieur, ça semble prometteur pour l'instant.

—Ouf. Tant mieux.

D'autres portières claquèrent et nous levâmes les yeux pour voir deux femmes et un homme qui s'avançaient vers nous, tout en se faisant signe depuis l'endroit où ils s'étaient garés.

—Salut, Chelsea, dit l'homme. —Content de te revoir.

—Salut, Mark. Chelsea lui serra la main. —Voici mon amie, Sofia. Mark est mon agent immobilier.

—Enchantée, lui dis-je en lui serrant la main.

—Moi de même, répondit Mark. —Voici Nicole, l'agente du vendeur.

Chelsea et moi serrâmes la main de Nicole.

—Et voici Stephanie, l'inspectrice en bâtiment.

Une nouvelle fois, nous échangeâmes des poignées de main et nous présentâmes.

—Tout le monde est prêt à commencer ? demanda Stephanie.

Les autres hochèrent la tête et je les imitai.

Nicole déverrouilla la maison et nous fit entrer. Stephanie commença par la cuisine, parcourant rapidement sa liste de contrôle. Les appareils fonctionnaient tous correctement. Il n'y avait ni fuites visibles ni problèmes apparents. Les placards semblaient avoir mon âge, mais toutes les portes fermaient bien. Ils avaient été bien entretenus et, si Chelsea était satisfaite de leur apparence, je n'allais pas la juger. À vrai dire, j'en aurais été ravie si je les avais trouvés dans la maison que j'achetais.

Quelques lames du plancher grinçaient, mais elles étaient bien à niveau, ce qui me laissait penser qu'il n'y avait pas de problème de structure ; je pris toutefois note de vérifier cela lorsque nous descendrions au sous-sol.

Stephanie monta à l'étage et examina l'unique salle de bains de la maison. La prise avec disjoncteur différentiel sauta lorsqu'elle appuya sur le bouton, puis se réinitialisa sans le moindre problème. Elle vérifia la tension, acquiesça, puis nota ses relevés.

Les bouchons retenaient l'eau dans l'évier et la baignoire, et tous deux se vidaient comme prévu une fois retirés. Les toilettes se vidaient et se remplissaient de nouveau rapidement. Elle s'est mise à quatre pattes pour s'assurer qu'il n'y avait pas d'eau qui s'écoulait autour des installations, puis elle est passée aux chambres.

Les chambres furent rapides et simples : une vérification express confirma que toutes les portes étaient munies de serrures et que les interrupteurs ainsi que les prises fonctionnaient. Elle jeta un coup d'œil dans les placards puis grimpa pour inspecter le grenier.

—L'isolation là-haut est un peu légère, mais elle reste conforme aux normes. J'aimerais recommander d'aspirer l'ancienne et de la remplacer d'ici cinq ans environ, expliqua Stephanie à Chelsea en redescendant du grenier.

Chelsea acquiesça puis me regarda.

—C'est surtout salissant, mais l'amélioration de l'efficacité énergétique réduira les efforts nécessaires pour chauffer et rafraîchir la maison, lui expliquai-je.

—Oh ! D'accord, je vois. Tu pourrais t'en charger ?

Je secouai la tête. —Il' te faudra une équipe de professionnels pour ça, mais on peut demander à Knox et Teddy de nous recommander quelqu'un.

—Je suis désolée, dit Stephanie. —Je n'avais pas réalisé que vous achetiez la maison ensemble.

Chelsea et moi avons secoué la tête.

—Nous' n'achetons pas la maison ensemble, répondis-je à Stephanie, —mais je suis responsable de la maintenance d'un immeuble en ville. Chelsea m'a demandé de l'accompagner pour qu'elle comprenne ce qu'elle doit faire maintenant, ce qu'elle devrait envisager, et ce qui n'est pas si grave.

—C'est malin, dit Stephanie. —J'inclurai tout ce que je

trouve dans mon rapport, mais si vous n'comprenez pas quelque chose, c'est difficile de savoir ce qu'il faut faire.

—Quand ma femme et moi avons acheté notre maison, le tableau électrique était dépassé. Elle a paniqué en pensant que cela voulait dire qu'il fallait refaire tout le câblage, expliqua Nicole en riant.

—C'est très courant par ici. Les normes de construction évoluent tout le temps, dit Stephanie.

Nicole acquiesça. —Je le lui ai expliqué, mais elle ne m'a pas cru sur parole. Elle a insisté pour faire venir un électricien afin qu'il vérifie avant de finaliser l'achat.

—Mais tout s'est arrangé ? demanda Chelsea.

Nicole sourit. —Oui. Mais c'est nettement plus facile quand quelqu'un comprend les recommandations. Même un bon rapport contient des pistes d'amélioration ; ça peut vraiment rendre anxieux.

—Mais nous n'oublierons rien, dit Mark. —Il semble que vous ayez des contacts qui peuvent aider, et j'ai également des personnes qui pourraient intervenir si vous avez besoin de quelqu'un d'autre. Jusqu'à présent, cette maison paraît vraiment en très bon état. Et ne l'annoncez pas à Nicole, mais je pense que c'est une excellente affaire.

Tout le monde rit avec Mark. Il aurait pu être le père de Nicole'et se montrait respectueux et bienveillant. Il s'y connaissait, mais il n'expliquait pas les choses de manière condescendante aux quatre femmes qu'il accompagnait dans la maison.

—Les vendeurs partent s'installer en Floride et veulent vraiment que la maison revienne à quelqu'un qui l'aimera. Ils ont élevé leurs trois enfants ici et adorent L'anse MacKellar. Au printemps, ils avaient un acheteur potentiel qui voulait raser la maison pour construire quelque chose de très moderne. Le prix affiché attirait surtout des gens intéressés par le terrain plutôt que par la maison. Les vendeurs se sont retirés de la transaction avant que quoi que ce soit ne soit signé.

—J'adore cette maison, dit Chelsea. —La seule chose que je voudrais changer, c'est ajouter un garage.

Nicole gloussa. —La propriétaire m'a confié que c'était la seule chose que son mari avait toujours regretté de ne pas avoir faite'.

—C'est rassurant, ils n'auront donc pas à être déçus si je le fais. Puis-je vous parler du quartier ?

Nicole parla du caractère familial du quartier, où quelques célibataires sont disséminés çà et là. Stephanie termina son inspection à l'étage avant de redescendre. Elle parcourut le reste du rez-de-chaussée, puis descendit au sous-sol.

Le sous-sol abritait le tableau électrique, et Stephanie a éclaté de rire en l'ouvrant.

— Il faut le mettre à niveau ? demanda Nicole.

Stephanie acquiesça. — Oui. Tout est là, c'est acceptable, mais ce n'est plus aux normes actuelles. Elle se tourna vers Chelsea. — Cela signifie qu'aucun travail n'est obligatoire. C'est sûr, mais la réglementation a évolué et une mise à niveau est envisageable. Cependant, ce n'est pas donné ; je ne le recommanderais donc pas, même si je dois le signaler.

Chelsea hocha la tête puis se tourna vers moi, les yeux pleins d'inquiétude.

Je fis non de la tête pour lui faire comprendre que tout allait bien.

Elle poussa un soupir de soulagement.

Stephanie termina son inspection pendant que j'exami-nais la structure porteuse du rez-de-chaussée. Tout semblait en ordre ; rien ne justifiait les grincements du plancher. Stephanie annonça à Nicole qu'elle remettrait son rapport dans les vingt-quatre heures, puis elle nous serra la main à tous. Nicole ferma la maison à clé tandis que Mark faisait ses adieux à Chelsea et moi.

—Déjeuner ? me demanda Chelsea.

— Bien sûr. Où veux-tu aller ?

— Will Work For Burgers ?

— Miam. Je te suis, lui répondis-je.

Chelsea monta dans sa voiture et passa devant moi. Je m'engageai doucement dans la rue et la suivis jusqu'au centre-ville.

Nous nous sommes garés sur le parking à côté de Burgers et nous sommes retrouvés près de nos voitures.

— Alors, qu'en as-tu vraiment pensé ? demanda Chelsea.

—Je trouve ça adorable, l'ai assurée. — C'est parfait pour toi. Je comprends tout à fait pourquoi tu en es tombée amoureuse.

— Ouais ?

J'ai hoché la tête. — Absolument.

Chelsea poussa un profond soupir et glissa son bras sous le mien. Elle insista pour payer mon déjeuner afin de me remercier de l'avoir aidée, et nous choisîmes une table au fond pour parler davantage de la maison.

— Je n'ai rien vu qui m'inquiète vraiment. Bien sûr, il y a des choses qu'on ne peut pas'voir. S'il y a'une fuite derrière un mur, aucune inspection ne la détectera. Mais je pense que c'est une bonne maison. Et le quartier est parfait.

— Je suis d'accord. Je voulais quelque chose qui soit chaleureux. Je n'ai pas encore de famille, mais j'espère toujours en avoir une un jour. J'adorerais avoir un endroit où je pourrais fonder une famille.

— Je pense que c'est malin. Ça fait partie de ta manifestation ?

Chelsea acquiesça. — C'est idiot pour certains, mais moi, je l'ai constaté. Il y a un pouvoir dans le fait d'y croire. Pe'u importe comment tu l'appelles, que ce soit manifester, prier, avoir la foi ou même bosser comme une dingue pour obtenir ce que tu veux, pour moi, c'est la même chose. Cela revient à croire aux possibilités qui t'entourent et à les concrétiser.

— C'est plutôt inspirant, lui dis-je.

Chelsea sourit et but une gorgée de sa boisson. — Si seulement je pouvais manifester un homme.

Je ricanai. — Pas vrai ?

— Tu as déjà un homme, répliqua-t-elle.

Je haussai les épaules. —Daniel est là temporairement. Il va bientôt partir. Ça fait déjà un mois qu'il est ici ; dans deux de plus, il sera reparti.

—Et tu ne vas plus jamais le revoir ?

Je soupirai. —Je n'en sais rien. Je sais que je n'ai pas envie de déménager et je sais qu'il n'a aucune intention de s'installer ici pour de bon.

—Il fait quoi, exactement ?

—Il travaille dans l'industrie de la musique.

—Ah, comme ton père ? Ils se connaissaient ?

Je secouai lentement la tête. —Je ne crois pas. Aucun des deux n'en a jamais parlé.

—Hum. J'imagine que le milieu est plus vaste que je ne le pensais. On dit que Los Angeles est immense ; je ne devrais donc pas être étonnée.

J'acquiesçai. —Oui, c'est vraiment grand.

Chelsea resta silencieuse un moment pendant que je repassais dans ma tête la seule interaction qu'avaient eue mon père et Daniel. Aucun d'eux ne semblait connaître l'autre. Ce n'était pas possible ; ils l'auraient forcément mentionné.

—Tu es heureuse ? demanda Chelsea.

Je la regardai, un peu surprise par la question. —Euh... oui. Pourquoi ?

Elle a secoué la tête. —Debby m'a dit quelque chose le dernier jour où elle est passée au salon. Nous parlions boulot et j'ai dit que j'adorais mon travail, que je ne m'imaginais jamais arrêter. Elle m'a répondu qu'un travail ne fait pas toute une vie et que je devrais sauter sur chaque occasion qui se présente, même celles qui me font peur.

—C'est pour ça que tu'achètes une maison ?

Chelsea acquiesça d'un signe de tête. —C'est en partie ça. Mais ça m'a aussi fait prendre conscience que j'avais tendance à me plonger dans le boulot. Je faisais des journées plus longues, j'acceptais plus de clientes et j'étais épuisée chaque jour. Je me tuais littéralement à la tâche et je ne m'en rendais même pas compte.

—Il s'est passé quelque chose ?

— Non. J'ai la forme. Mais ça n'aurait pas été le cas si j'avais continué comme ça. Mon voisin sans gêne et l'absence totale d'intimité y sont pour beaucoup. J'ai besoin de mon propre espace. Je veux un chien. Et je veux organiser des soirées régulières. Une occasion pour nous, peu importe qui vient, de passer du temps ensemble et de nous amuser.

—Tu devrais venir plus souvent au club de lecture.

Chelsea éclata de rire. Cela faisait des mois que j'avais essayé de la convaincre de venir. Elle'était venue quelques fois, mais elle n'était pas encore une habituée. —Je sais. J'irai dimanche. Tu y seras ?

J'ai hoché la tête. —J'y serai. Et je'suis ouverte à tout ce que tu'imagines. Je n'passe pas assez de temps avec mes amis.

—Parfait. Je pense que ça'va être sympa. J'ai aussi besoin de passer du temps avec une autre célibataire. Haley a toujours des étoiles plein les yeux.

J'ai ri avec elle. —J'ai comme l'impression que ça'ne risque pas de changer de sitôt.

—Non. Mais tant mieux pour elle.

— Entendu.

19

— Trois heures ? Sérieusement ? Trois heures ? Sur le papier, ça a l'air génial, mais vous imaginez les irritations ? demanda Elise au club de lecture, dimanche.

Nous avons toutes éclaté de rire.

—Je crois que je ne pourrais plus refaire l'amour pendant trois mois après ça, déclara Goldie. Son expression trahissait à quel point ce serait une vraie déception.

—Pareil ! lança Anna. — Et puis, avec des enfants à la maison, je me contenterais parfois de trois minutes de tranquillité.

—Oh, dis-moi qu'Hudson est meilleur que ça, supplia Finley. — Je l'ai toujours imaginé comme l'un des bons, le genre d'homme qui s'assure que la femme avec qui il est soit pleinement satisfaite avant de se laisser aller.

—Ça, c'est sûr, répondit Anna. — Mais quand ton seul créneau, c'est le laps de temps entre le moment où un gamin rentre de l'école et celui où il débarque dans la cuisine pour demander ce qu'il y a pour le dîner, tu fais comme tu peux.

Goldie et Valentina éclatèrent de rire et acquiescèrent vigoureusement.

—Les ados, c'est un tout autre défi, déclara Valentina. —Bien sûr, avec Dawson, ils n'ont jamais eu à craindre de surprendre quoi que ce soit. Brantley, lui, est un homme d'un tout autre genre.

—Tu es aussi encore dans cette phase toute mignonne où vous êtes collés l'un à l'autre, mains partout, observa Blake.

—C'est vrai, approuva Valentina avec un large sourire.

J'ai ri avec toutes mes amies, ravie que tant d'entre elles aient pu venir au club de lecture. Cela faisait longtemps que nous n'avions pas été aussi nombreuses. Même l'introvertie que je suis appréciait la foule qui débordait de notre coin habituel au fond de la librairie de Finley, Petits ami du Livre Illimité.

—Ce n'est pas la seule à être en pleine lune de miel, lança Chelsea en me décochant un regard appuyé.

—Oh non, ne m'embarque pas là-dedans, protestai-je. —Et Haley, alors ?

—J'suis plus d'actualité, répondit Haley. —Dis-nous comment ça se passe avec Daniel.

Je haussai les épaules. —En fait, je ne l'ai pas beaucoup vu ces derniers temps.

—Vraiment ? Vous étiez ensemble presque tous les jours pendant un moment, fit remarquer Piper.

J'acquiesçai. —Oui, mais je ne l'ai pas vu depuis une semaine. C'est vraiment étrange.

—Depuis qu'on a tous rencontré ton père ? demanda Finley.

—Je l'ai vu ce soir-là et j'ai passé du temps avec lui le lendemain. Je suis partie aider Chelsea à faire ses cartons et je n'ai plus vu Daniel depuis.

—J'suis désolée. Je n'voulais pas créer de problème, s'excusa Chelsea.

Je secouai la tête. —Non. Pas toi. Si les choses sont arrivées au bout, je dois l'accepter. J'ai toujours su que c'était provisoire.

—Il'reste encore ici pour deux mois, observa Piper.

—Je l'ai vu au Cracked plusieurs fois cette semaine, ajouta Blake.

—Il'continue de m'envoyer des messages, mais on ne s'est pas vus. Ça va, les filles. Je ne me prends pas la tête avec ça. Je ne peux pas''.

—D'accord, dirent-elles, sans vraiment me croire.

—Comment va ton père ? demanda Elise. —Il était vraiment gentil.

Je souris. —Il va bien. Entre nous, ça va mieux aussi.

—Il compte rester un moment ? demanda Trinity.

—Il n'a pas encore décidé. J'essaie de le convaincre de retourner auprès de la femme qu'il veut épouser.

—Quoi ? s'écria Finley.

Je ris. —Il me parlait d'une femme qu'il a rencontrée. Ils sont sortis ensemble il y a quelque temps et il lui a demandé de l'épouser. Il a dit qu'elle a refusé parce qu'il n'est pas prêt à lui faire une place dans sa vie.

—Et tu n'es pas d'accord avec ça ? demanda Trinity.

Je lui adressai un sourire. —Tu sais bien que si.

Les autres nous regardaient comme si nous étions folles.

—La nuit où nous avons toutes rencontré Jensen, Sofia se garait devant notre immeuble quand James et moi sommes sortis. Jensen lui a demandé de le déposer devant pour ne pas avoir à marcher dans la rue. C'est comme ça qu'il s'est retrouvé avec ces mecs de fraternité chez O'Kelley's. Il pensait que c'étaient les amis de Sofia, expliqua Trinity.

—Non, c'est faux, dit Finley.

Je haussai les épaules et acquiesçai. —Il est égocentrique. Il n'a jamais eu à penser à quelqu'un d'autre.

—Et toi alors ? Tu es son enfant, objecta Valentina.

—Je n'ai vécu avec lui que quelques années. J'avais quatorze ans quand ma mère est morte et je suis partie dès que j'ai eu dix-huit ans. J'étais déjà assez autonome quand je vivais avec lui. En plus, nous étions en tournée la plupart du temps, donc ce n'était pas comme s'il surveillait mon couvre-feu ou ce que je faisais.

—Tu n'es pas allée à l'école ? demanda Goldie.

—J'avais une professeure particulière. Elle se chargeait de toute ma scolarité jusqu'au lycée. Elle jouait aussi le rôle de tutrice. Si je voulais faire quelque chose, d'ordinaire je lui demandais plutôt qu'à mon père.

—Je n'en savais rien, déclara Piper.

—C'était une vie étrange. Les gens essayaient toujours de se rapprocher de moi pour approcher mon père. Quand je suis arrivée à l'université, c'était bizarre parce que tout le monde a très vite su qui j'étais. Je détestais qu'on me remarque.

—Ça ne m'étonne pas, dit Haley. —T'es plutôt discrète.

Je hochai la tête. —Je l'ai toujours été, mais moins à l'époque qu'à présent. J'ai appris à ne faire confiance à personne.

—C'est nul, dit Valentina.

—Oui, vraiment. J'ai eu quelques petits copains et quelques amis, mais dès que je leur disais que je ne pouvais pas les présenter à mon père, la plupart s'éloignaient de ma vie.

—On n'fera jamais ça, me rassura Haley.

Je souris et la serrai dans mes bras. —Je sais. Et j' suis désolée de n'avoir pas parlé de mon père plus tôt.

—Tu n'as pas à te justifier, dit Finley. —Tu as vu ce que j'ai vécu avec Trent. Je ne le comprenais pas à l'époque, mais l'argent rend les gens dingues. Ce n'est pas juste que tout le monde n'ait pas droit au même niveau d'intimité et de vie privée.

—C'est en partie pour ça que j'ai déménagé ici. Je savais que personne n'en avait rien à faire. Il y a plein de gens riches ici, mais ils sont traités comme tout le monde. Enfin, la plupart du temps, du moins, dis-je.

Les autres acquiescèrent, conscients que j'avais raison. L'anse MacKellar n'était pas parfaite, mais la perfection n'existe pas. Notre petite ville était sacrément géniale.

—Bon, il faut que je me replonge dans ce bouquin, dit Elise. —Comment tu peux faire pour que du sexe de trois heures tienne la route ? Franchement, est-ce qu'il existe le moindre moyen pour que ce livre ne soit pas une vraie daube ?

Nous avons éclaté de rire à ses questions et nous nous sommes lancées dans un brainstorming pour savoir comment une femme pourrait survivre à trois heures de sexe sans finir en larmes et en souffrance.

J'adorais mes amies. Elles étaient déjantées et un peu folles, mais elles étaient les miennes et j'étais heureuse de les avoir.

Après le travail, lundi soir, je me suis assise sur le canapé et j'ai fixé le dernier texto que j'avais reçu de Daniel. Deux jours plus tôt. Il était revenu à des réponses d'un seul mot. Il ne prenait plus jamais l'initiative ; il ne répondait que quand je lui envoyais quelque chose.

Je ne savais pas pourquoi je me torturais. C'était écrit noir sur blanc. Peut-être avait-il compris que je tombais amoureuse de lui. Ou peut-être avait-il simplement décidé qu'il ne voulait pas passer la totalité de ses trois mois avec moi.

J'ai envisagé de lui envoyer un message, puis je me suis retenue. Je n'avais aucune envie de me ridiculiser. À la place, j'ai envoyé un message à Gioioso sur À la Recherche du Héros Littéraire Parfait. Peut-être aurait-il un éclairage.

PARLE-MOI DE FAÇON RINGARDE

On m'a encore ghostée. Pfff. C'est peut-être le moment de renoncer complètement aux hommes.

GIOIOSO

Qu'est-ce qui te fait croire qu'il t'a ghostée ?

PARLE-MOI DE FAÇON RINGARDE

Le gars que je voyais a disparu. On se voyait régulièrement et, depuis dix jours, il n'y a plus que des textos.

GIOIOSO

Peut-être qu'il est simplement débordé.

PARLE-MOI DE FAÇON RINGARDE

Ou peut-être qu'il n'est tout simplement pas intéressé.

GIOIOSO

Je suis sûre que ce n'est pas ça.

PARLE-MOI DE FAÇON RINGARDE

Moi, je ne le suis pas, mais je ne peux pas ressasser ça.

GIOIOSO

Tu devrais réessayer. Accorde-lui une dernière chance.

PARLE-MOI DE FAÇON RINGARDE

À quoi ? Ça fait des jours que je lui envoie des messages et il répond à peine. Pourquoi les mecs font-ils ça ? Pff. Je ne devrais pas te poser la question.

GIOIOSO

Pourquoi tu ne devrais pas me la poser ?

PARLE-MOI DE FAÇON RINGARDE

Parce qu'on a été mis en relation. Ça ne veut pas dire qu'on devrait se rencontrer un jour ? Et voilà que je me plains que tous les hommes que je fréquente finissent par s'évaporer. Je ne montre pas vraiment mon meilleur profil.

GIOIOSO

Je préférerais découvrir qui tu es vraiment.

PARLE-MOI DE FAÇON RINGARDE

J'ai bien peur que mon vrai moi ne soit pas si passionnant. Je suis une personne plutôt ennuyeuse.

GIOIOSO

« Ennuyeux » ne veut pas dire la même chose pour tout le monde.

PARLE-MOI DE FAÇON RINGARDE

Pour moi, être ennuyeux, c'est ne pas beaucoup sortir, ne pas être extraverti ni fun, et préférer passer la soirée sur le canapé à la maison plutôt qu'au club, au bar ou dans n'importe quel endroit bondé.

GIOIOSO

Parfois, on a besoin de cette option-là. Du temps seul pour comprendre qui sera vraiment là pour nous. Tu te souviens que je t'ai dit m'être embrouillé récemment avec un ami ? J'ai découvert que notre amitié ne tenait qu'au boulot.

PARLE-MOI DE FAÇON RINGARDE

Ouais. Je suis désolé. C'est vraiment nul.

GIOIOSO

Ça m'a mis un sacré coup. Je me suis rendu compte qu'il n'était pas celui que je croyais.

PARLE-MOI DE FAÇON RINGARDE

Ça fait longtemps que vous êtes amis ?

GIOIOSO

Toujours. La moitié de ma vie. Mais pour lui,
ce n'était pas pareil. Je le considérais
comme un frère. Ça me perturbe vraiment de
m'être autant trompée.

PARLE-MOI DE FAÇON RINGARDE

Aïe. Je suis désolée. C'est quelque chose
que je ne comprendrai jamais. Les
mensonges et la duplicité sont le pire des
comportements quand on dit tenir à
quelqu'un.

GIOIOSO

Oui. Et c'est pour ça que je dois être honnête
avec toi. Je crois que nous nous
connaissons.

PARLE-MOI DE FAÇON RINGARDE

Qu'est-ce qui te fait dire ça ?

GIOIOSO

Parce que je sais très bien que le gars que tu
voyais est toujours intéressé. Juste un
connard absorbé par ses propres problèmes.
Mais je suis rentré, je suis à l'étage, et je suis
désolé de t'avoir ignorée.

J'ai inspiré profondément en déchiffrant son message.

— Daniel ?

— Quoi, Daniel ? Il vient dîner ? demanda mon père.

J'avais oublié qu'il était si près. Je secouai la tête. — Non,
c'est que…

—Tu ne l'as pas vu récemment. Tu devrais l'inviter à
dîner. On peut sortir. C'est moi qui régale. À moins que vous
deux ayez d'autres projets.

—Non, on n'en a pas. Euh, oui, laisse-moi aller lui demander. Voir s'il est dispo.

Papa acquiesça. —Parfait. Je me prépare et on y va.'

Je hochai la tête, raide comme un piquet, et me levai. Papa se rendit dans sa chambre et referma la porte. Je fixai la porte d'entrée comme si elle allait m'agresser.

Daniel était Gioioso ? Était-ce possible ?

Il n'y avait qu'une seule façon de le découvrir.

Je sortis avant de pouvoir me raviser. Je montai l'escalier jusqu'à son appartement et frappai, agissant sans réfléchir.

Il n'a pas répondu tout de suite, et j'ai commencé à douter de moi. J'étais sur le point de partir quand la porte s'est ouverte. Il se tenait devant moi, son téléphone à la main. Il me l'a tendu pour me montrer la conversation que nous avions eue.

—Depuis quand as-tu compris ça ? ai-je demandé.

—La nuit où tu es allée aider Chelsea à faire ses cartons. Tu m'as dit qu'elle manifestait la maison, puis Parle-moi de façon ringarde a dit la même chose. J'ai su que ça devait être toi ou quelqu'un d'autre qui connaissait Chelsea et qui était là pour l'aider.

—Waouh. C'est pour ça que tu as cessé de répondre à mes messages ? Tu pensais que j'allais être fâchée ou un truc comme ça ?

Il secoua la tête et recula pour me laisser entrer dans son appartement.

Je regardai autour de moi, découvrant le bazar qu'il avait semé depuis ma dernière visite. —Ça va ?

Il secoua de nouveau la tête. —Le fameux ami dont je t'ai parlé... On s'est rencontrés quand mon frère était malade. Je croyais... Peu importe ce que je croyais, je me suis trompé. Ce n'est pas vraiment un ami. On a travaillé ensemble et je pensais qu'on était proches, mais la dernière fois qu'on s'est parlés, il m'a clairement fait comprendre que ce n'était pas le cas.

—Je suis vraiment désolée, Daniel.

Il hocha la tête et inspira profondément.

—Écoute, ça tombe vraiment mal, mais mon père a demandé si tu voulais dîner avec nous. C'est lui qui régale. Tu peux dire non, et j'inventerai une excuse pour toi. Il a juste dit qu'il ne t'avait pas vue depuis un moment.

Daniel regarda l'appartement comme s'il le voyait pour la première fois. —Ouais. Je devrais probablement manger. Ça m'aidera aussi de sortir d'ici.

—Je suis passée la semaine dernière. Tu n'étais pas là.

Il évita mon regard. —J'ai essayé de sortir un peu. De profiter de la ville et de l'eau. Me vider la tête. Rester assis ici toute la journée me pèse.

J'acquiesçai, acceptant son excuse. —Je ne t'en veux pas. L'anse MacKellar est magnifique, surtout en été.

—Ouais, c'est vrai, dit-il, son regard se posant sur moi.

—Euh, alors, le dîner ?

—Ouais, parfait. Merci. Euh, je peux prendre un moment pour me rafraîchir ? Passer sous la douche ?

—Bien sûr. Descends quand t'es prêt.

—Ça marche. Merci, Sofia. Et je suis vraiment désolé de t'avoir ignorée et de ne pas t'avoir dit plus tôt que tu t'adressais à moi.

Je pouffai, chassant l'ironie. —Ça, ce n'est pas grave. C'est même plutôt drôle, en fait. Et j'suis désolée pour ton ami.

—Merci.

Je lui ai souri puis je me suis dirigée vers la porte. J'étais un peu déçue qu'il ne m'embrasse pas ni ne me touche, mais après plus d'une semaine presque sans contact, je devais admettre que ça faisait juste du bien de le voir.

Je suis retournée à mon appartement pour me préparer et discuter avec Papa de l'endroit où nous devrions aller dîner.

Je n'ai pas mis longtemps à me préparer et, quand je suis sortie de ma chambre, Papa était dans la cuisine en train de se servir un verre d'eau.

—Daniel vient ? demanda-t-il quand j'entrai.

—Ouais. Il va prendre une douche rapide et descendra quand il sera prêt. Je pensais qu'on pourrait aller chez Gino's.

Papa fronça le nez. —Tu es déjà allée au Boat House ? C'est un resto de fruits de mer à une vingtaine de minutes d'ici.

Je secouai la tête. J'en avais entendu parler, mais c'était un peu trop chic pour moi. —Je n'y suis jamais allée.

—On devrait y aller. J'ai entendu de très bons retours. Et c'est moi qui régale, alors l'argent n'est pas un problème.

—Tu n'as pas besoin de dépenser une fortune pour le dîner, Papa.

—Je sais, mais j'en ai envie. Ça fait un moment que je veux tester cet endroit et je me suis dit que Daniel l'apprécierait autant que moi.

Je plissai les yeux, cherchant à comprendre pourquoi il pensait connaître Daniel suffisamment pour dire ça. Un coup frappé à la porte interrompit mes réflexions et je partis laisser entrer Daniel.

Toutes mes pensées se sont arrêtées net après ça. Il s'était douché et avait taillé sa barbe ; il ressemblait à un manne-quin. Il portait une chemise vert foncé boutonnée, les manches retroussées pour mettre ses avant-bras en valeur. Trois bracelets noirs — que je n'avais jamais vus — lui allaient à merveille. Son jean sombre épousait ses jambes jusqu'à ses baskets en toile noires.

Mon père avait raison : Daniel avait clairement l'air de quelqu'un qui apprécierait un restaurant chic. Moi, en revanche, pas vraiment.

—Euh, salut. Papa veut aller dans un resto de fruits de

mer et j'suis sous-habillée. Donne-moi cinq minutes pour me changer.

Je faillis claquer la porte de ma chambre. Bon sang. J'avais envie de sauter sur Daniel directement sur le pas de la porte. Il était à tomber.

Et, immédiatement, je me suis sentie quelconque, terne, et loin d'être à la hauteur pour lui.

Je détestais cette sensation. D'habitude, elle m'envahissait quand je sortais avec quelqu'un, mais jusqu'ici, je ne l'avais pas ressentie avec Daniel.

Je me suis adossée à ma porte et j'ai pris quelques grandes inspirations. Il ne m'ignorait pas. Il s'était simplement disputé avec un ami. Ce n'était pas à cause de moi.

Mon armoire débordait de vêtements que je portais au travail, et aucun d'eux n'était assez chic pour un restaurant comme The Boat House. J'ai écarté tout ce que je mettais habituellement pour atteindre les pièces reléguées au fond. J'ai sorti une robe noire dont je n'avais même pas souvenir et l'ai jetée sur le lit. Une bleue l'a suivie. Puis une jupe verte. Ensuite, une robe violette. Enfin, une robe couleur sarcelle que je n'ai pas réussi à jeter sur le lit.

J'ai retiré la robe sarcelle de son cintre et l'ai posée sur le lit lorsque je me suis rendu compte que je portais toujours mes vêtements. Je me suis déshabillée rapidement et ai passé la robe par-dessus ma tête. Le tissu, froid d'avoir été délaissé, était doux contre ma peau. Des accents noirs et argentés la rendaient un peu plus habillée et transformaient une robe simple en quelque chose de bien plus élégant.

J'ai lissé la jupe avant de me diriger vers le miroir accroché à la porte de la salle de bain. J'ai poussé un soupir. Elle m'allait. Et elle m'allait bien. Mon soutien-gorge était couvert — je n'avais pas besoin d'en changer. Aucune marque de culotte en vue. Elle soulignait mes formes aux bons endroits et m'en donnait même là où je n'en voyais pas d'habitude.

C'était parfait.

J'ai troqué mon sac à main pour une petite pochette noire, enfilé une paire d'escarpins argentés à talons bas et quitté ma chambre, prête pour le dîner avec mon père et Daniel.

—J'suis prête, leur dis-je en les rejoignant dans le salon.

—D'accord. On y va. Papa se dirigea vers la porte.

Je commençai à le suivre et me rendis compte que Daniel n'avait pas bougé. Il me fixait. Son regard parcourait mon corps de haut en bas, chargé de faim et de possessivité.

—Waouh, souffla-t-il.

Je n'ai pas pu retenir mon sourire. —Ouais ?

Il hocha la tête et s'avança vers moi. —Ouais. T'es toujours canon, mais cette robe est tellement différente de ton style habituel. Je n'ai aucune idée du style que je préfère.

Je ris de sa franchise en me demandant s'il était sérieux. —La plupart des hommes préféreraient la robe.

Daniel secoua la tête. —Cette robe est sexy, mais je sais que ce n'est pas toi. Toi, c'est la ceinture à outils, le t-shirt et le jean. J'adore ce style.

Je souris et tentai de ne pas buter sur le mot *amour*. Il n'avait pas cette intention-là. Je savais qu'il n'avait pas. Il n'y avait donc aucune raison pour que mon cœur s'emballe. Absolument aucune.

— Merci.

Il me fit un clin d'œil, puis lança un regard à mon père, qui attendait près de la porte. —Tu m'as manqué. Je sais que c'est ma faute, mais j'espère qu'on pourra se voir autrement qu'autour d'un dîner avec ton père.

Je souris. —J'ai bien moyen de te dégager un moment dans la journée.

Il rit et me suivit jusqu'à la porte, puis jusqu'à mon véhicule utilitaire sport. Je n'aurais jamais imaginé sortir avec mon père et le gars que je fréquentais, mais il s'était déjà produit des choses plus étranges.

cule utilitaire sport. Je n'aurais jamais imaginé sortir avec mon père et le gars que je fréquentais, mais il s'était déjà produit des choses plus étranges.

TREY

Recevoir la conversation *quelles sont tes intentions* de la part de Jensen Carmack était la dernière chose que j'aurais jamais imaginé vivre.

Mais pire que de devoir l'entendre, c'était de ne pas savoir quoi répondre. Non seulement personne ne m'avait jamais demandé quelles étaient mes intentions avec une femme, mais elles n'avaient jamais été aussi compliquées et embrouillées qu'avec Sofia.

Une minute, j'étais certain d'être prêt à m'éloigner d'elle. La suivante, je la suivais comme un chien la langue pendante. J'étais un vrai désastre. Je savais ce que je devais faire, mais je n'arrivais pas à le faire.

Jensen et Sofia menèrent la conversation sur le trajet jusqu'au restaurant. Pour moi, c'était un soulagement, l'occasion de remettre mes idées en place avant de passer les prochaines heures avec eux.

Éviter Sofia n'avait pas été un choix réfléchi. Pas complètement. Après avoir découvert qu'elle était la femme avec qui je discutais sur l'appli, j'ai compris que je cachais trop de choses. Puis ma dispute avec Seth m'a mis à vif comme jamais auparavant. Même lorsque Michael est mort, je ne m'étais pas senti aussi à découvert. Peut-être parce que je savais que mon frère allait mourir. Je savais que la fin approchait.

Je n'avais aucune idée que Seth allait m'avouer qu'il se servait de moi depuis vingt ans. Que nous n'étions amis que pour ce qu'il pouvait tirer de moi.

Tout comme les femmes avec qui je couchais, les fans qui voulaient devenir amis et les autres musiciens qui tentaient de se faufiler. Dans ma vie, tout le monde voulait toujours quelque chose de moi. Je croyais que Seth était la seule personne qui non seulement comprenait ça, mais ne me ferait jamais ce coup-là.

Mais c'est lui qui a commencé. Sans lui, je n'aurais jamais été musicien. Je serais allé à la fac et j'aurais fait autre chose. Peut-être. Sans doute. Je n'aurai jamais la certitude, parce que j'ai rencontré Seth. J'ai cru à son rêve. Je l'ai laissé me manipuler pour que je fasse les choix qu'il voulait.

Je secouai la tête. Non. Je n'allais pas rester là à lui reprocher toute ma vie. J'y suis allé les yeux grands ouverts. Je savais ce que je faisais. Je le voulais. J'ai bataillé pour ça, j'ai travaillé pour ça, j'en ai rêvé.

— Daniel ? Tu es prêt à entrer ? demanda Sofia en se retournant sur le siège avant.

Les lumières intérieures étaient allumées, sa portière ouverte. Jensen se tenait déjà sur le trottoir, devant le véhicule.

J'ai hoché la tête. —Désolé. J'étais simplement perdu dans mes pensées.

Elle m'adressa un sourire bienveillant, comme si elle comprenait. Elle n'était pas réellement capable de comprendre, mais je n'aurais pas pu lui en vouloir d'essayer.

Et puis, peut-être que si. Sa relation avec Nate était à des années-lumière de ce que Seth ou Nate m'avaient laissé entendre. Ils donnaient l'impression qu'elle n'était qu'une aventure, un bref épisode sans importance qui s'était terminé à l'amiable.

Le fait de connaître la vérité, du moins autant qu'il est possible d'après Seth, dressait un tableau bien différent. Je savais qu'il s'agissait encore d'une version arrangée, mais elle se rapprochait davantage de la réalité que ce que je croyais en arrivant à L'anse MacKellar.

—Bienvenue au Boat House, lança l'hôtesse avec un sourire éclatant. Son regard glissa sur nous trois sans la moindre lueur de reconnaissance. —Vous êtes trois, ce soir ?

—Oui, merci, répondit Jensen, attirant aussitôt son attention.

Elle prit trois menus et ouvrit la marche, Jensen juste derrière elle, engageant déjà la conversation. Lorsqu'elle s'écarta de la table qu'elle avait d'abord envisagée pour nous installer directement devant les fenêtres donnant sur le fleuve Saint-Laurent, je compris qu'il l'avait convaincue de nous offrir la meilleure vue.

—Merci, Cindy. C'est magnifique, ici, dit Jensen pendant que nous prenions place.

Cindy lui sourit et nous assura qu'un serveur viendrait tout de suite.

Je soulevai mon menu et parcourus les pages de suggestions. Jensen et Sofia firent de même, plongeant notre table dans un silence confortable pendant quelques minutes.

—Bonsoir, dit un homme. —Je m'appelle Roy et je m'occuperai de vous ce soir. Puis-je commencer par vous proposer quelque chose à boire ?

—Pourriez-vous nous recommander un vin rouge pour la table ? demanda Jensen.

—Bien sûr, monsieur, répondit Roy. Nous avons ici un excellent chianti, si vous préférez un vin corsé. Nous proposons également un pinot noir léger qui s'accorde avec presque tous les plats de la carte. Ce sont nos deux bouteilles les plus demandées.

Jensen étudia les bouteilles que Roy lui indiquait comme si elles détenaient les clés du bonheur. Si seulement c'était aussi simple.

—Le pinot noir me paraît un excellent choix. Merci, Roy.

—Bien sûr, monsieur. Quelqu'un désire-t-il autre chose ? De l'eau pour la table ?

—Oui, s'il vous plaît, répondit Jensen pour nous.

À son crédit, Roy attendit que Sofia et moi hochions la tête avant de sourire et de s'éloigner pour aller chercher l'eau et le vin.

—Tout est cher, murmura Sofia.

—Je t'ai dit que c'était pour moi. Ne t'en fais pas pour le prix. Je vis à tes crochets depuis presque un mois.

Sofia sourit à son père. — Et je suis heureuse que tu sois venu, Papa.

Jensen lui rendit son sourire, ressemblant davantage à un père fier qu'à l'abruti de rockstar que je l'avais connu être.

—Merci pour l'invitation, Monsieur Carmack, dis-je, ne voulant pas gâcher l'instant mais ressentant le besoin de reconnaître sa générosité.

—Ravi que tu aies pu te joindre à nous, Daniel. Et, s'il te plaît, appelle-moi Jensen.

J'acquiesçai pour le remercier, puis je retournai à mon menu.

Roy revint avec le vin, ouvrit la bouteille devant nous et la présenta à Jensen pour approbation. Jensen fit tourner l'échantillon dans son verre avec l'assurance d'un connaisseur, le goûta, puis hocha la tête d'un air satisfait. — Excellente suggestion, Roy. Merci.

Roy fit le tour de la table, un sourire aux lèvres. Il servit du vin à Sofia, puis à moi et enfin à Jensen avant de poser la bouteille devant la chaise que nous n'occupions pas afin que nous puissions la finir nous-mêmes. —Êtes-vous prêt·e·s à commander ? Ou puis-je commencer par quelques entrées ?

Jensen nous regarda, les sourcils levés en signe d'approbation.

—Je'suis prêt, ai-je dit.

—Moi aussi, répondit Sofia.

—Commencez par ma fille, dit Jensen.

Roy tourna son attention vers Sofia. Elle commanda des croquettes de crabe en entrée et un assortiment de pâtes aux fruits de mer pour le dîner. Je choisis l'assortiment d'entrées et du saumon grillé pour le dîner. Jensen demanda un cocktail de crevettes et un surf and turf comme plat principal.

Roy nous assura qu'il reviendrait bientôt avec les entrées et nous laissa discuter.

Joie.

Jensen leva son verre dès que Roy fut parti. —Un toast. À Sofia, pour ta gentillesse et ta générosité, et pour avoir encouragé un vieil homme à ne jamais abandonner ce qui le rend heureux.

Sofia rougit et fit tinter son verre contre celui de son père avant de se tourner vers moi pour faire de même.

Je me penchai au-dessus d'elle pour entrechoquer mon verre avec celui de Jensen, me demandant à quoi il refusait de renoncer sans toutefois oser poser la question.

—Nous devrions tous être heureux. —Tu as parlé à Andrew ?

Jensen acquiesça, la douleur se lisant sur son visage. C'était une expression nouvelle chez lui. —Andrew n'est pas encore prêt à baisser les bras, mais ce n'est qu'une question de temps.

—Tu vas aller le voir ? demanda Sofia.

Andrew ne pouvait être que Andrew Oscar, l'un des membres de Four on the Floor. Et à en croire ce qu'on disait, il n'allait pas bien.

Jensen acquiesça. — Il faut que j'y aille.

— Tu devrais.

— Tu essaies de te débarrasser de moi ?

Sofia gloussa. — Bien sûr que non, Papa. Je sais simplement que tu t'en voudras si tu n'y retournes pas.

— Je sais. Je le ferai. Je contacterai sa femme pour savoir quand ce sera le bon moment.

— Parfait. Parce que les regrets ne rendent pas une vie heureuse plus facile à vivre.

Jensen rit. — Non, j'imagine que non.

Roy revint avec nos entrées. Nous avons tous attaqué, partageant les plats et nous extasiant devant la qualité de chaque bouchée.

Une fois les entrées terminées, le plat principal arriva. Jensen resservit son verre de vin, mais Sofia et moi avons refusé d'en reprendre, ne buvant plus que de l'eau.

Le dessert succéda au dîner, et l'addition s'évanouit aussi vite qu'elle était arrivée. Avant que je m'en rende compte, nous reprenions la route vers L'anse MacKellar, le ventre plein.

Et moi, la tête pleine.

Je pensais qu'en passant du temps avec Sofia, je finirais par savoir quoi faire. Si je restais, je continuais à la manipuler pour obtenir une chanson. Si je partais, je la blesserais en disparaissant. Je ne savais pas ce qui était le mieux. Ou le pire.

Il n'y avait pas de bonne réponse pour moi. Il fallait que je trouve un moyen de lui dire la vérité : lui avouer mon lien avec Nate et Seth, lui expliquer la vraie raison de ma venue à L'anse MacKellar, et pourquoi je n'étais plus prêt à aller jusqu'au bout.

—Ça va ? demanda Sofia, sa voix interrompant une nouvelle fois le fil de mes pensées.

Je jetai un regard autour de moi et me rendis compte que

nous étions déjà rentrés à la maison sans même que je m'en aperçoive. Et, une fois de plus, son père était sorti du véhicule et elle m'attendait pour que je le suive.

J'ai secoué la tête et je lui ai dit ce qui se rapprochait le plus de la vérité. —Pas vraiment. Je suis désolé, je'ai pas été très bonne compagnie ce soir. Je... Je suppose que je n'aurais pas dû sortir avec toi."

J'ai ouvert la portière et suis descendu. Elle contourna le véhicule utilitaire sport en hâte et me rejoignit sur le trottoir. Son père rentra, nous laissant seuls pour la première fois depuis qu'elle m'avait invité à dîner.

—Je me fiche de savoir quel genre de compagnie tu es. C'est toi qui compte, Daniel.

Entendre mon deuxième prénom dans sa bouche me rappela encore une fois qu'elle ne me connaissait pas. Nous étions presque des étrangers, et c'était entièrement de ma faute. J'étais celui qui lui cachait tout, celui qui avait provoqué toute cette situation.

—Tu veux qu'on parle ? demanda-t-elle. Son visage me suppliait de dire oui, et je compris aussitôt quelle devait être ma réponse.

—Pas ce soir, répondis-je, en esquivant. Je ne pouvais pas encore m'éloigner d'elle. J'étais un connard pour ça, mais je n'y arrivais pas. Je me détestais pour cela, mais elle était la seule personne de ma vie, la seule jamais, à me voir autrement que comme Trey Ryan, la seule qui voulait passer du temps avec moi.

—D'accord, murmura-t-elle, déçue et blessée.

—Bientôt, d'accord ? lançai-je avant qu'elle ne puisse rentrer et disparaître.

Elle acquiesça sans s'arrêter. Elle introduisit sa clé dans la serrure de la porte.

Le connard possessif et primaire guidé par ma queue me poussa en avant. Je la retournai et la plaquai contre la porte, collai mon corps au sien et scellai mes lèvres aux siennes.

Elle réagit aussitôt, ses mains glissant sur mon torse avant de s'enrouler autour de ma nuque. Je saisis fermement ses fesses et l'attirai contre mon érection. Je ne pouvais pas la laisser partir en pensant que je ne la désirais pas. Même si je ne devrais pas la vouloir, c'était le cas. Et elle devait le savoir.

Je l'embrassai jusqu'à ce qu'il devienne presque impossible de lui résister. Jusqu'à ce que mes mains se crispent sur le tissu de sa robe, brûlant d'envie de la lui enlever et de dévoiler les trésors cachés dessous. Jusqu'à ce que la douleur me consume et que je me déteste de l'avoir encore embrassée. De nous avoir redonné de l'espoir à tous les deux.

Parce qu'en réalité, il n'y avait aucun espoir pour nous. Elle me détesterait dès qu'elle apprendrait la vérité. Et moi, je retournerais à ma petite vie en me détestant tout autant.

Et j'allais la perdre. À jamais.

—Bonne nuit, murmura-t-elle contre mes lèvres.

Je l'embrassai doucement. Elle méritait tellement mieux que moi, mais si je ne pouvais pas être cet homme, je voulais au moins qu'elle sache qu'elle était désirée.

—Bonne nuit, murmurai-je en retour.

Je finis par bouger, lui laissant l'espace pour s'éloigner de la porte.

Elle se retourna pour la déverrouiller, puis nous laissa entrer. Je me dirigeai vers l'escalier, m'arrêtant pour la regarder rejoindre son appartement. Elle se retourna vers moi, sourit et me fit un petit signe de la main, comme si c'était une soirée ordinaire.

Sa porte se referma et je pris la seule décision possible à cet instant.

Je gagnai mon appartement, seul. Je verrouillai la porte, ouvris une nouvelle bouteille de whisky et entrepris de noyer ma vérité dans l'alcool.

Sofia m'envoya un message le lendemain. Puis le surlendemain. Et encore le jour suivant.

Je les ignorai tous.

C'était l'acte le plus lâche qui soit. J'aurais dû être honnête avec elle, mais j'en ai été incapable. Je ne pouvais pas lui dire toute la vérité et voir son visage quand elle découvrirait toutes les façons dont je l'avais trompée depuis des semaines.

Le whisky dans lequel je me noyais m'a mis une chose en pleine figure : j'étais tombé amoureux de Sofia. Et après des décennies à écrire, écouter et chanter des chansons d'amour, la seule chose que je savais, c'est que lorsqu'on aime quelqu'un, on fait tout pour ne pas le blesser.

Et j'avais fait exactement l'inverse. J'avais tout fait pour la blesser. Mais j'étais un enfoiré égoïste et je n'avais pas encore réussi à quitter la ville.

C'était l'équivalent d'une rupture par SMS. C'était minable et dégueulasse, et elle me détesterait. Mais c'était ma meilleure option, parce que je ne pouvai's pas lui faire face.

Sofia n'était pas la seule à essayer de me joindre. Seth m'avait envoyé quelques messages à propos de la musique. Pas d'explications ni d'excuses ; seulement des exigences. Pourquoi je n'appelais pas le label ? Pourquoi je ne leur avais pas envoyé de nouvelles chansons ? Pourquoi je ne lui répondais pas ?

Il pouvait toujours s'asseoir dessus. Dès que je rentrerais à LA, j'irais voir l'avocat — pas celui du groupe ni celui du label, le mien — pour savoir comment m'en sortir d'un contrat pareil. Je ne pouvais plus jouer avec Seth. Je ne pouvais plus écrire pour le label. Et je ne pouvais plus accepter la façon dont ils traitaient les gens.

Je ne savais pas ce que je ferais après, mais ce n'était pas un problème pour aujourd'hui. C'était un problème pour plus tard.

Un coup frappé à ma porte me fit bondir avant même que je comprenne ce que je faisais. Je regardai par le judas et je retins mon souffle en voyant Sofia, juste derrière la porte.

— Je sais que tu es là, dit-elle. — Je t'en prie, Daniel, laisse-moi entrer.

J'hésitai. Je regardai de nouveau par le judas. Elle avait l'air triste. Pas en colère, comme je m'y attendais. Résignée, peut-être.

—Tu ne vas pas m'ignorer tout en vivant dans le même immeuble que moi. Ouvre cette foutue porte, Daniel.

J'ai poussé un soupir et j'ai déverrouillé la porte, sachant qu'elle aurait pu entrer d'elle-même si elle l'avait vraiment voulu.

Elle entra d'un pas décidé dans mon appartement, la tête haute. Elle se dirigea vers le canapé et se plaça à côté, les bras croisés sur la poitrine, son carnet plein de ses chansons serré dans une main.

Mon cœur me brûlait de la rejoindre, de la serrer contre moi et de tout lui dire. Je voulais que la dernière fois où je la verrais soit un bon souvenir, un moment où elle souriait, heureuse, et ne me détestait pas. Mais j'avais trop attendu.

—Je sais que c'est fini. Ce que j'ignore, c'est pourquoi tu n'es pas capable d'être adulte et de me dire la vérité en face. Je ne vais pas m'effondrer. Tu ne vas pas m'abattre. Je te promets que j'ai connu pire que toi.

—Sofia, commençai-je en tendant la main vers elle sans réfléchir.

Elle n'a pas reculé. Dès que ma main a effleuré son bras, elle s'est effondrée contre moi, comme si sa bravade était la seule chose qui la tenait debout. —Sois juste honnête, murmura-t-elle contre mon cou.

—Je ne suis pas assez bien pour toi, dis-je, sachant que c'était la seule vérité que je pouvais lui offrir.

Elle expira un rire et secoua la tête. —Ne me s'ors pas ça. Je mérite mieux qu'une telle excuse. Si c'est fini, dis-le tout simplement. S'il te plaît.

Elle retrouva sa détermination et s'écarta de moi, se tenant de nouveau seule. Elle croisa les bras. Je dus tout faire pour ne pas laisser mon regard glisser vers sa poitrine généreuse.

—Je n'ai pas respecté les règles, Sofia.

—Quelles règles ?

— Celle où j'ai dit que c'était juste une aventure.

— Daniel, qu'est-ce que tu racontes ?

— Je' suis en train de tomber amoureux de toi, Sofia. Je' ne veux pas partir. Je' ne peux pas rester, mais j'en ai envie.'

— Tu ne peux pas' ou tu ne veux pas ?

— Est-ce que ça change quelque chose ?

Elle hocha la tête. — Ça compte pour moi. Si tu'es sérieux, on trouvera un moyen pour que ça marche. Si tu'ne fais que me dire ça, c'est différent. Je n'aime pas les gens qui disent une chose et en pensent une autre.

— Je' te dis la vérité, Sofia. Je' suis en train de tomber amoureux de toi.— Non, ce n'est pas vrai. Je suis déjà tombé amoureux de toi, Sofia.

L'inspiration qu'elle prit emporta mon cœur avec elle. Était-ce un souffle de colère qui annonçait qu'elle s'apprêtait à claquer la porte parce que j'avais changé les règles, ou bien un soupir d'espoir, parce qu'elle était exactement sur la même longueur d'onde que moi ?

Je n'osais pas bouger. Je restai figé, m'efforçant de devenir invisible pour qu'elle ne s'en prenne pas à moi, ne prenne pas la fuite ou—

Se jeter dans mes bras et grimper sur moi comme un petit singe ?

—J'ai enfreint les règles, moi aussi, pleura-t-elle. Des larmes sillonnaient ses joues. —Je suis tombée amoureuse de toi, moi aussi.

—Ouais ?

Elle hocha la tête.

Il n'en fallut pas plus. J'étais perdu. Je ne pouvais plus m'arrêter. L'amour guérissait. L'amour réparait les choses. L'amour rendait tout supportable, même quand ce n'était pas le cas.

Je la portai jusqu'à ma chambre, sachant qu'on aurait tout

le temps de régler le reste plus tard. J'avais besoin de la femme que j'aimais sur-le-champ : pas dans cinq minutes, ni dans une heure, tout de suite.

Je la laissai retomber sur le matelas et me durcis lorsqu'elle poussa un petit cri en s'y affalant. Ses pupilles se dilatèrent. Elle me chercha, et je me précipitai vers elle plus que volontiers.

Nous nous heurtâmes l'un à l'autre, tel le crescendo d'un morceau. Tout bourdonnait en moi, vibrant comme si j'avais enfin trouvé la note juste.

—Daniel, murmura-t-elle contre mon cou.

Ce prénom me faisait encore tressaillir, mais j'expliquerais tout plus tard.

—Je t'aime, Sofia, chuchotai-je. Je l'embrassai avec fougue, l'empêchant de me répondre. L'empêchant de prononcer ce prénom qui ne me ressemblait pas.

Sauf que c'était bien moi. C'était le moi dont Sofia était tombée amoureuse. C'était le moi qui avait décidé de vivre ma propre vie et d'arrêter de me cacher derrière mes erreurs et mes regrets.

Elle gémit et se tortilla contre moi, frottant son intimité contre ma verge et manquant de peu de me faire jouir bien trop tôt.

Je me reculai en jurant et m'attaquai à ses vêtements. Son tee-shirt d'abord, pour pouvoir enfouir mon visage entre ses seins souples. Puis son soutien-gorge, parce que j'avais besoin de les lécher. J'enlevai son short tout en embrassant et en taquinant ses tétons, mettant ses hanches en mouvement, me suppliant d'en avoir encore et encore.

J'ôtai complètement le reste de ses vêtements et les accompagnai jusqu'au sol, me plaçant aussitôt entre ses cuisses. Elle avait toujours repoussé l'idée que je la goûte, mais elle était bien trop excitée pour protester, et moi bien trop excité pour m'arrêter.

Un seul coup de langue et je gémis. Elle poussa un cri. Je'avais fait jouir une femme avec ma langue seulement une poignée de fois. Ce n'était pas un geste pour un coup vite expédié, et Sofia n'était pas un coup vite expédié. C'était la femme que j'aimais. Et je voulais la voir dans toute sa splendide beauté.

—Daniel…, gémit-elle.

Elle était déjà proche de l'orgasme, mais je n'étais pas prêt à la laisser perdre la tête. Je devais faire durer. La pousser à me supplier.

—Oh, mon Dieu…, murmura-t-elle.

Je passai ma langue sur son clitoris et la taquinai en dessinant des cercles juste à côté de l'endroit où elle me voulait. Elle bascula les hanches pour attraper ma langue, mais ses mouvements étaient désordonnés et maladroits.

J'écartai davantage ses cuisses et me penchai en arrière pour la contempler. Elle était trempée, luisante, prête pour moi. Je léchai les gouttes qui glissaient sur sa peau et enfonçai ma langue en elle.

Elle laissa échapper un long gémissement, baisant ma langue à chaque va-et-vient. —Putain, c'est tellement bon.

J'ai murmuré mon accord et j'ai de nouveau parcouru ses lèvres intimes de ma langue, incapable de me retenir plus longtemps. J'ai enfoncé deux doigts en elle et j'ai sucé son clitoris avec force, déclenchant chez elle un orgasme pour lequel elle n'était pas préparée.

—Putain ! Oui ! Elle se mit à trembler et hurla, jouissant violemment et sans attendre.

—Encore, exigé-je, tout en ajoutant un troisième doigt dans son intimité et en titillant rapidement son clitoris.

Ses hanches suivaient le rythme de ma langue, son corps complètement acquis à mon plan : la rendre si molle qu'elle ne puisse' pas fuir quand je lui dirais tout. Si elle était trop faible pour partir, elle' devrait bien m'écouter.

Et puis je l'aimais et je voulais qu'elle se sente bien. Vraiment foutrement bien.

Elle jouit de nouveau, cet orgasme plus long la fit gémir. Elle descendit la main, entremêla ses doigts à mes cheveux, me maintenant là où elle le voulait, chevauchant mon visage jusqu'à atteindre son troisième orgasme.

—Daniel. J'ai besoin de toi.

Je me retirai d'elle et attrapai un préservatif sur la table de nuit. Au moment de l'enfiler, je réalisai que je ne m'étais même pas déshabillé. Elle m'aida, et, à force de tiraillements, je fus assez nu pour mettre le préservatif et me glisser en elle.

—Putain, c'est tellement bon, gémit-elle. —Je veux te sentir.

Je me figeai en elle et arrachai mon tee-shirt par-dessus ma tête. Elle m'attrapa pour un baiser, et je la dévorai, avide de ses lèvres. Je ne parvins qu'à de courtes poussées, mais c'était suffisant pour signaler à ma queue que l'heure était venue.

Elle rompit notre baiser dans un souffle et fit rouler ses hanches d'une façon qui me retourna complètement ; un véritable massage qui me fit passer de prêt à sur le point d'exploser en une demi-seconde.

—Putain, Sofia, grognai-je en la pénétrant d'un coup.

Elle leva les genoux, me laissant m'enfoncer plus profondément, touchant son point G tout en frottant son clitoris. Haletante, elle fonçait vers le même sommet que moi.

—Daniel ! cria-t-elle. Son sexe se contracta autour de moi, me serrant puis me relâchant tandis qu'elle jouissait. —Je t'aime. Putain, je t'aime tellement.

Je n'arrivais plus à parler tandis que son orgasme me faisait basculer. Je me plantai en elle d'un coup puissant et tout mon corps frissonna quand mes couilles se vidèrent et que j'explosai en elle.

Je m'écroulai sur elle, incapable de me soutenir une

seconde de plus. Elle s'enroula autour de moi, me gardant contre elle tandis que notre respiration ralentissait et redevenait presque normale.

—Je t'aime, murmurai-je.

—Je t'aime, répondit-elle avec un sourire comblé.

—Mais il faut quand même qu'on parle.

Elle hocha la tête contre mon épaule. —Je sais. Mais d'abord je dois aller aux toilettes.

Je ris et la laissai se lever, savourant la vue de son corps nu se dirigeant vers ma salle de bain. Un coup frappé à la porte me fit l'appeler, reconnaissant que la salle de bain s'ouvrait aussi bien sur la chambre que sur le salon. —Il y a quelqu'un. J'irai fermer la porte de la chambre pour que tu puisses y retourner quand tu auras fini.

—Merci !

J'attrapai mon short et l'enfilai, puis ramassai mon tee-shirt alors que la personne frappait de nouveau.

—J'arrive ! lançai-je en me dépêchant vers la porte, tirant le tee-shirt par-dessus ma tête.

On frappa encore, un martèlement régulier des jointures contre la porte qui me crispa les dents et me fit frissonner un peu trop tard. J'ouvris la porte en comprenant pourquoi.

—Hé ! Ça fait au moins dix minutes que j'attends. Qu'est-ce que tu foutais ?

Seth se fraya un chemin devant moi et entra dans l'appartement. Je le suivis des yeux, pétrifié, même si je savais que tout allait exploser.

—Putain, ce taudis ! Sérieux, c'est tout ? Mec, je ne sais pas comment tufais pour survivre ici.

—Qu'est-ce que tu fous ici ? demandai-je.

Il s'affala sur le canapé et posa ses pieds — chaussures comprises — sur la table basse, se fichant pas mal du mobilier. —Je me suis dit que tu avais besoin d'un coup de main.

—Un coup de main pour quoi ?

—La chanson, abruti. Tu disais que tu avançais, mais t'as rien envoyé. Le labelcommence à flipper.

Je secouai la tête. —Le label peut aller se faire foutre.

Seth haussa un sourcil. —Tu ferais mieux de faire gaffe avant de sortir des trucs pareils.

Je fusillai du regard l'homme que je croyais connaître aussi bien que moi-même. L'inclinaison arrogante de son sourcil, la manière désinvolte dont il s'étalait sur un canapé qui n'était pas le sien et calait ses bottes sur le mobilier. Il me rendit mon regard sans reculer d'un pouce.

—Il faut que tu te ressaisisses. On s'est trop défoncés pour que tu foutes tout en l'air. Il me lança un regard noir, se redressa et me fit face.

Fini le rigolo décontracté qui avait déboulé en faisant comme si rien n'avait changé. À sa place se tenait le dur à cuire qu'il sortait quand les premières parties se prenaient pour plus grosses que nous.

—Pourquoi ça t'importe ? Tu m'as dit que je n'étais pas différent des autres. Que j'étais juste le chanceux que tu as sorti de l'oubli.

—Va te faire foutre, connard. J'étais énervé et tu te comportais comme un con.

—Tu le pensais vraiment, putain.

—Ouais, je le pensais. Tu sais pourquoi ? Parce qu'il fallait que quelqu'un te sorte cette putain de tête de ton cul ! Parce que t'es venu te planquer au milieu de nulle part et t'as oublié qui tu es. T'es Trey putain de Ryan, espèce d'enfoiré. T'es une foutue rockstar. T'es meilleur que ce trou pourri, et t'es trop bien pour te foutre la bite en vrille à cause d'une nana qui ne compte absolument pas.

—Elle n'est pas insignifiante.

—Si, elle s'en fiche. Elle a tourné le dos à notre monde. Elle n'en voulait pas. Elle aurait pu avoir tout ce qu'on a. Elle nous a essuyés de sa putain de chaussure et a remué son gros cul en sortant.

—Ferme ta putain de gueule, grognai-je. Je me suis collé à lui, prêt à frapper mon meilleur pote pour une nana que j'avais connue depuis cinq semaines.

—Tu veux m'frapper ? Tu veux me balancer un putain de coup ? Allons'y, connard. Essaie pour voir.

J'ai expiré et reculé d'un pas. La pire connerie que je pouvais faire, c'était de le frapper. Il porterait plainte, et ce serait la catastrophe.

—Tu n'en vaux pas la peine, bordel, soufflai-je.

Seth secoua la tête. —Je suis venu pour t'aider, connard. Je suis venu pour te remettre sur les rails et te ramener à LA avec une chanson pour qu'on retourne en studio. On a un putain de boulot à faire, et c'est l'heure que tu t'y remettes.

—Je n'ai pas besoin d'aide. Et je n'en veux pas venant de toi. C'est l'heure pour toi de te barrer. Maintenant. Je jetai un coup d'œil à la porte de la salle de bains. Je n'avais entendu aucun bruit, mais Sofia était là-dedans. Et Seth devait partir avant qu'elle n'en sorte et le voie. Qu'elle ne soit pas déjà sortie me surprenait.

Pourquoi ?—Mec, t'as une nana là-dedans ?

—Dégage.

—Si, mec ! T'as une nana là-dedans. C'est qui ? Attends, non… C'est pas Sofia, hein ? Oh, putain. Je croyais que tu plaisantais quand tu disais que tu te la faisais. D'habitude, les rondes, c'est pas ton truc. Je t'ai jamais vu avec une fille qui porte une taille à deux chiffres, encore moins une double-double. À moins qu'elle ait maigri. Alors ? Elle est canon ?

Seth sauta par-dessus le dossier du canapé et se dirigea vers la porte.

Je bondis vers lui et lui saisis le bras avant qu'il n'atteigne la porte. Je le tirai en arrière, posant ma main sur sa bouche.

Seth éclata de rire. Il lécha ma main, me forçant à la retirer de sa bouche.

Je le repoussai vers le canapé. Il y tomba et se mit à rire.
—Putain, tu la baises vraiment. Elle doit avoir un truc magique pour se taper toi et mon frère. Je devrais peut-être aussi essayer un tour avec elle.

Je fus sur lui si vite qu'il n'eut pas le temps de réagir avant que ma main ne se referme sur sa gorge. Je le soulevai du canapé, serrant sa trachée tandis que je le remettais debout.

—Tu la laisses tranquille, bordel. Si tu poses seulement un doigt sur elle…

—Oh, salut, Sofia, souffla Seth.

Je le lâchai et pivotai. Seth retomba sur le canapé et rebondit. Il se tenait derrière moi tandis que je passais devant le canapé pour rejoindre Sofia.

Elle leva les mains devant elle avant que je ne puisse l'atteindre. Elle était habillée ; ses joues, rosies et humides. Ses magnifiques yeux bleus étincelaient de colère et de douleur.

—Sofia…

Sa main s'éleva de nouveau, interrompant mes mots avant même que je puisse tenter de m'expliquer.

—Seth, dit-elle d'une voix plus glaciale que la banquise.

— Quoi de neuf, Sofia ? Ça faisait un bail.

Je le fusillai du regard, notant l'amusement qui pétillait dans ses yeux.

Son regard glissa le long de son corps. Son nez se plissa. Il pinça les lèvres comme s'il luttait contre une envie de gerber.

— Je vois que tu n'as pas changé, dit Sofia, le regard chargé de dégoût.—Toujours en train de répandre ton poison personnel partout où tu passes.

Seth afficha un large sourire. —Tu sais que tu m'aimes, Sofia.

Elle renifla avec mépris.

— Enfin, tu adores mon pote, ici présent. J'te jure, j'aurais jamais cru voir le jour où tu te taperais un autre de mes frères.

— Frère ? s'étouffa-t-elle.

— Pas de sang, hein. Trey Ryan et moi, on est collègues de groupe. Broken Record ? Peut-être que tu as entendu parler de nous. Le torse de Seth se gonfla tandis qu'il venait de placer la dernière pièce du puzzle pour Sofia.

Son hoquet fut net et aigu. Son regard se planta dans le mien. Je tentai de la supplier du regard, mais elle se détourna, pinçant l'arête de son nez.

— Sofia, j'allais tout te dire.

Elle se retourna vers moi, fit deux pas pour venir me faire face. —Quand ? Quand est-ce que tu comptais me le dire ? Après m'avoir dit que tu m'aimais ? Après m'avoir fait tomber amoureuse ? Après m'avoir tout pris ? Tu sais quoi, Daniel, Trey ou quel que soit ton putain de nom, va te faire voir. J'aurais préféré ne jamais te rencontrer.

— Sofia, n'

Elle se déroba, évitant mon contact et me contournant pour atteindre la porte. —Non. Tu n'as plus le droit de me dire quoi que ce soit. Tu connaissais mon passé. Tu savais ce que j'avais traversé. Et, au lieu de te comporter correctement, tu t'en es servi pour me manipuler. J'espère que tu as obtenu ce que tu voulais. J'espère que tu as tout eu. Et j'espère ne jamais te revoir.

Je la regardai s'éloigner, incapable de trouver les mots pour la retenir.

Puis elle s'arrêta. Elle se retourna vers moi. —J'aurais préféré ne jamais te rencontrer.

Je fermai les yeux, partageant son souhait. Moi aussi, j'aurais aimé qu'elle ne m'ait jamais rencontré.

La porte se referma doucement, et le déclic me transperça comme un coup de feu. Je pris une grande inspiration, ayant besoin d'une minute pour décider de la suite.

—Putain, mec, tu t'es vraiment sacrifié pour l'équipe, lança Seth dans un grand éclat de rire. —Je veux dire, quand Nate s'est envoyé cette nana, elle était grosse, mais au moins elle était jeune. Et puis il se rapprochait de son père. Toi, t'as aucune excuse.

—Ferme-la, Seth.

Seth me tapa dans le dos. —Oublie-la, mec. Il est temps de rentrer. Il est temps de se remettre dans le bain.

—Tu n'as pas la moindre idée de ce qui vient de se passer, grognai-je.

—Non, c'est vrai. Mais je te connais, mec. T'es pas du genre à te contenter d'une seule femme. Et t'es pas fait pour une petite ville. Il est temps de revenir parmi nous, vieux. Il est temps de redevenir toi-même.

J'acquiesçai, me sentant brisé, engourdi, vidé. —Ouais, peut-être que t'as raison.

—Ouais ! Putain, oui, j'ai raison. On y va.Prépare tes affaires et on se tire d'ici.

J'ai hoché la tête, incapable de trouver la moindre objection. —De toute façon, je n'ai aucune raison de rester ici.

—Ouais, mec. On y va. On retournera au studio pour composer de nouveaux morceaux, et tuoublieras Sofia.Je te le promets.

—Ça marche. Tout va bien.

Seth a parcouru mon appartement, rassemblant des affaires et commençant à tout empaqueter. Je suis allé dans ma chambre en l'ignorant. Les draps étaient encore emmêlés, imprégnés de notre étreinte. Ma gorge s'est serrée et mes yeux me brûlaient. J'ai ravalé mes émotions et me suis concentré sur notre départ.

J'étais resté bien trop longtemps. Il était temps de partir.

SOFIA

Je me suis retenue presque tout le chemin jusqu'à mon appartement. Presque. Des larmes coulaient sur mes joues, mais je n'ai éclaté en sanglots qu'une fois devant ma porte. J'ai enfoncé la clé dans la serrure — papa soutenait toujours qu'il n'était pas prudent de laisser la porte ouverte — et je l'ai tournée brusquement. Le verrou a cliqué et je me suis engouffrée à l'intérieur ; j'avais besoin de la porte entre lui et moi au cas où Daniel me suivrait.

Pas Daniel. Trey. Ce putain de Trey Ryan.

Putain, comment j'ai pu passer à côté de ça ?

Je me suis laissée glisser contre le battant, à l'intérieur, et j'ai enfoui mon visage dans mes mains.

—Sofia ? Qu'est-ce qui s'est passé ? Ça va ?

J'avais oublié que mon père était là.

Il posa ses mains sur mes épaules, sans essayer de me bouger, juste pour me montrer qu'il était là.

—Non. Je n'vais pas bien. Je… Daniel est en réalité Trey Ryan, de Broken Record.

Je levai les yeux vers papa pour surprendre une expression de choc sur son visage, mais il n'y en avait pas. Il fit un pas en arrière et balaya la pièce du regard.

—Tu le savais, dis-je.

Papa se frotta la nuque d'une main. —Eh bien, oui. Enfin, je l'ai reconnu. Je croyais que tu savais qui il était. Tu passais tout ce temps avec lui, j'ai juste supposé que c'était pour ça.

—Tu pensais que je passais du temps avec lui uniquement parce qu'il est une rockstar célèbre ? Je me redressai, la colère remplaçant ma douleur. Mon propre père me tenait en si piètre estime qu'il m'imaginait pareille à ces groupies décérébrées qui veulent juste coucher avec une star du rock pour pouvoir dire qu'elles s'en sont tapé une.

—Sofia, je ne sais pas ce que tu veux que je dise. Je veux dire, tu sortais avec Nate quand tu étais plus jeune, quand il était en tournée avec moi. Broken Record est l'un des plus grands groupes en ce moment. Trey ou Daniel, ou peu importe le nom qu'il voulait utiliser, n'a pas fait grand-chose pour cacher qui il était. Il a un peu changé de style, mais ce n'est pas comme s'il était devenu blond, s'était rasé la tête ou avait raconté aux gens qu'il était comptable. Papa croisa les bras sur sa poitrine et se balança sur les talons.

—Ouais, mais… Je laissai ma phrase en suspens. Papa avait raison. C'était juste sous mon nez pendant tout ce temps, et je ne l'avais pas vu.

Parce que Daniel ne voulait pas que je le voie. Il utilisait un autre nom, faisait semblant de ne rien connaître à l'écriture musicale, et il n'a jamais dit une seule fois qu'il faisait partie de l'un des groupes les plus en vogue du moment.

Je titubai jusqu'au canapé et m'y laissai tomber. —Tu pensais vraiment que c'était ça, qui je suis ? Que je suis le genre de personne qui s'impliquerait avec quelqu'un à cause de son boulot ?

Papa resta debout à côté du canapé, pas assez près pour que je l'atteigne, mais bien dans mon champ de vision. —

Sofia, on n'se connaît pas. Je n'ai aucune idée de qui tu es. Je n'dis pas ça pour être désagréable, mais parce que c'est vrai. Je voulais venir ici parce que je n'ai jamais été un bon père. Voir Andrew... Si c'était moi, tu n'abandonnerais pas tout pour être là pour moi. Je ne te le demanderais pas. Les enfants d'Andrew sont là tous les jours. Ils font partie de sa vie. En voyant ça, j'ai compris que je suis la raison pour laquelle nous ne sommes pas proches. C'est moi qui ai refusé de t'accepter à ta naissance. C'est moi qui n'ai pas fait d'effort quand tu étais petite. C'est moi qui n'ai pas appris à te connaître quand tu es venue en tournée avec moi. Ou qui n'ai pas quitté cette foutue tournée pour être là pour toi. Il y a tellement de choses que j'aurais dû faire autrement. Des choses que je n'oublierai jamais. Mais qui je pense que tu es ? Il haussa les épaules. —Tout ce que j'ai jamais connu, ce sont des gens qui veulent quelque chose de quelqu'un parce qu'ils sont célèbres.

—Ce n'est pas moi. Ça ne l'a jamais été. Je ne t'ai jamais rien demandé.

—Tu l'as déjà fait, murmura-t-il.

Je levai les yeux vers lui. Il avait raison. Une fois, je lui avais demandé de me choisir, moi, plutôt que son groupe. De me choisir plutôt que la carrière qui comptait plus que tout pour lui.

—Et tu as refusé, répondis-je.

Papa hocha la tête et vint s'asseoir à côté de moi sur le canapé. —C'est vrai. Quand tu m'as demandé d'écarter Nate de la tournée, je n'avais aucun moyen d'agir. Si j'avais insisté, on aurait perdu notre première partie ; ils me l'avaient clairement dit. Alors j'ai laissé tomber. Je ne m'étais pas rendu compte de ce que tu ressentais pour lui — que tu étais amoureuse de lui.

—Je n'étais pas... Je m'interrompis, car ce serait mentir que de dire que je n'étais pas amoureuse de Nate Catalan. —Il m'a blessée, Papa. Je suis tombée dans le piège le plus vieux du monde. Et son frère s'en est servi contre moi et a tout répété à Daniel. À Trey.

—Tu en es certaine ? demanda Papa. Il avait enfin l'air choqué.

Je hochai la tête. —Seth vient d'arriver chez Daniel'... chez Trey, il y a quelques minutes à peine. J'étais dans la salle de bain et j'ai surpris leur conversation. Seth a dit... La douleur m'envahit de nouveau lorsque je repassai les paroles blessantes de Seth' dans ma tête. Seth avait toujours été un crétin. Il avait rejoint son frère sur la route un été, passé trois mois avec nous et rendu ma vie infernale. Il avait deux ans de moins que moi, mais, parce qu'il était canon, il se croyait supérieur.

Quand Nate nous a présentés, Seth a cru que son frère plaisantait à l'idée que nous sortions ensemble. Nate lui a dit qui j'étais, et Seth a compris. J'aurais dû saisir, à ce moment-là, ce que Nate ressentait vraiment, mais j'étais trop aveuglée par le chagrin et l'amour. Je me disais que Nate n'était pas comme son frère, qu'il était adorable et qu'il m'aimait. Que Seth n'était qu'un gamin idiot qui ne savait rien de l'amour.

Malheureusement, je me trompais. Pas sur Seth, mais sur Nate.

—Seth a toujours été un sale type, lâcha Papa quand je n'ai pas continué.

J'acquiesçai. —Oui, mais il ne s'est pas trompé avant, et je n'ai aucune raison de croire qu'il se trompe maintenant. Nate était exactement celui que Seth décrivait. Pourquoi est-ce que je devrais penser que Daniel vaut mieux ? Pourquoi croire qu'il est quelqu'un de bien alors qu'il passe tout son temps avec un type comme Seth ?

Papa a secoué la tête. —Peut-être que tu n'y arriveras pas. Peut-être qu'il est enfin en train de te montrer exactement qui il est vraiment.

J'ai lâché un rire sans joie. —Alors je suppose que je devrais écouter cette fois.

Papa a hoché la tête. —Ça n'allège pas les choses pour autant.

J'ai secoué la tête. —Clairement pas facile.

J'ai fermé les yeux tandis que la douleur de la journée me submergeait. Des larmes ont coulé ; je n'ai pas pu les retenir. Je les ai simplement laissées tomber, consciente qu'il me faudrait longtemps avant d'oser refaire confiance à quelqu'un.

—Je commande quelque chose à manger ? demanda Papa après quelques minutes. —Et de l'alcool.

J'ai reniflé d'un air moqueur et j'ai hoché la tête. —Je crois que j'aurai besoin d'une bonne dose des deux.

—Le meilleur remède contre une rupture, déclara Papa.

MA TÊTE TAMBOURINAIT. Quelqu'un perforait mon crâne au marteau-piqueur. Un marteau-piqueur qui prononçait mon prénom ? —C'est quoi ce-?

—Sofia, réveille-toi.

J'ai gémi et j'ai recouvert ma tête avec un oreiller. —Va-t'en.

—Je n'ai pas l'intention de faire ça. Réveille-toi.

L'oreiller a été arraché de ma tête. Une lumière vive m'a aveuglée, déclenchant une douleur fulgurante dans mon crâne. —C'est quoi ce bordel ?

Je balançais les bras, tentant d'attraper le sadique qui avait décidé que je devais être debout au lieu de me vautrer dans ma misère. On me saisit les poignets et quelqu'un s'allongea sur moi.

—Oof, soufflai-je. — Je vais vomir.

Ça la fit se relever.

Je me précipitai du canapé jusqu'à la salle de bains, fermant les portes derrière moi dans l'espoir d'échapper à tout nouvel interrogatoire.

Pas de chance : elle m'avait suivie.

— Ça va ? demanda-t-elle à travers la porte.

Je finis par réaliser que c'était la voix de Piper. Alors je me sentis coupable d'avoir été si désagréable avec ma meilleure amie. — Non, sanglotai-je, toute l'émotion de la veille remontant à la surface avec les quantités d'alcool que j'avais ingurgitées.

Je m'assis par terre devant les toilettes, mais je ne me sentais plus aussi mal sans le poids de Piper sur moi. Je n'avais toutefois toujours pas envie de lui parler.

— Qu'est-ce qui s'est passé, Sof ?

— Il m'a menti.

—Daniel ?

— Dont le vrai nom est Trey.

— D'accord. Donc tu es fâchée parce qu'il ne t'a pas dit son vrai prénom ?

—Non ! criai-je à travers la porte. Je me redressai et ouvris brusquement.

Piper recula, surprise par mon apparition soudaine et ma colère.

—Je suis en colère parce qu'il est une rockstar célèbre et qu'il a fait semblant d'être un gars ordinaire. Je suis en colère aussi parce que son meilleur ami et partenaire de groupe est le frère de Nate Catalan. Et Seth savait tout de Nate et moi. Et il a raconté toute cette histoire à Daniel, à Trey, et *il* s'en est servi pour me manipuler. Ce connard m'a même dit qu'il m'aimait avant qu'on couche ensemble hier.

—Tu es sûre qu'il mentait ?

Je lâchai un grognement et la dépassai. J'avais besoin de café. Ou de plus d'alcool, mais je'avais jamais été du genre à soigner le mal par le mal. Je jetai un coup d'œil à la bouteille de whisky vide et grimaçai. Visiblement, ce n'était pas le jour pour commencer.

Je lançai la cafetière, préparant une pleine verseuse sachant que Papa et Piper boiraient du café.

Piper me laissa dans mon silence pendant que le café coulait. Elle prit la crème et le sucre du frigo, ajouta mon sirop au caramel et disposa le tout sur la table avec deux tasses et une cuillère.

Quand le café fut prêt, je ne pouv'ais plus d'excuse pour tout retarder.

—Je t'ai parlé de Nate.

Piper acquiesça.

—Seth est le petit frère de Nate. Il est resté quelques mois pendant notre relation. C'était un connard. Il me regardait toujours comme si je n'étais pas assez bien parce que j'étais en surpoids.

—Connard.

—Oui, mais c'était plus que ça. Seth a toujours considéré que l'industrie musicale lui revenait de droit : il avait un soupçon de talent, donc il pensait avoir droit à tout ce qu'elle pouvait offrir.

—Désolée de ne pas avoir fait sa connaissance.

Je levai les yeux au ciel en sirotant mon café. La chaleur et la caféine commencèrent à me faire un peu de bien. —Il est un vrai numéro, crois-moi.

Piper renifla. —D'accord, alors il a tout raconté à Daniel à ton sujet et Daniel est venu ici pour te séduire ?

Je haussai les épaules. —J'en sais rien. Je n'ai pas eu beaucoup de nouvelles de lui ces derniers temps. On a commencé à écrire une chanson ensemble... Merde.

—Quoi ?

Je secouai la tête. —Je viens de me rappeler que j'ai emporté mon carnet chez lui hier et que je l'y ai laissé.

—Quel carnet ?

Je posai les yeux sur ma meilleure amie et je réalisai combien de choses je l'avais cachées au fil des années. —Il m'arrive d'écrire de la musique. Ça a toujours été pour moi et pour le plaisir. Je n'ai jamais envisagé d'en vendre. C'est trop personnel pour ça. Mais je l'ai dit à Daniel. À Trey. Putain, tu vois de qui je parle. Bref, je le lui ai dit, et nous étions en train d'écrire une chanson ensemble.

—Vraiment ? C'est plutôt excitant, dit Piper, pas du tout contrariée que je lui aie caché mon talent.

—Oui, enfin... Je le pensais. Je me suis amusée à travailler avec lui. Il travaillait sur une mélodie et moi j'avais les paroles. On s'envoyait des textos, on discutait. C'était... Ça n'a pas d'importance.

—Si, c'est important. Si tu as aimé ça, il n'y a aucune raison pour que tu ne continues pas.

Je ris. —Non. D'abord, ça a toujours été un passe-temps. Quelque chose que je faisais quand j'étais stressée ou quand j'avais besoin d'extérioriser mes émotions. Je n'ai jamais voulu le partager avec qui que ce soit. C'est pour ça que je ne te l'ai jamais dit.

—Oh, allez, ne t'inquiète pas pour moi. Après Nate Catalan et ton père célèbre, le fait que tu écrives de la musique est un petit choc. Peut-être même pas un choc. La musique coule dans tes veines, littéralement, et on dirait qu'elle est aussi dans ton âme.

J'ai inspiré profondément. La musique faisait partie de mon âme. Elle m'a toujours apporté la paix. Depuis que j'étais partie en tournée avec mon père et que j'avais compris qu'il n'était pas étrange d'aimer la musique comme je l'aimais, je l'ai laissée me pénétrer et m'envelopper.

Quand mon histoire avec Nate a pris fin, j'ai perdu la musique pendant un moment. Penser à elle, m'y raccrocher, me faisait trop mal, car elle m'avait causé tant de souffrance. Mais avec le temps, j'ai compris que le problème, ce n'était pas la musique, mais Nate. Et mon père. C'est à ce moment-là que j'ai commencé à composer.

Mais, encore une fois, je me suis laissée engloutir par la musique et j'ai perdu une partie de moi. Un morceau de mon cœur, encore.

— Daniel est la seule personne à qui j'ai jamais avoué que j'écrivais des chansons. Et il s'en est servi. Seth a dit que Daniel était ici pour récupérer un titre. C'est pour ça qu'il est venu. J'imagine qu'il cherchait mon père et qu'il a eu de la chance que mon père soit là, mais il n'a jamais passé de temps avec lui. Je lui ai confié mon secret et il s'en est servi pour obtenir ce qu'il voulait. J'étais plus facile à manipuler. Quelques mots doux et une chevauchée sur sa queue, et j'étais de la pâte entre ses foutues mains.

Et voilà que les larmes revenaient. Mon Dieu, je détestais à quel point j'étais bête. Comme j'avais été facile à séduire par ses mensonges et par lui.

— On devient tous idiots quand l'amour s'en mêle, dit Piper. Elle attrapa ma main et caressa mes phalanges de son pouce.

— Oui, mais tout n'était que mensonges. Je suis tombée amoureuse du type que je pensais qu'il était. Je ne peux pas dire que je ne suis pas amoureuse de lui, mais l'homme dont je suis tombée amoureuse n'est pas le vrai Trey Ryan. Daniel n'existe pas. Il n'était qu'un produit de mon imagination.

— Il a été réel pendant un moment.

J'ai laissé s'échapper un long soupir et j'ai avalé la douleur qui m'envahissait. Je voulais retourner me coucher et oublier Trey Ryan et Daniel. Je ne voulais plus jamais avoir affaire à l'un ou l'autre.

— Je ne sais pas si ça rend les choses meilleures ou pires, mais je suis venue pour comprendre ce qui s'était passé, parce que Daniel a laissé la clé de son appartement dans la boîte aux lettres de l'auberge. Ça a dû se faire au cours de la nuit, mais j'imagine qu'il est parti.

— Il est parti ? m'écriai-je. Une nouvelle douleur me transperça. Je ris sans joie. — Je déteste souffrir parce qu'il n'a même pas pris la peine de me dire au revoir.

— J'ai ressenti la même chose quand Gavin est parti. Même si nous nous étions disputés et que je croyais que tout était fini, ça m'a quand même fait un mal de chien quand il est parti.

— Oui, mais Gavin est revenu. Daniel, lui, ne reviendra jamais.

Piper se leva. — Allons vérifier. S'il a laissé les clés, j'en déduis qu'il n'est plus là, mais je peux me tromper.

Je secouai la tête. — Je ne peux pas. Je…

Piper me prit la main et me releva. — Ce ne sera pas plus facile d'y entrer demain ou après-demain. Tu peux rester dans le couloir si tu ne veux pas entrer, mais j'ai besoin de savoir avec certitude s'il est vraiment parti.

J'inspirai profondément puis j'acquiesçai. Je terminai mon café et posai la tasse dans le lave-vaisselle. Si Daniel était là… Peu importe. C'était fini entre nous. Qu'il soit là ou non n'avait plus d'importance.

Je suivis Piper jusqu'au troisième étage, sans me presser de découvrir l'appartement vide. Elle s'arrêta devant la porte et frappa. Aucun bruit ne répondit, mais elle frappa de nouveau avant de sortir la clé.

Elle déverrouilla la porte et l'ouvrit. — Coucou ! — Il y a quelqu'un ?

Piper laissa la porte ouverte en entrant dans l'appartement.

La cuisine était impeccable. Aucune vaisselle ne traînait sur le plan de travail. Le salon était débarrassé de tout objet personnel. La guitare de Daniel avait disparu.

Je suis entrée dans l'appartement. Il n'y avait rien sur la

table près de la porte. Pas de chaussures de l'autre côté. La porte de la salle de bains était grande ouverte et le plan de travail, parfaitement dégagé.

J'ai avancé plus loin et je me suis figée en arrivant dans le salon. Il restait une seule chose. Une chose qui disait tout.

Mon carnet était posé sur la table basse.

—Il n'y a plus de vêtements ni dans les tiroirs ni dans le placard. Aucun effet personnel nulle part. Il est définitivement parti. Piper leva les yeux vers moi. —Qu'est-ce que c'est ?

Je serrai mon carnet contre moi. —Ce sont mes chansons.

—Il ne l'a pas pris.

Je secouai la tête. —Non. Apparemment, il a bel et bien une conscience.

—Ou alors il est assez malin pour savoir que ton père a des avocats aussi compétents que les siens et que tu l'attaquerais en justice pour les droits, déclara Piper.

J'acquiesçai. —Peut-être. Mais quoi qu'il en soit, il est parti. Je n'aurai plus jamais à le revoir.

Piper hocha la tête et me fixa. Puis elle me prit dans ses bras quand je me suis effondrée en sanglots, laissant les derniers fragments de mon cœur voler en éclats.

TREY

J'avançais en pilote automatique. Des gestes mécaniques. Déconnecté de tout.

Après le départ de Sofia, j'ai ramassé mes affaires et je me suis tiré. J'ai laissé la clé à l'auberge parce que je ne pouv' plus supporter l'idée de croiser qui que ce soit, surtout pas Sofia. C'était un sale coup, mais c'est comme ça que je suis.

Seth faisait tout son possible pour me le rappeler.

Dès que nous avons embarqué dans le jet privé pour rentrer, il est redevenu le gars dont je me souvenais : le type décontracté, sans prise de tête, préoccupé par une seule chose : où serait la prochaine fête. Il a passé tout le vol à me raconter les nanas qu'il avait sautées pendant mon absence et les soirées que j'avais ratées. Ça n'avait aucune importance que je ne l'encourage pas ou que je ne pleure pas ce que j'avais manqué ; Seth était bien trop centré sur lui-même pour en avoir quelque chose à foutre.

À l'atterrissage, il m'a traîné chez lui où une fête battait son plein. Filles, alcool et drogues à volonté. Tout était offert.

J'ai attrapé une bouteille de whisky et me suis enfoncé dans un fauteuil.

Et pendant des semaines, la rengaine a été la même : Seth organisait une fête, je descendais une bouteille, puis je me réveillais le lendemain matin et, pendant trois petites secondes, j'oubliais Sofia.

J'étais à peine fonctionnel. Je n'avais envie de rien. Alors, quand Seth m'a poussé sous la douche et m'a ordonné de m'habiller parce qu'on sortait, je n'ai pas protesté. Je m'en foutais. Plus rien n'avait d'importance.

Jusqu'à ce que son chauffeur s'arrête devant le studio.

— Qu'est-ce qu'on fout ici ?

Seth me regarda comme si j'avais oublié quelque chose, comme si une conversation s'était effacée de ma mémoire. J'ai fouillé mes souvenirs, mais rien.

— On enregistre aujourd'hui, annonça Seth.

—Putain, on enregistre quoi, là ?

—Allez, mec, on est déjà à la bourre.

Je poussai un long soupir et suivis Seth hors du véhicule. Je portais ses fringues et j'avais utilisé ses affaires de toilette ; je sentais comme lui et je lui ressemblais. Tout me démangeait, tout sonnait faux, mais ce n'était pas les vêtements. C'était moi.

Je traînais les pieds derrière Seth. Qu'il soit un connard n'y changeait rien : c'était la seule personne qu'il me restait.

—Yo, yo, yo ! lança Seth à quelqu'un devant nous. Il s'arrêta au milieu du couloir, tapa dans sa main puis le serra dans ses bras.

Notre batteur. Adam dépassa Seth pour venir jusqu'à moi : il tapa dans ma main puis me prit dans ses bras. Juste derrière lui se tenait notre bassiste, Ricky, ainsi que Nate, le frère de Seth et l'ex de Sofia .

Nate me lança un sourire en coin. —Alors, comment va Sofia ?

—Va te faire foutre, grognai-je à Nate.

Nate ricana. —Il paraît que je suis trop petit pour toi, maintenant.

Je plaquai Nate contre le mur et ramenai mon bras en arrière pour le frapper. Quelqu'un m'attrapa et me tira loin de lui avant que je puisse lui mettre le coup que je brûlais de lui asséner.

Nate riait pendant qu'on l'écartait de moi.

—Il essaie de prendre ta place, souffla Adam. —Laisse-le tomber.

Je fusillai Adam du regard, sans vraiment saisir ce qu'il venait de dire.

Adam me traîna vers le studio. Je n'avais pas touché à ma guitare depuis le jour où Sofia était partie. Depuis que nous travaillions sur la chanson ensemble. Rien que d'y penser m'était insupportable.

Mais elle était là, dans un coin du studio, m'attendant telle une amante abandonnée.

Je m'en approchai, caressai le manche et hésitai sur la suite.

—D'accord, annonça le producteur derrière moi, nous avons la nouvelle chanson prête. Les gars travaillent dessus depuis des semaines, alors nous devrions pouvoir la jouer et l'enregistrer.

—Quelle nouvelle chanson ? demandai-je.

Je me retournai et constatai qu'ils fuyaient tous mon regard.

Un frisson d'angoisse me parcourut l'échine. — Quelle chanson ? grognai-je.

—Celle que t'as écrite, mec, répondit Seth.

Je me tournai vers lui. — Quelle putain de chanson, Seth ?

—*Make You Stay*, répondit-il simplement, le *bah oui* implicite mais bien présent.

—Je n'ai pas écrit cette chanson. Et je ne te l'ai jamais

donnée. Comment tu peux avoir cette putain de chanson ? lançai-je. Je balayai les autres du regard, pour que chaque enfoiré dans la pièce comprenne qu'il était inclus dans ma colère.

Ils n'avaient pas l'autorisation de l'utiliser. De l'enregistrer. Ce n'était pas à moi, et même si ça l'était, je devais donner mon accord.

—Seth nous a envoyé des photos, déclara Robert Miller depuis la porte. — Comme tu ne l'avais jamais fait. Il y a des semaines. Nous avons passé ce temps à mettre tout le monde au point sur la chanson.

— Vous n'avez pas les droits sur cette chanson, grognai-je à l'homme qui tenait toute ma carrière entre ses mains.

Robert plongea son regard dans le mien. Personne ne le défiait. Personne ne lui tenait tête. Il faisait la loi, parce que, lorsqu'il parlait, les choses se mettaient en branle. Mais je n'allais pas le laisser me marcher dessus ni voler la chanson qu'avait écrite Sofia. Ce n'était ni légal, et ce n'était pas juste.

—Nous en détiendrons les droits. Vous êtes notre artiste ; tout ce que vous écrivez nous appartient, sauf si nous y renonçons. Nous voulons cette chanson.

—Je ne l'ai pas écrite tout seul. Sofia Frank—

—La paperasse a déjà été envoyée à Mlle Frank. Nous l'avons également contacté, son père. Nous nous attendons à recevoir les contrats signés d'un jour à l'autre. En attendant—

—Vous lui avez envoyé un contrat ? aboyai-je.

Robert Miller ajusta les manches de sa chemise, puis répéta le geste avec sa veste de costume. C'était une posture de pouvoir destinée à exhiber ses boutons de manchette sertis de diamants. Il était l'homme le plus influent de la pièce. Peu importait que personne, en dehors du milieu musical, ne sache qui il était ni n'en ait quelque chose à foutre, il fabriquait des groupes. Et il les détruisait quand il le voulait.

L'éclat de fureur à peine contenu dans son regard me fit comprendre qu'il n'aimait pas qu'on l'interrompe. Mais il allait devoir s'en accommoder, parce que moi, je n'aimais pas qu'on me marche dessus.

—Je n'ai pas de compte à vous rendre, Monsieur Ryan. Ni aujourd'hui, ni jamais. Soit vous vous préparez à enregistrer cette chanson, soit vous foutez le camp de mon studio.

Je soutins son regard un long moment. Il n'a pas cédé, et moi non plus.

Pas tout de suite.

Je marmonnai un juron avant de me diriger vers ma guitare. Je la pris, et toute la pièce poussa un soupir collectif.

Puis je me dirigeai vers la porte.

— C'est illégal. Nous n'avons pas les droits et, tant que ce ne sera pas le cas, je n'enregistrerai pas la moindre putain de note de cette chanson.

— Vous faites une erreur, Monsieur Ryan.

J'ai secoué la tête. — L'erreur que j'ai faite, c'est de croire que l'un d'entre vous se souciait vraiment de mon intérêt. De croire que vous aviez quelque chose à foutre de moi. Allez vous faire foutre, M. Miller. Et toi aussi, Seth, va te faire foutre. Comment as-tu pu ?

Seth ricana. — On a un putain de boulot à faire. Tu étais prêt à tout foutre en l'air pour une grosse pétasse qui ne compte pas. J'ai sauvé ce groupe. Comme je le fais depuis des années.

J'ai posé ma guitare avec précaution et je me suis dirigé calmement vers Seth, sans la moindre hésitation.

Il esquissa un sourire narquois à mon approche. Ce fils de pute imbu de lui-même croisa les bras sur sa poitrine et attendit.

Il croyait que j'allais m'excuser.

L'expression de stupeur sur son visage juste avant que mon poing ne s'écrase sur sa joue en valait foutrement la peine.

Seth fut projeté en arrière, son équilibre emporté par le coup surprise. Il agita les bras, cherchant quelque chose à agripper, et trouva un pied de micro. Le pied heurta la batterie et s'écrasa contre les cymbales.

La cacophonie fut couverte par les hurlements.

Je me suis retourné, j'ai attrapé ma guitare et je me suis tiré. — Je me tire, bande d'enfoirés ! ai-je lancé en sortant, convaincu de prendre ma première bonne décision depuis des semaines.

MON TÉLÉPHONE VIBRAIT sous les textos et les messages, mais j'ai tout ignoré. Je ne voulais pas entendre ce qu'ils avaient à dire. Rien ne pourrait arranger tout ça. Ils allaient mettre la pression sur Sofia pour qu'elle cède les droits d'une chanson qu'elle avait créée, et ils allaient sûrement la payer des clopinettes.

Je savais qu'elle ne m'écouterait pas, mais j'espérais que quelqu'un d'autre le ferait. J'ai cherché la seule personne qui pourrait la raisonner, sachant que c'était risqué.

— Auberge L'anse MacKellar, ici Piper. Comment puis-je vous aider aujourd'hui ?

— C'est Daniel, ai-je dit.

Le halètement soudain qu'elle poussa me fit comprendre que je n'avais rien à lui expliquer. Elle connaissait toute l'histoire.

— Ne raccroche pas, lâchai-je, réalisant que c'était probablement son prochain geste.

— Et pourquoi est-ce que je devrais écouter la moindre

de tes paroles ? PiperSa voix autrefois chaleureuse était désormais glaciale et tranchante.

—J'ai besoin que tu fasses quelque chose pour moi.

Elle ricana.

—C'est pour Sofia.

—Ah, maintenant tu t'en soucies ? Si tu appelles pour me demander de la faire signer ce contrat ridicule, tu peux aller te faire voir.

—Merde. Non. Je t'appelle pour que tu la convainques de ne pas le faire.

—C'est déjà fait, connard. Salut !

—Piper, attends !

Elle poussa un long soupir, mais ne raccrocha pas.

—Ils vont tenter de la forcer. Ils feront tout ce qu'il faut. Ils essaient déjà d'enregistrer la chanson.

—Vous faites quoi ?

—Pas moi. Le label. Je suis parti. Je ne peux pas faire ça à Sofia.

Piper renifla avec mépris. —Mais lui mentir pendant des semaines, coucher avec elle et lui dire que vous l'aimiez pour obtenir la chanson au départ, ça entrait dans votre code moral.

—Non ! Non. Je... Ça n'a plus d'importance. Ce qui compte, c'est qu'elle a besoin d'un avocat et peut-être de protection.

—Une protection ? Piper couina. —Vous dites qu'ils pourraient lui faire du mal ?

Je secouai la tête et me frottai les yeux. —Je ne sais pas, Piper. Mais s'ils pensent que cette chanson peut leur rapporter des millions, ce qui est possible, ils feront tout ce qu'il faut.

—Comment avez-vous pu lui faire ça ? Comment avez-vous pu voler son travail ?

—Je sais que vous ne me croirez pas, mais je ne l'ai pas

fait. Je ne'leur ai pas donné la chanson. J'ai laissé son carnet dans mon appartement parce que je ne pouvais pas. Pas après... Seth l'a photographié. Je ne l'ai découvert qu'aujourd'hui. C'est lui qui a envoyé la chanson au label.

—Sofia a dit qu'il était un connard.

Je hochai la tête, espérant qu'elle accepterait d'aider. — C'en est un. Je ne l'avais pas vu avant. Mais je ne peux pas continuer tout ça.

—Vous savez que ça ne veut pas dire qu'elle va vous reprendre, n'est-ce pas ? Piper said. The harshness was back in her voice.

—Je sais. Je ne la mérite pas. Je ne mérite pas grand-chose. Protégez-la, Piper. S'il vous plaît.

—Je le ferai. Piper resta silencieuse un long moment, suffisamment pour que je me demande si elle avait raccroché. —Pour ce que ça vaut, pendant un moment, j'ai cru que vous étiez peut-être celui qu'il lui fallait.

—Elle mérite tellement mieux que moi, soufflai-je, conscient que c'était la vérité.

J'ai raccroché sans ajouter un mot. J'en étais incapable. Tout ce qui s'était passé ces derniers mois m'est revenu en pleine figure.

Et tout avait commencé avec Avery Power. Avec sa grossesse. Avec ce bébé qui pouvait être le mien.

Il fallait que je sache. Il fallait que je répare les choses. Il fallait que je sois l'homme que Sofia pensait que j'étais. Pas la rockstar à l'ego gros comme un petit pays, mais l'homme qui vaut mieux que celui qui délaisse son enfant.

Avery Power descendait la rue en poussant une poussette. Elle adressa un sourire à l'un de ses voisins. Elle était jolie.

Ses longs cheveux sombres étaient attachés en une queue de cheval haute qui se balançait à chaque pas.

Elle semblait épanouie et en pleine forme. C'était aussi le cas du bébé dans la poussette. Celui qui pouvait être le mien.

J'ai attendu qu'Avery s'engage sur l'allée menant à sa maison avant de descendre de ma voiture de location. Elle a jeté un coup d'œil par-dessus son épaule, et son sourire s'est évanoui quand elle m'a reconnu.

—Que faites-vous ici ? lança-t-elle. Un sourire remonta sur ses lèvres, mais celui-ci paraissait forcé.

—J'ai besoin de vous parler.

Elle se plaça entre moi et la poussette. —Nous n'avons rien à nous dire. Je n'ai rien dit à personne. Si quelqu'un prétend savoir quoi que ce soit, il ment. Je vous le promets, je n'ai pas prononcé un mot.

— On peut entrer ? ai-je demandé, les sourcils levés. J'espérais paraître inoffensif.

Elle balaya la rue résidentielle silencieuse du regard et acquiesça. Elle gara la poussette près des marches menant à son perron et bloqua les roues. Tout en détachant le harnais qui retenait la petite, elle lui parlait doucement. Avery sortit le bébé de la poussette et le prit d'un bras, l'autre main protectrice posée sur le dos du bébé' tandis que la fillette tentait de m'observer.

Avery monta les quelques marches jusqu'à sa porte d'entrée et sortit une clé de sa poche pour la déverrouiller. Elle laissa la porte ouverte pour que je la suive à l'intérieur et partit sur la droite.

Il y avait un petit lit parapluie en filet contenant quelques jouets. Avery déposa la petite, puis s'assit juste à côté, la main posée sur le rebord.

Je refermai la porte et pris place de l'autre côté de la pièce, face à Avery et au bébé.

— Comment allez-vous ? demandai-je après un instant.

Elle laissa échapper un reniflement.

— D'accord, j'imagine que ça ne va pas fort. Je pris une inspiration et observai la fillette. Je ne m'étais jamais demandé si un bébé pouvait être le mien auparavant. — Comment s'appelle-t-elle ?

— Pourquoi êtes-vous ici ? lança Avery.

La fillette, sentant l'anxiété de sa mère', gémit et se rapprocha d'Avery.

— Je… je n'étais au courant de rien concernant votre grossesse avant que le label ne vous dédommage.

Elle se raidit à mon choix de mots, mais ne l'a pas contesté.

— Je n'étais pas à l'origine de cette décision. Je tenais à ce que vous le sachiez.

— D'accord. Merci de m'en avoir informée. Avery se leva comme si elle allait me raccompagner.

—C'est ma fille ? lâchai-je.

Avery se laissa tomber lourdement, manquant de rebondir sur son siège. Elle avala péniblement, sa gorge bougeant lentement. —Je…

—Je n'en parlerai à personne, Avery. Je… je veux être là pour vous.

—Pourquoi ? expira-t-elle.

—Je' n'abandonnerais jamais mon enfant. Je ne… je ne me souviens pas que nous ayons été ensemble, mais vous m'êtes familière, et je ne pourrais pas me regarder dans la glace si je l'abandonnais…

—Sara, murmura Avery.

Je souris et regardai Sara. Elle était magnifique. Elle avait les cheveux bruns de sa mère et des yeux noisette qui auraient pu venir de moi. Elle avait un petit nez et des doigts potelés qu'elle mâchouillait. Sa tenue était entièrement rose, de ses chaussettes à son bavoir. Même la poussette à l'extérieur était rose.

—Je n'ai pas été là pour vous avant, et je ne peux qu'imaginer ce que vous avez traversé, mais…

—Elle n'est pas votre fille, lâcha Avery.

—Quoi ? soufflai-je. Mon regard passa d'Avery à Sara, tentant de comprendre ce qu'elle venait de dire. Ce n'était pas compliqué, mais cela n'avait toujours aucun sens.

Avery se mit à pleurer. Son visage se froissa comme si elle s'était retenue trop longtemps. Elle ne'enfouit pourtant pas le visage entre ses mains ; elle soutint mon regard sans ciller.

—Nous nous sommes bien rencontrés, mais nous n'avons jamais couché ensemble.

— Alors pourquoi avez-vous dit à la maison de disques qu'elle était à moi ? murmurai-je. Mon cœur se brisa. Je voulais qu'elle soit à moi. Savoir que j'avais fait quelque chose de bien, même sans l'avoir voulu. Croire aux miracles.

— Je savais que le véritable père n'assumerait jamais ses responsabilités. Il est… égoïste. Je n'ai pas voulu tomber enceinte. J'étais stupide, ivre, et je ne me souviens plus vraiment de cette nuit-là. Mais Seth—

— Seth est le père ? aboyai-je.

Avery sursauta. Sara poussa un cri.

Je pris une grande inspiration et la relâchai lentement. — Je suis désolé.

Avery acquiesça. —Je ferai mes cartons cette semaine et nous serons partis d'ici le week-end.

— Quoi ? Pourquoi ?

Elle me regarda comme si j'aurais dû connaître la réponse. —Je sais que vous le dire enfreint l'accord de confidentialité que j'ai signé. Je suppose que c'est pour ça que vous êtes ici : pour me pousser à admettre que Seth est le père afin que la maison de disques cesse de me payer.

— La maison de disques sait que Seth est le père ?

Avery hocha la tête. Elle avait l'air aussi désemparée que moi.

— Et Seth le sait ?

Elle hocha de nouveau la tête.

Je passai une main dans mes cheveux et m'adossai au dossier de la chaise. J'étais venu pour être un homme bien et assumer mon enfant. Mais ce n'était pas mon enfant. Tout le monde m'avait menti, me laissant croire qu'elle l'était tout en protégeant Seth.

—Vous n'étiez au courant de rien ?

Je fis non de la tête. —Non. Seth a mentionné il y a des mois que le label vous avait versé de l'argent, mais il n'a jamais parlé de tout ça. Il se couvrait.

—Mon père a quitté ma mère et moi quand j'avais six ans. C'était lui qui travaillait, donc ma mère n'avait aucun revenu. Il a vidé leurs comptes et nous a laissées sans rien. Avant ça, elle était mère au foyer. C'était juste avant l'été ; tous les centres de vacances étaient complets et, de toute façon, elle n'avait pas l'argent. Chaque jour était une lutte. Je ne voulais pas ça pour Sara. Je voulais qu'elle ait des options. Mais je n'aurais pas dû mentir et dire au label qu'elle était la vôtre.

—Je comprends pourquoi vous l'avez fait.

—Vraiment ?

Je hochai la tête. —Comment ont-ils découvert qu'elle n'était pas ma fille ?

—Ils ont exigé un test de paternité. Ils disaient que l'argent qu'ils m'avaient versé ne serait valable que jusqu'à la naissance de Sara et qu'à ce moment-là ils auraient besoin d'une preuve. Si je refusais, ils comptaient me poursuivre pour récupérer l'argent. Quand elle est née, j'ai dit la vérité à une infirmière. J'étais seule, terrifiée, et tout est sorti une nuit alors que Sara n'avait que quelques heures. Ils ont acheté le silence de l'infirmière pour obtenir l'information et ils ont fait tester Seth. L'accord de confidentialité a été modifié : ils paieraient pour que nous vivions ici tant que je ne révélais à personne qui est le père de Sara.

Je suis désolé que vous ayez dû traverser tout ça, dis-je. —
Le pire, c'est que vous n'êtes sans doute pas la première, et je
suis certain que vous ne serez pas la dernière.

—Tout ça m'est égal. Tant que Seth ne vient jamais ici,
tant qu'il n'essaie pas de me l'enlever, ça ira.

—Vous ne voulez pas qu'elle ait un père ?

—J'aimerais mieux qu'elle n'ait pas de père que de l'avoir,
lui, comme père, grogna Avery.

J'ai réfléchi un instant et j'ai acquiescé. —C'est sans doute
la meilleure chose que vous puissiez faire pour votre fille.

Je regardai de nouveau Sara. Elle me fixait, ses grands
yeux noisette suivant mes moindres gestes.

Je me levai. —Je'suis désolé d'avoir interrompu votre
journée, Avery. Personne ne saura que je suis venu. Et je'suis
désolé que Sara ne soit pas ma fille. Je suis venu m'excuser en
personne de ne pas avoir été présent, mais Seth... protégez-la
de lui'.

Elle inclina la tête et me lança un regard interrogateur.

—Il est exactement celui que vous croyez.

Avery avala de nouveau avec difficulté et me suivit jusqu'à
la porte. —J'aurais aimé qu'elle soit votre fille.

Je regardai par-dessus son épaule vers l'endroit où Sara
nous observait. —Moi aussi'. J'embrassai la joue d—Avery. Si
cela ne vous dérange pas, j'aimerais que nous restions en
contact'.

Elle sourit. —Vous n'avez pas à faire ça.

Je secouai la tête. —Je le sais, mais si jamais vous avez
besoin que quelqu'un soit de votre côté, sachez que je le serai
toujours.

—Seth est votre meilleur ami. Pourquoi feriez-vous ça ?

—Parce qu'il n'est pas celui que je croyais. Et vous et Sara
méritez mieux.

— Merci, Trey. Cela compte plus que vous ne pouvez
l'imaginer.

J'ai hoché la tête et suis sorti. Avery a refermé la porte derrière moi.

Un poids s'est envolé de mes épaules tandis que je descendais les marches de sa maison jusqu'à la voiture de location que j'avais prise. J'ai de nouveau senti le picotement de la musique. Mais tout cela était lié à Sofia.

J'ai levé les yeux vers la maison d'Avery et j'ai compris que la femme que j'aimais méritait la même chose que celle que je croyais être la mère de mon enfant. J'espérais simplement que Sofia me laisserait lui présenter mes excuses en personne, sans m'estropier.

SOFIA

—T'es sûre que ça va ? demanda Papa tandis que je rangeais sa dernière valise dans le coffre de sa voiture de location.

J'ai claqué le coffre et hoché la tête. —Je vais bien, Papa.

—Mais…

—Papa, je n'ai pas l'intention de me cacher, et je ne signerai pas ce contrat.

Papa poussa un profond soupir. Lorsque l'offre du label de Trey Ryan est arrivée pour acheter ma chanson, Papa était ravi pour moi. Il était fier et pensait que c'était une bonne opportunité.

Mais ce n'était pas fait pour moi.

—Entendre ta chanson à la radio, c'est vraiment génial, Sofia. Savoir que tes mots touchent les gens, c'est puissant.

Je secouai la tête. Peu importait qu'on ait eu la même conversation une douzaine de fois ces dernières semaines. —Ça ferait trop mal, avouai-je pour la première fois.

Il se recula, comme s'il n'avait jamais imaginé ce détail.

—J'ai écrit cette chanson avec Daniel. Je pensais qu'on faisait quelque chose ensemble. Quelque chose pour nous.

Savoir que ça faisait partie de sa manipulation gâche tout. Si je l'entendais à la radio… je ne pourrais pas, Papa.

Il m'enveloppa dans une étreinte rare et me serra contre lui. Ses mains me caressèrent le dos de haut en bas. —Je suis désolé, Sofia. Je n'avais pas compris que c'était la raison.

Je haussai les épaules et je l'enlaçai à mon tour. —Je ne voulais pas l'admettre.

—Tu peux tout me confier, dit-il en se reculant pour plonger son regard dans le mien. Il posa ses mains sur mes épaules et me sourit. —On ne fait pas disparaître la douleur d'un simple vœu.

Je hochai la tête.

—Et il n'y a aucune honte à pardonner à quelqu'un que tu aimes de t'avoir blessée.

—Papa, geignis-je.

—Je dis simplement que tu m'as convaincu de demander à Monica une seconde chance. J'ai tout gâché avec elle, mais je mets tout sur la table en espérant qu'elle veuille bien m'accorder une nouvelle opportunité. Je ne peux pas y aller en espérant cela sans penser que tu devrais envisager d'offrir une seconde chance à Trey.

—C'est différent, Papa.

—Pourquoi est-ce différent ?

—Parce que tu n'as pas menti sur qui tu es ni essayé de lui voler quoi que ce soit.

—On dirait qu'il a changé d'avis pour le second point. Quant au mensonge, je ne crois pas qu'il mentait quand il disait t'aimer.

Je soufflai, mais ses mots me frappèrent en plein cœur. Fort.

—Je ne veux pas que tu passes ta vie à regretter, Sofia, dit Papa en me serrant de nouveau dans ses bras. —Fais confiance à un vieil homme quand il te dit qu'il n'est pas bon de traverser tes journées ainsi.

—Tu n'es pas encore si vieux, lui répondis-je.

Il lâcha un petit rire et secoua la tête. —Oui, enfin, je suis plus âgé que toi et j'essaie de te transmettre ma sagesse.

—Mouais.

Papa contourna la voiture jusqu'au côté conducteur. —Je t'aime, Sofia.

—Moi aussi, je t'aime, Papa.

—Je te tiendrai au courant.

—Tu as intérêt. J'ai droit à la première invitation pour le mariage.

—Ça marche.

J'ai souri pendant que mon père s'installait dans sa voiture. Il a démarré puis s'est éloigné doucement du trottoir. Il a klaxonné et agité la main avant de tourner au coin de la rue et de disparaître.

J'ai essuyé une larme au coin de mon œil. Ma gorge était nouée. Il allait me manquer. Bien plus que je ne l'avais imaginé à son arrivée.

L'appartement était silencieux lorsque je suis rentrée. Je m'étais habituée au bourdonnement constant de sa présence. C'était étrange de me retrouver de nouveau seule, d'autant plus que je l'avais souhaité à son arrivée et que j'adorais ça autrefois.

Je suis entrée dans sa chambre et j'ai souri en voyant qu'il avait retiré les draps du lit et les avait déposés dans le panier. Les serviettes sales avaient disparu de la salle de bain et des propres les remplaçaient. Sur la commode se trouvait une bouteille neuve de mon sirop de caramel préféré, nouée d'un petit nœud autour du bouchon.

J'ai pouffé de rire et attrapé la bouteille de sirop au moment où quelqu'un frappait à la porte.

J'ai posé la bouteille de sirop sur le plan de travail de la cuisine en me dirigeant vers la porte. Je l'ai ouverte en souriant, pensant que c'était mon père. —Tu as oublié… Daniel. Enfin, Trey.

Il secoua la tête. —Daniel.

Je croisai les bras et reculai d'un pas. —Qu'est-ce que tu fais ici ?

—Je te dois des explications.

—Tu ne me dois rien, Trey. On ne se connaît même pas.

—Sofia, s'il te plaît.

—S'il te plaît quoi ? Tu as eu des tas d'occasions de me dire ce qui se passait. De me demander d'écrire une chanson avec toi. De m'avouer qui tu étais et pourquoi tu étais là. À la place, tu m'as menti, tu m'as fait tomber amoureuse de toi, puis tu as fait exactement comme ton pote Nate : un coup de couteau dans le dos.

—Nate n'est pas mon ami.

Je levai les yeux au ciel. —Peu importe.

—J'ai quitté le groupe.

—Oui, bien sûr.

—Je suis sérieux. J'ai quitté le studio. Je n'ai pas pu enregistrer ta chanson.

Je ris sans joie. —Pas sans autorisation. Alors c'est pour ça que tu es ici ? Tu veux tellement que je signe ce contrat ? Je me retournai et entrai dans l'appartement. Le contrat était posé sur la table basse, me narguant à chaque putain de fois que j'essayais de m'asseoir pour souffler.

Je le pris et retournai vers l'entrée, mais je tombai sur Trey. —Ouf.

Il me rattrapa, ses bras se refermant autour de moi. Il me serra contre lui.

Tout, à l'intérieur de moi, sembla enfin remis à sa place. Mes paupières se fermèrent. Je me blottis contre lui.

Puis mon cerveau reprit le contrôle et je le repoussai.

—Je ne t'ai pas invité à entrer.

—Ne signe pas ce contrat, Sofia.

—Pourquoi ? Tu en as un nouveau ? Moins d'argent ? Plus d'argent ? Besoin de plus de chansons ? Tu es venu voler mon carnet pour pouvoir dire qu'elles sont toutes à toi ?

—Non ! Putain, écoute-moi. Je ne veux pas que tu signes quoi que ce soit. Ils ne méritent pas ta chanson. J'ai démissionné quand j'ai compris avec qui je travaillais et ce qu'ils faisaient aux gens. Ils ont payé une femme qui prétendait être enceinte de mon bébé.

J'ai haleté. Ce n'était pas vrai. Il ne pouvait pas utiliser ma propre histoire pour susciter ma compassion.

—Je suis allé la voir. Elle a menti en disant que le bébé était de moi parce qu'elle voulait offrir plus à son enfant et pensait que je ferais ce qu'il fallait. Le père, c'est vraiment Seth, et le label l'a payée pour qu'elle se taise. C'est aussi lui qui leur a donné ta chanson. Il a pris des photos de ton carnet, pas moi. C'est un parfait connard, et je ne m'en étais jamais rendu compte. Il me manipule depuis le jour où on s'est rencontrés.

—Ça me rappelle quelque chose, lâchai-je sèchement.

Trey acquiesça. —Je l'ai bien mérité. Il avala sa salive et recula d'un pas. —Quand je suis venu ici, je savais que je ne pouvais pas te dire qui j'étais. Je suis venu pour savoir où était ton père. Seth m'a donné ton nom, même si tu n'étais jamais sous les projecteurs. J'ai toujours composé nos chansons, mais quand j'ai cru que je pourrais avoir un enfant, ma muse m'a quitté ; impossible d'écrire quoi que ce soit. Je me suis dit que ton père pourrait m'aider, qu'il serait partant puisqu'il n'avait rien sorti depuis un moment. C'était l'un des meilleurs auteurs-compositeurs de sa génération, et j'avais besoin de retrouver cette étincelle grâce à lui.

—Mais c'est sur moi que tu es tombé, grognai-je.

—Daniel est mon deuxième prénom. C'est une tradition familiale : tous les hommes de ma lignée depuis mon arrière-grand-père portent le même deuxième prénom, y compris mon père et Michael.

Je repris mon souffle brusquement. Je sentais que c'était important.

—Personne ne m'a jamais appelé Daniel, mais quand tu l'as fait pour la première fois, j'ai senti que tu découvrais une partie de moi que personne d'autre n'avait jamais vue. Je croyais que Seth la voyait, mais je me trompais.

Trey inspira profondément, essayant visiblement de maîtriser ses émotions.

—Michael était au bout du rouleau quand j'ai rencontré Seth. Il m'a surpris en train de chanter pour Michael dans sa chambre d'hôpital. Seth visitait l'hôpital avec Nate's groupe. Des actions caritatives, redonner à la communauté : des initiatives que le label encourageait, au point de les imposer, surtout lorsque les ventes chutaient.

J'avais vu des reportages sur des groupes qui faisaient ce genre de choses. Four on the Floor s'y était essayé, mais quand leurs ventes ont baissé, ils ont tous décidé d'arrêter. Lorsqu'ils participaient à des événements caritatifs, c'était loin des projecteurs. Ça ne m'a pas surpris d'apprendre que Nate ne faisait ce genre de choses que quand on le forçait.

—Seth est entré dans la chambre de Michael's et s'est joint à moi pour chanter. Je ne savais pas qui il était, mais cela faisait des mois que Michael n'était pas resté éveillé assez longtemps pour chanter une chanson avec moi. Ça m'a fait du bien d'entendre une autre voix se mêler à la mienne. Après ça, Seth et moi avons tout de suite accroché. Il me contactait régulièrement pour prendre des nouvelles de Michael et il est venu aux funérailles de Michael's. Nous sommes restés en contact et, de temps en temps, on se retrouvait pour jouer un peu de musique. Un jour, Nate est venu avec Seth.

—Je parie que tu as trouvé ça génial.

Trey laissa échapper un petit rire et hocha la tête. —Je confirme. Il était célèbre, immense. Et j'avais passé tout ce temps avec son frère sans m'en rendre compte. Seth disait que Nate voulait nous présenter à son label, qu'ils cherchaient de nouveaux groupes et que Nate pensait que nous étions à la hauteur.

—Il avait vu juste.

—Oui. Mais je n'e connaissais pas le reste de l'histoire avant récemment. Seth a essayé de se lancer en solo. Le label n'e voulait pas de lui seul. Le petit frère de Nate' n'était pas assez bon. Ils voulaient du nouveau. Seth a tenté de faire passer certaines des chansons que j'avais écrites pour les siennes, et elles ont tellement plu au label que Seth a décidé de m'intégrer.

—Waouh.

—Ouais. Pendant toutes ces années, j'étais complètement dans le brouillard. Le label ne s'est pas soucié de moi. Ils auraient volé ma musique et m'auraient laissée sans rien si Seth avait suffi à lui seul, mais ils se sont tiré une balle dans le pied. Au début, je ne savais pas mieux et j'ai signé des contrats qui leur donnaient plus de droits qu'ils n'auraient jamais dû avoir, mais il est trop tard pour ça. Je ne veux pas que la même chose t'arrive.

—Pourquoi tu t'en soucies ? demandai-je. Son histoire tenait la route. Elle lui attirait la sympathie. Elle retenait mon attention et me happait de nouveau. Mais ça n'allait rien changer. Il m'avait quand même menti quand il a dit qu'il m'aimait. Je pourrais envisager d'ignorer le reste. Je pourrais peut-être comprendre la pression qu'il subissait. Mais me dire qu'il m'aimait, c'était bas. Du niveau Nate Catalan.

—J'ai frappé Seth. J'ai failli frapper Nate. J'ai quitté mon groupe, Sofia. Je t'ai menti sur la raison de ma présence ici, mais je ne t'ai jamais menti sur ce que je ressens pour toi.

Je secouai la tête et reculai d'un pas. Être si près de lui me brouillait l'esprit, me faisait croire qu'il disait des choses que je savais fausses.

—Je t'aime, Sofia. Je sais que tu ne pourras jamais me pardonner. Je sais que c'est fini entre nous. Je sais que c'est la dernière fois que je te vois, mais je ne pouvais pas rester là, les bras croisés, et te laisser risquer de faire la même erreur que moi ; je ne l'aurais pas supporté.

—Tu ne peux pas m'aimer. Arrête de me mentir ! m'écriai-je.

Il s'approcha de moi, mais je m'éloignai. S'il me touchait encore, je n'y survivrais pas.

—Tu n'es pas obligée de ressentir la même chose. Je sais que tu n'en as pas envie. Mais moi, je t'aime. Et je suis venu te dire de ne pas signer ce contrat. Piper t'a-t-elle dit que je l'ai appelée ? Tu as besoin de protection, d'un avocat, de quelqu'un pour veiller sur toi. Je paierai pour les deux.

—Non. Daniel, non. Je…

Il sourit.

—Pourquoi est-ce que tu souris ?

Il haussa les épaules. —Tu m'as appelé Daniel.

—Je… Je fermai les yeux et pris une inspiration. —Daniel n'existe pas. L'homme dont je suis tombée amoureuse n'était pas réel.

—Je suis bien réel, souffla-t-il. —Bon sang, Sofia, je suis plus moi-même quand j'suis avec toi que je ne l'ai été depuis la mort de Michael. Je n'avais pas réalisé avant, parce que je n'avais plus personne après la mort de mon frère. Mes parents se sont effondrés. Ils ont divorcé et m'ont oublié. Ils n'étaient plus là pour moi. J'ai perdu mon frère, et ils ont perdu leur fils, mais ils étaient tellement absorbés par leur chagrin qu'ils ne m'ont pas remarqué. Je ne leur en veu'x pas, mais c'est la vérité. J'avais besoin d'une famille. J'avais besoin de quelqu'un. Seth en a profité. Il savait qu'il pouvait utiliser la mort de Michae'l contre moi. Et il le fait depui's vingt ans. Je ne l'avais jamais compris. Pas avant de venir ici et de cesser d'être Trey Ryan. J'étais Daniel. J'étais le type que tu as vu. Celui dont tu es tombée amoureuse. Le gars que tes amis ont accueilli sans hésiter, grâce à toi.

—Mais tu n'es pas Daniel.

—Je'ne suis pas Trey Ryan non plus. J'ai tourné le dos à cette vie. Je serai sans doute fauché après avoir dû racheter mon contrat.

—Il se trouve que j'ai une deuxième chambre, chuchotai-je.

Il inspira brusquement. Son regard s'enflamma. Il fit un pas vers moi. —C'est pour quand t'es fâchée contre moi ?

—Vu que j'suis déjà fâchée contre toi…

—Être fâchée, c'est mieux. Fâchée veut dire qu'il y a'une chance que t'arriveras à me pardonner un jour. Et si tu me laisses emménager dans ta deuxième chambre, je pourrai peut-être te convaincre avec des massages, des plats à emporter et en chantant tes chansons quand tu voudras.

Je fermai les yeux et le laissai me serrer dans ses bras. — Je'ne suis pas sûre que tu puisses te permettre de chanter mes chansons. Il paraît qu'elles se vendront à un très bon prix.

Il laissa échapper un petit rire dans mes cheveux. —Ça, c'est certain. Peut-être que je pourrais décrocher un poste de prof de musique. Comme ça, je pourrais au moins me payer une seule note.

Je pouffai. —Ou tu pourrais te lancer en solo.

Il secoua la tête. —J'ai coupé les ponts quand j'ai collé mon poing dans la figure de Seth. Je ne signerai plus jamais un autre contrat.

—Tu sais quand même que Trent, c'est Trent MacKellar, pas vrai ?

Daniel s'écarta légèrement et plissa les sourcils. —Tu veux dire MacKellar Investments ?

J'opinai. —Et L'anse MacKellar. C'est sûrement un type encore plus riche que toi. Et il a sûrement des contacts capables de te décrocher un nouveau contrat si c'est ce que tu veux.

Il secoua la tête. —Je n'e... je n'e sais pas. Tout ce que j'ai réussi à faire, c'est tourner le dos à Seth, au label et à tous leurs mensonges, retrouver Avery, puis venir ici te présenter mes excuses. Je n'ai pas réfléchi plus loin. Bon sang, je ne me suis jamais permis d'imaginer que tu pourrais me pardonner.

—Tu dois encore ramper un peu.

Il hocha la tête avec gravité. —Je sais. Et j'e ferai tout ce que tu voudras pour te montrer à quel point je suis désolé. J'ai été un connard. Je suis venu ici avec l'intention de me servir de toi et de repartir aussitôt. Je n'ai jamais pris la peine de réfléchir aux conséquences de mes actes. Pendant des années, j'ai cru que j'étais au-dessus de tout ça. Tu m'as montré qu'il n'en faut pas beaucoup pour être quelqu'un de bien.

—Tu es quelqu'un de bien.

—J'y travaille. Et j'espère continuer à m'améliorer grâce à toi.

—Dans ce cas, tu ferais mieux de me louer cette chambre, le taquinai-je.

Il laissa échapper un petit rire et acquiesça. —Tant que tu sais que j'utiliserai tous les moyens possibles pour te convaincre de me pardonner. Dormir nu. T'acheter du sirop au caramel en plus. Te masser les pieds. Porter les courses de Mme Watson.

—Tu m'avais déjà conquise à « dormir nu », ai-je chuchoté en me hissant sur la pointe des pieds.

Il esquissa un sourire en coin et réduisit la distance entre nous. —Ah oui ?

J'acquiesçai. —Oui.

Il m'embrassa, et nous aspirâmes une bouffée d'air au

moment où nos lèvres se touchèrent. Je n'aurais jamais cru le revoir. Pas en personne. Mais le fait qu'il soit revenu, qu'il se soit excusé et qu'il m'ait dit qu'il m'aimait a recollé tous ces morceaux brisés.

Des larmes se mêlèrent à notre baiser et Daniel s'écarta. —Merde…, chuchota-t-il. —Qu'est-ce que j'ai fait ?

Je secouai la tête. —Rien. Ce sont des larmes de joie.

Il effaça mes larmes du pouce et sourit. —Vraiment ?

—Oui.

—Je t'aime tellement, Sofia. Je passerai le reste de mes jours à me faire pardonner et à t'aimer.

—Le reste de tes jours ? C'est un sacré engagement.

Il secoua la tête. —Pas pour moi. C'est la seule chose dont je sois certain en ce moment. Je t'aimerai pour toujours, que tu ressentes la même chose ou non.

—Tu crois que'non ?

Il haussa les épaules. —Tu ne l'as pas dit. Et c'est très bien. Je ne veux pas que tu me dises que tu m'aimes simplement parce que je l'ai dit. Je veux que tu attendes d'être de nouveau amoureuse de moi.

Je ris et secouai la tête. —Ça m'a fait si mal parce que je t'aime. Je t'ai pardonné si facilement parce que je t'aime. Je te demande d'emménager avec moi parce que je t'aime. Je t'aime, Daniel ou Trey ou peu importe qui tu es et comment tu veux que je t'appelle. Je t'aime depuis bien trop longtemps et je t'aimerai pour le reste de ma vie.

—Eh bien, Dieu merci. Je commençais à m'inquiéter.

Je lui donnai une tape amicale sur l'épaule. —Tu pensais vraiment que je ne t'aimais pas ?

Il haussa de nouveau les épaules. —Quand tu l'as dit avant, tout était différent. La vérité change les choses. J'espérais qu'elle ne changerait pas ton amour pour moi, mais je ne comptais pas là-dessus.

—Je t'aime. Tellement. Quel que soit ton nom.
—Daniel. Je suis définitivement Daniel.
—Alors je t'aime, Daniel.
—Je t'aime, Sofia.

ÉPILOGUE

CHELSEA

*D*éménager est beaucoup plus simple quand on dispose d'une grande équipe pour aider. Surtout quand on n'a pas grand-chose à transporter à la base.

—Je le dépose où ? demanda Elise en passant avec un autre carton.

—À l'étage, dans la salle de bains, répondis-je à ma cousine.

Elise acquiesça en se dirigeant vers l'escalier. Elle m'avait rendu un fier service. Je ne connaissais pas encore toute sa bande d'amis, mais Sofia et Haley m'intégraient petit à petit et Elise les épaulait. Et toute une ribambelle de leurs amis se trouvait déjà dans ma nouvelle maison pour m'aider à déménager.

Et pour m'aider à m'installer.

Blake et Ian m'avaient donné les meubles et la literie de leur chambre d'amis, qu'ils transformaient en deuxième chambre de bébé. Laura m'avait offert un canapé qu'elle et Nico gardaient en stock depuis un moment, mon ancien sentant la fumée. Trinity et James m'avaient apporté une table de cuisine et des chaises parce que je n'en avais pas dans mon ancien appartement. Willow m'avait donné des tables d'appoint. Goldie, Anna et Valentina avaient acheté des articles neufs pour que ma cuisine—bien plus grande—soit entièrement équipée, puis s'étaient proposées de cuisiner pour tous les déménageurs afin que je n'aie pas à payer le repas de tout le monde.

Je ne m'étais jamais sentie aussi accueillie, alors même que j'avais toujours vécu à L'anse MacKellar.

Cela me confirmait que l'achat de cette petite maison était la bonne décision. Dès que je l'avais vue, je l'avais su, mais le fait que l'emménagement se passe si bien me disait que tout irait bien.

—Toc, toc ! lança Maman depuis l'embrasure de la porte.

—Entre, Maman ! criai-je. Je savais que le déballage se ferait plus tard, mais j'essayais de mettre deux ou trois affaires en place entre deux trajets.

—On t'a amené quelqu'un, annonça-t-elle.

À l'intonation de sa voix, la panique monta en moi. Si Maman doutait de la personne qu'elle amenait dans ma nouvelle maison, il y avait de quoi que je doute aussi.

Puis j'entendis un gémissement.

Je me suis précipitée vers la porte, me demandant ce qui se passait. Jusqu'à ce que je voie la frimousse la plus craquante qui soit.

— Mon Dieu, il est splendide ! s'écria-je.

Ma mère a lâché la laisse et le chien brun et blanc s'est rué vers moi. Je me suis agenouillée pour pouvoir le prendre dans mes bras. Il m'a léché le visage et a aboyé avec enthousiasme.

— On savait que tu avais toujours rêvé d'un chien. Il était au refuge et la dame disait qu'il est très sociable, qu'il adore les enfants, mais qu'il supporte très bien de rester seul à la maison. Il est quasiment éduqué, et on savait que tu avais déjà une trappe pour chien, alors on espérait que ça ne te déranger'ait pas.

J'ai serré le superbe animal dans mes bras et je l'ai senti se caler contre moi comme s'il avait attendu de me rencontrer.
— Je l'adore, ai-je murmuré.

J'avais prévu d'adopter un chien, mais je voulais attendre d'avoir déménagé. Celui-ci était parfait. Il était assez grand pour que je ne craigne pas de lui faire mal s'il dormait dans mon lit — ce qui finirait forcément par arriver — et que je me retourne sur lui. Mais il restait suffisamment petit pour que je me sente capable de le maîtriser.

— La dame pense qu'il a sans doute trois ou quatre ans. Elle recommande de l'emmener chez le docteur Harris quand tu auras un moment. Il voit tous les chiens qui passent par le refuge. Il pourra t'enregistrer comme propriétaire, lui poser la puce et veiller à ce qu'il soit à jour dans ses vaccins et tout ça.

J'ai encore serré mon chien contre moi, puis je me suis relevée pour enlacer ma mère. — Merci. Je l'adore. J'ai ensuite serré mon père, qui était resté derrière ma mère et devait sûrement se demander si m'offrir un chien ne se retournerait pas contre lui. — Il a déjà un nom ?

— Non, répondit Papa. — Il vient juste d'arriver, ils n'ont pas eu le temps de lui en donner un.

J'ai regardé mon chien et incliné la tête. Il a penché la sienne pour imiter mon geste.

— On dirait un tank, lança Daniel depuis l'escalier. — Il sort d'où ?

— Il est à moi. Mes parents me l'ont offert.

—Ilest adorable, gazouilla Sofia.

Le chien a entendu sa voix et s'est tourné vers elle. Il a levé les yeux vers moi, comme pour demander la permission. J'ai hoché la tête. —Tu peux aller saluer Sofia.

Il a filé vers elle, la léchant et aboyant de joie.

—Il est très bien dressé, s'émerveilla Daniel. —Et tellement gentil.

J'ai hoché la tête en observant mon chien. Elise et
quelques autres sont descendus, attirés par le chien qui
saluait tout le monde. Des personnes sont également
entrées de l'extérieur, notamment les filles de Valentina et le
fils de Goldie. Les ados se sont regroupés autour du chien et
l'ont caressé jusqu'à ce qu'il se laisse tomber sur le flanc, la
langue pendante, comme s'il n'avait jamais été aussi
heureux.

—On peut l'emmener dans le jardin ? demandèrent les
enfants.

—Oui, excellente idée, leur dis-je. —Pendant que vous y
êtes, essayez de lui trouver un nom.

—D'accord ! s'écrièrent-ils en chœur.

—Tu vas laisser les gamins donner un nom à ton chien ?
demanda Goldie.

J'ai haussé les épaules. —Je ne sais pas. Daniel dit qu'il
ressemble à un char d'assaut, alors n'importe quel autre nom
fera mieux l'affaire.

Ian se moqua de Daniel. —Et tu te dis créatif... Ian secoua
la tête.

Daniel a crié : —Hé ! puis il a poursuivi Ian jusque dans
l'allée pour aller chercher d'autres affaires.

—Je suis contente qu'ils s'entendent aussi bien, dit Sofia à
Blake.

—Moi aussi. Ian a été vraiment déçu quand il a découvert
que Daniel n'était pas celui que nous pensions. C'est rassurant de savoir que ce n'était pas tout à fait le cas, et qu'il est
de retour. Est-ce qu'il a décidé s'il allait parler à Trent pour se
lancer en solo et signer un autre contrat ?

Sofia hocha la tête. — Il y réfléchit encore. Le milieu de la
musique n'a pas vraiment fait de cadeau. On a aussi parlé
d'écrire nos morceaux et de les mettre nous-mêmes en ligne.

Il ne sait toujours pas ce qui est le mieux. Mais j'ai dit que tout change quand quelqu'un veille sur toi.

—C'est tout à fait vrai. Et faire les choses soi-même, c'est une idée sympa, dis-je.

Sofia acquiesça. — Je crois qu'il penche pour ça. Personne à qui rendre des comptes, aucun label pour te confisquer tes droits. Ça signifie une plateforme bien plus modeste, mais je pense qu'il est prêt pour ça.

—Au fait, Chelsea, Melody dit qu'elle connaît l'un de tes voisins, dit Blake.

—Ah bon ? Je n'ai pas encore rencontré mes voisins. J'espère qu'ils sont sympas.

Blake acquiesça. — Selon Melody, ce type est vraiment super. Père célibataire.

—Je suis très bien toute seule, lui dis-je — ainsi qu'à ma mère — avant qu'elle ne pose plus de questions.

Blake ricana. — Je n'essaie pas de changer ça. Je te répète juste ce que Melody m'a dit. Elle est désolée de ne pas avoir pu venir aider aujourd'hui.

Je balayai son inquiétude d'un geste. — Je ne m'attendais pas à recevoir autant d'aide, et j'en suis reconnaissante.

Blake sourit. — On prend soin des nôtres. Et t'es des nôtres, alors arrête de lutter et viens au club de lecture.

J'ai ri doucement. —Merci. J'imagine que je n'ai pas le choix.

—Ça va être marrant.

J'ai acquiescé. —Merci. Je serai là dimanche.

—Chelsea, Chelsea ! crièrent les ados en entrant. Le chien était juste derrière eux.

—Ouais ?

—On a trouvé un nom pour ton chien, dit Samantha, la plus jeune fille de Goldie.

—Super. C'est quoi ?

—Bulldozer, répondirent-ils tous en chœur.

Je regardai Blake et Sofia. Ils semblaient aussi choqués que moi. —Bulldozer ?

—Ouais, Bianca, Valentina's aînée, répondit-elle. —Parce qu'il nous a foncés dessus comme un bulldozer.

—Tu peux l'appeler Bull pour faire court, proposa Paul, le fils de Goldie.—Ou Dozer. Ce serait plutôt cool.

Nous avons tous regardé le chien, affalé à côté du canapé, profondément endormi malgré tout le vacarme dans la maison.

—Il ressemble vraiment à un Dozer, là tout de suite, plaisanta Sofia.

J'ai ri et secoué la tête. —On dirait qu'il a un nom : Bulldozer, alias Dozer.

—J'espère juste qu'il ne va pas démolir autre chose, comme ta maison, dit Papa.

—C'est toi qui me l'as offert !

Papa a ri. —Tu peux accuser ta mère. Je crois qu'elle espère qu'en te prenant un chien, tu fasses connaissance avec tes voisins, surtout les célibataires.

J'ai gémi. —Dis-moi que tu plaisantes.

Papa a secoué la tête. —Désolé, ma chérie. L'horloge biologique de ta mère tourne et elle veut des petits-enfants.

—Ce n'est pas comme ça que ça marche, Papa.

Il a reniflé. —Essaie donc de le lui dire. Je te défie.

Je jetai un coup d'œil à ma mère, qui parlait à Dozer, murmurant quelque chose au chien endormi.

J'étais dans de beaux draps. Maman m'avait acheté un chien attrape-hommes. Et, en prime, elle lui donnait des conseils.

Tout ce que je pouvais faire, c'était secouer la tête en espérant qu'il n'écoute pas.

MERCI D'AVOIR LU l'histoire de Sofia et Daniel ! Sofia est un personnage auquel je pense depuis des années, mais il m'a fallu longtemps pour lui trouver l'homme qu'il lui fallait. Daniel a demandé un peu de travail, mais j'adore ce couple. J'espère que vous ressentirez la même chose !

Le prochain livre de la série raconte l'histoire de Chelsea et Derek . Chelsea adore tout dans sa nouvelle maison, sauf son voisin grossier qui ne cesse de laisser des mots sur sa porte pour lui signaler les problèmes qu'elle provoquerait. À bout de patience, elle décide d'aller lui dire ses quatre vérités, mais elle va en découvrir bien plus que prévu. Lisez ***Son Surprise aux Courbes Généreuses*** dès maintenant !

ENVIE d'en savoir plus sur Sofia et Daniel ? Daniel reçoit une proposition à laquelle il ne s'attendait pas, mais il n'est pas le seul à devoir prendre une décision. Cet épilogue bonus est réservé aux abonnés. Inscrivez-vous dès maintenant !

À PROPOS DE L'AUTEUR

Auteure à succès classée au *USA TODAY*, Mary E Thompson a passé la majeure partie de son enfance à souhaiter avoir quelques courbes en moins. Elle se cachait dans les pages des livres parce que ses personnages préférés ne se souciaient jamais de sa taille de vêtements. Aujourd'hui, Mary non plus, et elle écrit des histoires qui célèbrent les femmes comme elle. Des femmes réelles qui ont des courbes, poursuivent leurs rêves et trouvent l'amour, parce que nous devrions tous être heureux, quelle que soit notre taille.

Mary passe son temps hors écriture avec son mari et ses deux enfants, à regarder trop de télévision, à encourager l'équipe de football de sa ville natale (Allez les Bills !) et à cacher du chocolat à sa famille.

Inscrivez-vous maintenant à la newsletter de Mary. Les abonnés reçoivent des ebooks gratuits et d'autres choses amusantes, comme du contenu exclusif réservé aux membres et des concours, et sont les premiers à connaître les nouvelles parutions et les promotions !

9 781967 463657